Les âmes dévorées

J'AI LU

K. W. JETER | *ŒUVRES*

K.W. JETER

Les âmes dévorées

TRADUIT DE L'AMÉRICAIN
PAR JEAN-PAUL MARTIN

ÉDITIONS J'AI LU

Pour Geri

Ma voix est celle que l'on n'entend pas, celle qui chuchote au cœur assombri de la peur; sans cesse changeant de forme, et c'est ainsi que je renforce mon cruel pouvoir.

GOETHE, *Faust* (2ᵉ partie, acte V)

Ce roman a paru sous le titre original :

SOUL EATER

AVANT

au plus obscur de la forêt

Elle s'éveilla et tâtonna sous l'oreiller à la recherche du couteau. Ses doigts se refermèrent sur le manche de bois, entre le drap et la fraîcheur sous l'oreiller. La lumière fantomatique des lampadaires bleus de la ville inondait la pièce. Le rythme de son cœur et de sa respiration commença à se ralentir tandis que des formes prenaient corps, tout près d'elle, et devenaient solides. Maintenant elle savait où elle se trouvait.

Lâchant le couteau, elle se redressa, entoura ses genoux de ses bras et se drapa plus étroitement dans les couvertures. Il faisait toujours noir au-dehors. *au plus obscur de la forêt*. Une pâle spire de souvenir se forma et se déroula dans la nuit. Elle porta son pouce à la bouche et suça l'endroit où la lame du couteau l'avait entaillé. C'était le couteau le plus grand qu'elle avait pu trouver dans la maison. Une fois tout le monde couché, elle s'était glissée, pieds nus, dans l'obscurité de la cuisine, avait sans bruit ouvert le tiroir et rapporté le couteau dans son lit. Depuis longtemps elle dormait avec un couteau. Aussi loin qu'elle se souvenait, semblait-il, *au plus obscur de la forêt avec sa mère*, mais elle avait dix ans maintenant. Elle en avait neuf, alors, et elle savait donc que cela remontait à peine à un an.

Le bruit de la circulation, sur l'autoroute, se fit plus doux; l'air sifflait au passage des voitures qui glissaient, toutes proches, avant de disparaître une à une; le grondement des camions s'enflait et mourait à son tour. Juste devant la fenêtre, les feuilles des palmiers murmuraient doucement quand le vent les faisait bruire. Et, au-dessous, elle pouvait entendre – faiblement – la respiration de deux personnes qui dormaient dans l'obscurité de l'appartement.

Elle se redressa, pelotonnée sur elle-même, son souffle se mettant au rythme de celui des deux autres. Cela, elle l'avait déjà fait, aussi : blottie dans le noir, à guetter les bruits de quelqu'un tout près d'elle. Mais, alors, le couteau était dans sa main et non pas simplement enfoui sous l'oreiller. Et l'espace, dans la nuit, ne dormait pas, alors. Il épiait, attentif, tendu.

Une moto fit entendre sa voix rauque et toussa dans la rue tranquille. Le visage appuyé contre ses genoux, ses cheveux faisant une tache sombre sur la couverture et la manche de sa chemise de nuit, elle écouta les plaintes passant de l'aigu au grave du petit moteur qui changeait de régime : un bruit de la ville. C'était parfait, un bruit normal que faisaient les gens. Mais à cette heure de la nuit, le silence transperçait tout, ici comme partout ailleurs. *au plus obscur de la forêt.*

Les couvertures tombèrent au moment où elle glissa ses jambes hors du lit; ses pieds nus touchèrent le tapis. Ses yeux s'étaient faits à l'obscurité et elle parvenait à distinguer toutes choses dans la pièce maintenant, mais elle resta au centre, bras écartés, comme pour chercher à conserver son équilibre à l'extrême sommet d'une montagne escarpée. Elle craignait de toucher la table, ou la lampe, ou la chaise, de peur qu'elles se changent vraiment en ce brouillard dont, sous la lumière bleue, elles semblaient être faites.

Peut-être allaient-elles se dissiper comme le brouillard, et la pièce avec, et elle se retrouverait en quelque lieu où elle ne souhaitait pas être. *C'est idiot.* Elle se crispa en entendant les mots dans sa tête puis s'apaisa. C'était sa propre voix; l'autre était silencieuse dans le silence plus profond de la nuit. Elle se baissa, toucha le chrome et le verre de la table, froids dans l'air nocturne. La table demeura ferme, solide sous sa main.

Ses pas étaient silencieux sur le tapis tandis qu'elle avançait dans le couloir, écoutant le bruit des respirations, s'en rapprochant. Un petit coin de lumière filtrait tout autour de la porte de la salle de bains. Elle poussa la porte; des jambes pâles et transparentes, fantôme coupé en deux, dansaient doucement dans l'air. Pas vraiment, pensa-t-elle; ce n'était qu'une paire de collants de danse appartenant à Sarah, la petite amie de son père. On les avait lavés et ils pendaient, suspendus à la tringle du rideau de douche, le tissu léger formant des entrechats désincarnés sous la brise qui entrait par la fenêtre. À côté, plus petits, une autre paire de collants. Les siens. Sarah les lui avait achetés, en même temps qu'une paire de chaussons de danse, au magasin Capezio de l'immense centre commercial, où une chute d'eau tombait dans une rivière de galets polis et doux. Et un justaucorps bleu foncé qu'elle avait choisi comme celui de Sarah.

Un bras sans main l'effleura. La manche d'une chemisette de coton blanc. C'était son père qui la lui avait achetée. La chemisette et les collants semblaient être la peau d'une autre fillette; elle les enfilait lorsqu'elle était ici et s'en dépouillait lorsqu'elle retournait chez sa mère et sa tante. Elle les saisit et plongea son visage dans le tissu léger. Elle était rentrée de son cours de danse avec le chemisier et Sarah et elle avaient lavé leurs affaires dans le lavabo avant de les suspendre. Cela faisait partie du rituel des week-ends passés avec son père. Pendant la semaine, Sarah suivait le cours supérieur de danse, au studio, mais, le samedi matin, elle l'accompagnait à celui des débutantes. Son père s'asseyait avec les autres parents – des mères, en général, mais aussi quelques pères, comme lui – à califourchon sur une chaise métallique, les mains et le menton appuyés sur le dossier, les regardant évoluer à la barre ou au milieu de la piste. Elle pouvait le voir et lui souriait. Sarah, elle, ne le voyait pas, à moins qu'elle n'aille pêcher ses lunettes au fond de son sac de danse pour les chausser un instant.

Le linge sentait la lessive et l'eau froide. Elle crut reconnaître également un léger relent de transpiration. Sarah et elle sortaient du cours avec des mèches de cheveux collées sur le front et le cou. Mais c'était là de la sueur due au mouvement, à l'exercice, et non pas l'odeur, dont elle se souvenait, de son corps dans des vêtements raides de crasse se mêlant à celle de la peur dans un espace confiné, du manque de sommeil et des heures passées à observer l'autre qui se mouvait dans l'obscurité. *au plus profond.* Elle lâcha le vêtement et la brise l'éloigna d'elle.

C'était plus calme encore dans le couloir, loin des fenêtres qui laissaient filtrer un peu du bruit de la ville. La porte de la chambre était entrebâillée. Elle la poussa – doucement, sans bruit – et regarda. Elle pouvait distinguer les cheveux de son père, bruns comme les siens, sur l'oreiller. Ceux de Sarah, plus clairs, étaient emmêlés sur le bras de papa, le visage pressé contre son épaule nue. Sur la poitrine de son père, un pli de la couverture se creusait puis remontait, au rythme de son souffle.

Elle resta là, à observer. Et il lui sembla que le bruit de leur respiration s'enflait, s'enflait, jusqu'à se répercuter en grondant contre les murs. Il ne s'arrêtait pas; il lui fallut faire front, se courbant comme contre un vent du désert pour ne pas tomber. Mais son père et Sarah ne bougèrent pas. Elle s'aperçut que c'était sa propre respiration qu'elle entendait; elle avait traversé l'appartement dans un rêve et voilà qu'elle était éveillée. Calme de nouveau, assez calme pour entendre l'autre voix si elle se faisait entendre. Elle baissa les yeux sur ses mains, serrées sur sa poitrine, et vit qu'elle tenait le couteau.

La douleur la réveilla. La douleur et l'air de la nuit pénétrant par le carreau cassé. Quelques éclats de verre saillaient encore sur le cadre, telles des dents plantées irrégulièrement. On avait bouché le trou avec une serviette roulée en boule mais cela n'arrêtait pas le vent qui apportait avec lui les odeurs aigres – huile de friture mêlée à l'air gris, sueurs toxiques – des rues de la ville. Elle ferma les yeux, très fort, et se tortilla sur le linoléum craquelé, essayant d'enrouler plus étroitement autour d'elle la mince couverture, jusqu'à ce que, de nouveau, l'élancement de douleur reprenne et finisse par la réveiller complètement. On lui avait injecté dans les veines quelque drogue anesthésiante; le sang revint irriguer sa peau et ses nerfs lénifiés réagirent. Des brûlures – cette pensée lui parvint à travers une brume tandis qu'elle enfouissait son visage dans les plis de la couverture. Ce n'était pas nouveau. Déjà, un peu de tissu cicatriciel collait, telle une gaze, à la face postérieure d'une de ses jambes.

Cette fois, c'était sur un avant-bras. À chaque pulsation la douleur se faisait plus vive, comme le fil d'un couteau pénétrant un peu plus avant à chaque coup, brûlant et cruellement régulier.

Cela devint trop intense pour être conservé à l'intérieur. Ses yeux s'ouvrirent, un trait de sel jaillit et suivit la courbe de sa joue. Elle n'essuya pas la larme; elle sécherait comme les autres, traces humides qui s'entrecroisaient pour former les mots indicibles qui témoignaient de sa souffrance muette d'animal pris au piège et qui suivait les étapes de sa propre mort.

Elle distinguait les marques, maintenant. Petits cercles rouges là où le feu avait mordu dans la chair pâle de son bras. Les brûlures étaient si petites que le bout de son doigt recouvrit totalement l'une d'elles lorsqu'elle la toucha. La douleur se fit plus intense encore sous le contact. Quoi que ce fût qui l'eût brûlée – elle n'en avait aucun souvenir et en éprouva de la reconnaissance; bien d'autres douleurs avaient marqué sa chair – c'était revenu de nombreuses fois : les constellations que formaient les marques marbraient largement la chair.

En faisant très attention, en gardant son équilibre sur un fil étroit tendu au-dessus du noir, la douleur et la nausée due à la drogue seraient supportables. Elle retenait puis libérait son souffle; à l'intérieur, c'était le silence. Aucune voix ne s'élevait parmi ses pensées vagues. Le contrecoup, l'objet abandonné par la marée qui se retire – les marques sur sa peau –, ne concernaient qu'elle.

L'air se fit plus vif à travers le carreau cassé. Elle se redressa, s'enveloppant plus étroitement encore dans la couverture. Elle ne reconnut pas la robe qu'elle portait. Le tissu mince, médiocre, lustré, sentait la fumée et la transpiration, tout comme ses cheveux qui lui tombaient dans le cou en mèches emmêlées.

Elle n'avait pas la moindre idée du lieu où elle se trouvait. Elle ne se souvenait pas d'être déjà venue dans cette chambre vétuste – les murs sombres se couvraient de souvenirs d'autres chambres, d'autres réveils de souffrance –, et elle ignorait comment elle y était venue. Elle murmura son nom, comme elle l'avait déjà fait, le son effleurant à peine ses lèvres sèches : *Kathy*. Cela, du moins, elle le savait, mais parfois une autre voix parlait par sa bouche. Une voix qui disait autre chose.

Une forme bougea sur le sol, avec un bruit humain. Elle n'était pas seule. Un homme était profondément endormi. Son bras aux muscles épais s'affala sur le linoléum quand il roula sur le dos. Sous les poils noirs et drus du biceps, un tatouage indéchiffrable. Sa poitrine se soulevait. Il respirait lentement, par sa bouche ouverte. C'était la bouche d'un visage qu'elle ne reconnut pas.

Peut-être pourrait-elle s'enfuir sans le réveiller. Elle observa attentivement l'homme, évaluant la profondeur de son sommeil au rythme de sa respiration. Elle ne pouvait aller nulle part; nulle part, sauf là, dehors. Mais du moins cela lui permettrait quelques instants de répit hors de cette chambre et de toutes les autres chambres semblables. Elle serait loin quand la voix se mettrait à parler dans sa tête et il faudrait du temps à ses jambes réticentes pour la ramener ici. Assez pour cicatriser ses blessures, en partie du moins.

Elle se glissa à quatre pattes. Sans quitter des yeux l'homme endormi, elle se redressa. Une douleur, plus vive que les brûlures sur son bras, lui glaça le dos. Elle se leva et se retourna. Avant même d'apercevoir une troisième silhouette dans la pièce, elle sentit la main lui saisir fermement le poignet et la tirer en arrière.

Le centre de la pièce était suffisamment éclairé par la lumière de la rue pour qu'elle puisse distinguer le pouce de l'homme qui s'enfonçait dans son poignet. Et, au-delà, le bras de l'homme. Et son visage : une courte frange de cheveux tombant au-dessus de lunettes aux verres réfléchissants, la peau tendue à craquer sur les pommettes. Des dents petites, bien plantées – un instant, elle pensa que de telles dents avaient pu provoquer les marques sur son bras – apparurent dans son sourire tandis qu'il la maintenait immobile.

– On s'en va ? dit-il. Ça commence à peine.

Elle ne répondit rien, incapable de dire un mot, fixant les verres d'un noir d'argent et qui paraissaient trouer la peau. Un instant, elle crut reconnaître le visage, put y mettre un nom, mais chassa cette pensée : c'était impossible.

Les yeux de l'homme, à peine visibles derrière ses verres, la quittèrent. Avec un signe de tête vers la silhouette endormie il demanda :

– Ça fait combien de temps qu'il dort ?

Il attendit une réponse qui ne vint pas et l'attira plus près de lui, interrogeant de nouveau, froidement amusé :

– Comment t'appelles-tu ?

Elle allait parler. Ses lèvres s'ouvrirent, sa langue formait déjà son nom. Et elle entendit l'autre voix, mais pas dans sa tête cette fois :

– Renee, articula sa bouche. Je m'appelle Renee.

Il la lâcha et elle se sentit tomber en arrière. Elle leva les yeux sur lui : il sortit une cigarette de la poche de sa veste. Derrière les yeux de Renee, quelque chose observait aussi. L'homme exhala une bouffée de fumée grise en hochant la tête. Quand il la regarda, son sourire n'avait plus rien de cruel.

– Tu as réussi, dit-il, admiratif.

Quelque chose la retenait de l'intérieur – elle ne pouvait détacher son regard de celui, masqué, de l'homme. Les verres des lunettes réfléchissaient la vitre à l'autre bout de la pièce, de sorte que deux bouches identiques aux dents pointues étaient penchées sur elle. Elle vit, impuissante, son bras se lever, sa main se tendre vers lui. Et elle sentit la morsure aiguë de la cigarette à l'instant où il en pressa l'extrémité incandescente au milieu de sa paume, y gravant une autre marque pareille à celles de son bras.

– Je savais que tu réussirais, dit-il d'une voix douce. J'attendais.

Le vent indiscret cherchait à se glisser sous le toit de l'appartement et le cauchemar prit forme. Dans son sommeil pesant, il rêva à sa fille et son cœur se mit à cogner, rythmant sa respiration. Il traversait en courant un champ immense et il trébuchait, ses pieds butant sur le sol inégal. C'était la nuit, dans son rêve, mais une nuit différente : seul le même vent vif posait ses mains douces sur son visage. À l'horizon, une lumière pâle découpait la forme sombre des montagnes, comme si la lune, après s'être fendue, les nimbait par-derrière; il pouvait voir le mince ruban de son ombre qui se tordait et se brisait sur les sillons dans sa course. Nulle part il ne voyait sa fille dans son rêve. Sans arrêt, il criait son nom puis il s'arrêtait, cherchant à percevoir autre chose que l'écho de sa propre voix. Seuls le vent et sa respiration haletante s'y mêlaient. Il obliqua dans une autre direction.

Lorsqu'il s'éveilla, haletant, il balaya du regard l'obscurité du plafond. Il distingua ses mouchetures. Un instant plus tard, il sentit contre lui, dans le lit, le poids tiède d'un corps. Ses mains, glissant doucement sous la couverture, rencontrèrent une courbe. Parfait, se dit-il, tandis que ses yeux se refermaient sur l'obscurité plus dense où se dissipaient les dernières traces de son rêve. Il déglutit pour se débarrasser d'un goût amer dans sa bouche; sa langue était sèche encore des cris qui n'avaient retenti que dans le champ noir de son cauchemar.

Un instant, il écouta la respiration de Sarah. Puis il sentit que quelque chose, par terre, à côté du lit, pressait son autre main qui pendait. Quelque chose y restait accroché et il ne pouvait s'en libérer. Quelque chose de tiède. L'esprit encore embrumé par le sommeil, il pivota sur son épaule et regarda au bas du lit.

– Dee, articula-t-il, pensif, découvrant sa fille blottie par terre et agrippée à sa main.

On aurait dit que quelque fragment de son rêve demeurait, maintenant qu'il était éveillé : la petite fille, son enfant, qu'il avait désespérément appelée et cherchée, était là, sa joue pressée bien fort contre son bras, son souffle léger faisant frémir les poils sur le poignet de son père. Les doigts de la fillette, d'un blanc d'ivoire sur sa peau à lui, serraient sa main au point d'en bloquer presque la circulation. Il avait dû se trouver très profondément plongé dans son rêve, se dit-il, pour ne pas avoir senti plus tôt son étreinte. Elle fermait les yeux si fort que ses paupières en étaient toutes ridées, ainsi que son front. Elle devait être plongée dans quelque sombre et secrète vision.

Un simple cauchemar, pensa-t-il en chassant légèrement une mèche du visage endormi de sa fille. Rien d'autre. Il se demanda si cela lui arrivait souvent; ce qu'il s'y passait et ce qu'elle fuyait. Peut-être – cette pensée lui serra le cœur – en d'autres occasions, avait-elle recherché sa main sans la trouver. Cette idée l'attrista tandis qu'il la regardait dormir. Le passé refluait dans la chambre, léger comme la poussière poussée sous la porte par le vent.

Doucement, il libéra sa main sans la réveiller et appuya la tête de sa fille contre le pied du lit. Il se dégagea des couvertures. À côté de lui,

Sarah se retourna et murmura quelques mots, sentant à peine ce qu'il faisait. Il glissa vers le pied du lit pour dégager ses jambes sans heurter Dee, se leva et ramassa son pantalon par terre.

Debout au pied du lit, il regarda les deux silhouettes endormies, la femme cambrée sur le lit, la fillette blottie par terre, et se sentit envahi par une étrange impression de puissance protectrice : il était le seul à être éveillé à cette heure tardive de la nuit. Dans le silence de la pièce, il pouvait entendre leurs respirations et les battements de son propre cœur. Le seul bruit provenant de l'extérieur était celui du vent qui se déchirait aux angles de l'immeuble. Il écouta et observa, montant la garde contre tout et rien à la fois. Si, certaines nuits, la main de sa fille avait tâtonné en vain à la recherche de la sienne, lui avait connu des nuits où, éveillé, il avait scruté les couches d'obscurité en pensant à elle.

Il se pencha et la souleva, posant contre son épaule la tête de Dee dont les cheveux, bruns comme les siens, étaient si fins que son seul souffle, sur son bras, suffisait à les soulever. Il sentit la chemise de nuit de flanelle de sa fille moite de sueur contre son torse nu, tandis qu'il l'emportait.

Les couvertures du sofa étaient jetées sur le sol, en boule. Il passa le poids du corps de Dee dans le creux d'un seul bras et remit de l'ordre dans la literie de sa main libre. Au moment où il la déposa, elle s'agrippa un instant à son bras puis se détendit. Il lui remonta les couvertures jusque sous le menton – geste qui lui parut curieusement familier bien qu'il ne l'eût pas fait depuis longtemps – et se recula pour la regarder.

Elle s'enfonçait dans son sommeil, le visage détendu. Les cauchemars qui l'avaient tirée de son lit et amenée vers lui s'étaient dissipés. Les pieds nus sur le tapis, il sentit un frisson entre ses épaules. Il faisait plus frais. Qu'y faire ? se demanda-t-il. Rien. La nuit appartenait à chacun. Simplement être là, songea-t-il. C'est tout ce qu'il pouvait faire. Je suis là, dit-il en lui-même à sa fille. Elle se retourna dans la tiédeur de la couverture.

Il se rendit à la cuisine, tâtonnant à la recherche de l'interrupteur. Un rectangle de lumière oblique tomba au pied du lit de sa fille sans l'éveiller. Avançant doucement jusqu'au réfrigérateur, il en sortit du lait et but directement au goulot. Une habitude de célibataire, avait dit Sarah la première fois qu'elle l'avait vu faire. Une chose que font les hommes quand ils sont seuls. Il avait encore le lait à la main quand quelque chose, sur le mur, attira son attention. Il se retourna et remarqua le couteau.

C'était le grand couteau de cuisine de Sarah, un couteau allemand, le plus grand de la gamme Henckels; il le lui avait offert lui-même. Mais elle ne s'en servait guère à cause de sa taille. La plupart du temps, il restait rangé dans l'un des tiroirs, le tranchant et la pointe de sa lame en acier carboné protégés par un étui de carton. Mais à l'heure qu'il était, il était là, planté dans le mur de la cuisine, contre lequel il épinglait le tablier de Sarah. Cadeau de Noël d'un ami qui vivait dans l'Est, le tablier arborait un grand I LOVE N.Y. où un gros cœur rouge vif remplaçait le mot LOVE. Un des cordons du tablier était fixé au porte-torchons tandis que l'autre était coincé dans la porte du buffet, ce qui formait une vague silhouette humaine, un épouvantail domestique. La pointe du couteau était plantée en plein milieu du cœur rouge.

Il fixait le couteau et le tablier, et sentit son sang cogner plus fort dans ses tempes. Le couteau était planté assez bas sur le mur pour que ce fût le bras d'un enfant de dix ans qui ait fait le geste. Ce n'était pas sorcier à deviner, mais cette idée le terrassa, et il resta là, oppressé. La bouteille de lait se fit plus lourde dans sa main. Doucement, de crainte de la lâcher, il ouvrit la porte du réfrigérateur et l'y replaça. Lorsqu'il éteignit la lumière de la cuisine, le tablier ne fut plus qu'une forme vague sur le mur, celle d'un fantôme assassiné.

Sa fille avait glissé une main sous sa joue. Elle avait la bouche entrouverte. Il alla s'asseoir au pied du sofa, sans bruit pour ne pas la réveiller. Il la regarda dormir longtemps, lui sembla-t-il, écoutant le vent gémissant autour de la maison. Le noir de la nuit vira au plomb, puis au gris perle. Quelques ruelles plus loin, aux premières lueurs de l'aube, une voix avinée se mit à débiter d'incompréhensibles versets de la Bible. Les lampadaires s'éteignirent, un pâté de maisons après l'autre. C'était la fin de la nuit.

1

La bretelle de sortie de l'autoroute descendait en virage jusqu'à une rue en contrebas. Le chuintement de la circulation du dimanche soir s'estompa derrière la berline Datsun quand David Braemer s'engagea dans la boucle bétonnée qui se resserrait; la lumière des phares balaya le rail de sécurité et le bas-côté planté de plantes grasses.

Il freina au stop, à la sortie de la bretelle, et le changement de vitesse réveilla Dee, blottie sur le siège à côté de lui. Elle avait replié sous elle ses jambes frêles et seule la ceinture de sécurité, en travers de sa poitrine, l'empêcha d'être projetée en avant quand la voiture ralentit. Braemer avait lui-même bouclé la ceinture avant leur départ de l'immeuble où il habitait, à Los Angeles, ce qui lui avait valu, de la part de Dee, un soupir exaspéré et familier accompagné d'un théâtral roulement des yeux. Elle releva la tête, la joue marquée du dessin rose pâle de la garniture du siège et contempla, comme si elle n'avait jamais rien vu de pareil, les lampadaires métalliques dont le défilement se ralentit avant de s'arrêter tout à fait.

D'une main qui quitta son volant, Braemer chassa doucement la mèche de cheveux fins et doux emmêlés sur la joue de sa fille.

– Bonjour ? Toc-toc. Y a-t-il quelqu'un ?

Renfrognée, Dee se dégagea et rentra la tête dans les épaules, comme pour mettre un rempart entre elle et le reste du monde. Parfois, lorsqu'elle était réveillée en sursaut, il lui fallait plusieurs minutes pour se débarrasser de la gangue sombre des dernières torpeurs du sommeil. Elle tenait cela de lui, pensa Braemer. Une fois, il avait à peu près son âge, sa mère l'avait réveillé là où il s'était endormi, sur le canapé du séjour, et saisi d'une fureur enfantine, il avait ramassé ses chaussures et les lui avait lancées à la tête. Du moins était-ce ce qu'il avait appris par le folklore familial, car il n'en avait aucun souvenir.

Aucune voiture ne paraissait sur sa gauche. Braemer demeura encore quelques secondes arrêté tandis que, progressivement, Dee finissait d'émerger de son sommeil. Il l'observa, dans le silence de la voiture à peine perturbé par le grondement de la circulation, au-dessus d'eux.

Elle lui ressemblait, en plus jolie, ainsi qu'il le remarquait plus fréquemment en la voyant grandir. Ses cheveux avaient foncé, ses bras et ses jambes avaient perdu le potelé de l'enfance. Dans son collant de danseuse, on aurait dit un poulain avec des jambes roses. Les angles de son visage s'étaient dessinés : pommettes hautes et nez fin. Une fois, comme elle la préparait pour son cours de danse, Sarah avait tiré les cheveux de Dee en un chignon de danseuse classique sur la nuque et avait appelé Braemer.

– Hé ! Regarde, la Plissetskaïa tout droit sortie du Bolchoï !

Dee avait louché et s'était mise à pouffer.

Encore quelques années et elle ressemblerait à l'une des tantes de Braemer, la plus jeune et la plus jolie des sœurs de sa mère, point d'aboutissement du croisement d'un grand-père irlandais et d'une Indienne épousée lors de ses pérégrinations vers l'Ouest. L'éclairage bleuâtre tombant de l'autoroute faisait ressortir les plis de son front contracté, comme si le monde entier, à l'extérieur de l'étroit périmètre de son sommeil, constituait une énigme trop complexe pour être résolue. Du coin de l'œil, Braemer aperçut le clignotant d'une voiture sur l'autoroute. Une lumière couleur de sang sous le plastique rouge, comme le cœur sur le tablier de Sarah. Un tablier blanc – il le voyait, là, juste derrière ses paupières. Un mur de cuisine blanc, un réfrigérateur blanc avec sa porte ouverte, du lait blanc dans la bouteille que sa main lâchait peu à peu. Et, fiché en plein milieu du tableau, le couteau au manche noir et à la lame grise.

– Je peux allumer la radio ?

Il ouvrit les yeux et vit une fillette. La sienne. La mine renfrognée du profond sommeil se limitait maintenant au grain de sable qu'elle frottait du bout des doigts au coin de ses yeux. L'autre image, derrière les paupières de Braemer, s'estompa et il se dit : *Cela ne veut rien dire, rien du tout, oublie ça*; et il posa sur sa vision un couvercle de fer sur lequel il pesa de tout son poids.

Déjà, Dee avançait la main vers les boutons de la radio, sachant ce qu'il allait répondre.

– Oui, bien sûr. C'est pour ça que je t'ai chargée de t'en occuper, dit-il en accélérant et tournant à gauche. Tu as si bon goût.

Elle alluma la radio en lui adressant une grimace et en fronçant le nez. La musique pop d'une station quelconque éclata; des basses en série firent vibrer l'enceinte acoustique comme un petit animal piégé sous le tableau de bord; le son diminua lorsque la voiture passa sous l'autoroute.

Le flot de lumière et de bruit fut perdu derrière

le véhicule qui s'éloignait. D'autres pères, d'autres enfants, silencieux ou bavards sur le chemin du retour d'un foyer à l'autre, devaient eux aussi participer au grand rituel du dimanche soir; Braemer y avait joué son rôle : le retour, de la visite du week-end au « vrai » foyer, là où les pères, et quelques mères, ne deviennent plus que des voix au téléphone. Braemer les voyait, ces pères divorcés, comme lui, dans la rue ou au supermarché. Il pouvait les reconnaître, en semaine, sans leurs gosses, poussant des caddies bourrés de repas tout prêts à prendre devant la télé et de toutes ces saletés que les gamins adorent. Ils formaient une organisation fraternelle; on n'en devenait pas membre officiellement mais, sauf pour ceux qui l'avaient volontairement décidé, on y tombait fatalement. L'autoroute faisait le tri, amenant et ramenant les enfants.

La file des hauts lampadaires finissait dès la sortie de la rampe. Les phares de la Datsun creusaient un passage dans l'obscurité; la route se faisait de plus en plus étroite et commençait à escalader les collines.

Si Braemer avait tourné à droite à la sortie de l'autoroute, il aurait traversé San Aurelio, laissé une station-service, un bar ouvert vingt-quatre heures sur vingt-quatre et brillamment éclairé, la frange d'une résidence aux abords de la ville, et traversé l'allée commerçante, au centre.

Avant 1954, San Aurelio n'existait pas : seuls de verts alignements d'orangers et d'avocatiers. La banlieue avait gagné sur la campagne et les premières résidences avaient été construites. La « maison de vos rêves » : toits en terrasse dans le style colonial espagnol modifié, nichés côte à côte de part et d'autre de voies sans issue. Des écoles avaient attiré les familles; les pères n'avaient que quelques kilomètres de plus à parcourir pour se rendre à leur travail. Après le plan d'occupation des sols, cela avait été les égouts : une simple greffe à la bordure du comté. Un des promoteurs avait imaginé de donner à l'ensemble un nom espagnol, comme s'il avait figuré sur la carte depuis l'époque de la concession des terrains aux rancheros. On en était maintenant arrivé au stade où la chambre de commerce organisait une *fiesta* annuelle au cours de laquelle les élèves des cours de danse moderne de l'un des lycées donnaient leur version du *fandango* sur l'espace central en plein air du centre commercial, tandis que l'harmonie locale interprétait des arrangements de thèmes d'Herb Albert que seuls reconnaissaient les grands frères et les grandes sœurs, et une *piñata* avec des tas de bons de réduction pour les commerces du coin. Braemer y avait emmené Dee une année; elle avait à peine sept ans. Elle s'y était ennuyée et l'avait entraîné jusqu'à la vitrine du magasin d'animaux domestiques pour regarder des chatons qui grattaient une litière de journaux déchiquetés. Naguère, tous les terrains agricoles des collines autour de San Aurelio appartenaient à une seule famille. Joseph Feld, débarqué de son Indiana, avait acheté le terrain pour trois fois rien à un groupe de mennonites. Avant de mourir, il avait transformé d'infructueuses tentatives pour irriguer en un ingénieux système d'éolienne, et il avait planté des vergers. Quelques générations plus tard, Braemer était entré dans l'histoire locale : ayant rencontré Renee, la plus jeune des filles Feld, au lycée – quelques bâtiments blottis autour d'un oranger rachitique – il l'avait épousée et Dee était née. À cette époque, le clan Feld se réduisait à Renee, ses deux sœurs – dont l'une adoptive –, un frère et leur mère, qui perdait un peu la boule dans la maison familiale.

La vieille dame était décédée deux ou trois ans après le mariage de Braemer et de Renee. Jamais il ne l'avait connue en bonne santé. Elle n'était restée pour lui qu'une silhouette traînant les pieds et précédée d'une odeur de maladie et de lavande désuète. Ils lui avaient amené Dee, encore bébé, pour que la vieille dame puisse voir sa petite-fille. Dee avait gigoté, fait des grimaces de petit singe à la face rouge, et s'était mise à brailler dès qu'elle avait été dans les bras décharnés et marbrés de taches de vieillesse de la vieille femme. Celle-ci tremblait si fort que Braemer s'était préparé à rattraper Dee si jamais elle était tombée de ces mains malhabiles.

Il y avait si longtemps aujourd'hui, songea Braemer. Ce souvenir resurgissait – scène unique parfois, ou long documentaire ennuyeux d'autres fois – chaque fois qu'il ramenait Dee chez sa mère et sa tante. L'odeur de la grand-mère de Dee, qui lui rappelait toujours celle des hôpitaux – l'odeur de la maladie que ne masquaient pas le désinfectant et la poudre –, lui monta aux narines comme si la vieille dame se trouvait sur la banquette arrière de la voiture, fantôme sénile de mariages passés.

– Hé ! dit soudain Dee en se tortillant sur son siège, je crois que j'ai oublié d'emporter mes collants !

Elle saisit son sac et tira sur la fermeture à glissière.

– C'est une tragédie, dit Braemer. Tu les as probablement laissés dans la salle de bains.

Son épaule était coincée contre la poitrine de sa fille qui se tortillait entre les sièges avant, les bras plongés au fond de son sac.

– Ooh… gémit Dee, désespérée, ayant tout retourné.

– Ne t'inquiète pas. Sarah a dû les ranger. Ils seront prêts à ton retour, le week-end prochain.

Il s'arrêta à un nouveau stop puis tourna à droite dans une rue qui grimpait, plus abrupte, dans les collines.

– Mais comment je vais faire sans mes collants, pendant *toute une semaine* ? demanda-t-elle en se retournant.

Il haussa les épaules, sans lâcher le volant.

– Eh bien... leçon numéro un : les vraies ballerines ne perdent pas leurs collants.

– Flûte.

Dee se tassa sur son siège, maussade et enragée contre elle-même.

Ils passèrent devant une construction bizarre en pierres grossières et que surmontait une enseigne de plastique rhomboïdale qui portait en lettres de plastique noir le nom de la résidence : WINDHAVEN. Le dernier N avait en partie disparu. Quelqu'un, un jour, y avait lancé une pierre, brisant le plastique et faisant exploser le tube fluorescent, derrière. Naguère, on pouvait voir l'enseigne, la nuit, depuis l'autoroute. Maintenant, des feuilles mortes étaient coincées entre le plastique poussiéreux et le support et s'amassaient jusque sur les pierres du socle.

On atteignait une sorte de plateau et l'on apercevait la première maison, ou plutôt ce qui avait été une maison : la charpente d'un ranch à étage, assemblage squelettique de poutres sur un sol de béton nu, les poutres délimitant ce qui avait été des chambres, une cuisine, une salle de séjour; la cheminée dessinait un trait plus appuyé, comme une traînée de peinture dégoulinant sur une esquisse au crayon. La maison n'avait jamais été terminée. Aucun mur n'arrêtait le vent charriant sciure et copeaux par les ouvertures; la petite avancée de toit, bâtie avant l'arrêt des travaux, s'affaissait maintenant sous l'humidité qui s'infiltrait dans le bois nu.

D'autres maisons apparaissaient ensuite. Leur

forme dans la nuit divisait le ciel en autant de segments. Des pelouses bien entretenues et tondues avaient été prévues entre le trottoir et la porte d'entrée; elles étaient envahies de mauvaises herbes de couleur brune. La plupart des lots demeuraient totalement nus, simplement délimités par des bouts de chiffon fanés noués à des ficelles qui traînaient sur le sol; les maisons n'étaient souvent plus qu'un rectangle de béton voisinant avec une pile de poutres recouvertes d'un plastique noir mis en lambeaux par le soleil et le vent.

Les promoteurs avaient eu des projets grandioses mais des ressources anémiques. Ils avaient racheté à la vieille dame tout le terrain des Feld, arraché les arbres fruitiers et commencé à construire ce qui devait devenir la résidence de grand standing de San Aurelio. Ils avaient mis la terre à nu, tracé des rues qui serpentaient au hasard, découpé les lots, installé à l'entrée l'imposante enseigne de pierre et de plastique éclairée au néon et baptisé le tout d'un nom qui se voulait séduisant.

Les finances avaient manqué avant même que soit achevée la première maison. Elles s'étaient taries à moins qu'elles n'aient jamais existé; les banques avaient changé d'avis quant à l'octroi des crédits. Les ouvriers du bâtiment étaient venus un matin comme les autres; ils avaient siroté leur café dans des gobelets de plastique et s'étaient réchauffé les mains à des feux allumés dans quelque vieux bidon à ordures, puis, dans une voiture qui portait le logo de la société, quelqu'un était venu leur dire qu'ils pouvaient rentrer chez eux.

C'était avant la naissance de Dee. Elle avait grandi persuadée que ce fantôme de banlieue faisait partie du paysage normal sur le chemin qui conduisait chez sa grand-mère. Dix ans plus tard, quelque part, devant des tribunaux qui jugeaient les faillites et dans des cabinets d'avocats, on continuait à gratter les quelques sous restant, on plaidait pour la propriété des terrains et les droits de rétention des engins mécaniques. Si jamais on en voyait la fin, se disait Braemer chaque fois qu'il passait devant et contemplait la lente dégradation des squelettes de maisons, il faudrait passer tout cela au bulldozer pour niveler le terrain et repartir de zéro. En attendant, les carcasses demeuraient, piètres illustrations d'un livre sur l'anatomie des banlieues.

– Tiens, voilà Jess, annonça Dee en se redressant sur son siège.

La dernière rue du lotissement vide les avait amenés devant la vieille maison des Feld. Dee avait repéré la camionnette de son oncle garée dans l'allée, à côté de la vieille Chevrolet Bonneville de sa tante.

Braemer vira pour se ranger à côté des deux véhicules; les pneus firent crisser le gravier. Dee avait débouclé sa ceinture et sauté de la voiture avant même qu'il ait éteint les phares. Une légère odeur de brûlé lui monta aux narines quand il descendit pour suivre sa fillette à travers la pelouse à l'abandon sur le côté de la maison.

Jess était affalé sur un siège de jardin en aluminium dont une lame de plastique pendait sous le cadre terni et taché. Quelques morceaux de charbon de bois rougeoyaient sous la cendre grise dans un trou peu profond creusé dans le sol. Une grille empruntée au fourneau de la cuisine et posée sur des briques au-dessus du trou complétaient ce barbecue improvisé.

– Qu'est-ce que tu manges ? demanda Dee en pointant un doigt accusateur sur la grille et sa croûte de graisse carbonisée.

– Steaks hachés.

Un peu de bière gicla de la boîte que Jess

posa en équilibre sur sa boucle de ceinture tandis que, de son autre bras, il enlaçait Dee qui se tenait à côté de son fauteuil. Il posa la boîte dans l'herbe et, d'une main, s'abrita les yeux de la lumière de la véranda, derrière la maison.

– Salut, Dave, ça gaze ? demanda-t-il.

Braemer haussa les épaules et fit jouer ses épaules pour se détendre. Le trajet en voiture depuis Los Angeles était long.

– Tu m'en as gardé ? demanda Dee.

– Tu as dîné avant de partir.

Même avant les cours de danse avec Sarah, Braemer avait remarqué que sa fille pouvait avaler des quantités phénoménales de nourriture tout en restant aussi menue.

– Peut-être. Va demander à Carol, dit Jess en ramassant in extremis le bidon d'alcool à brûler que Dee avait failli renverser en se précipitant vers la maison. (Il posa le bidon sur ses genoux et le referma puis, s'adressant à Braemer en le regardant de ses yeux bleus délavés :) Comment ça va, la vie dans la grande ville ?

– Ça va. Ça bouge.

Ici, à part les stridulations des criquets dans les buissons de la colline, c'était le silence.

– Sais pas comment tu peux supporter ça, observa Jess en frottant la tache que la bière avait laissée sur son jean. Ça me rend dingue.

Il avait un appartement à San Aurelio mais passait le plus clair de son temps ici, à la maison où il avait grandi. Il bricolait parfois sur sa camionnette montée sur cric dans la cour et, ces jours-là, il dormait sur le divan du salon. Braemer s'inquiétait moins pour Dee, qui vivait là, au milieu de nulle part, sans aucun voisin, car Jess n'était pas loin.

– Faut bien travailler quelque part.

Il jeta un coup d'œil vers la maison, par-dessus l'épaule. Sur le devant, les plantes grimpantes de Carol encadraient l'autre véranda comme une jungle domestiquée. Le fouillis d'herbes dissimulait le heurtoir de cuivre au dessin élaboré et les incrustations de verre biseauté de la porte. De l'une des fenêtres à l'étage, au-dessus de la véranda, un rectangle de lumière tombait obliquement sur la pelouse inégale. Dans cette chambre, jamais la lumière ne s'éteignait.

– Je reviens dans un instant, dit Braemer en se dirigeant vers le porche.

Il lui restait diverses choses à accomplir et qui faisaient partie du rituel du dimanche soir.

– Pose ça dedans, tu veux ? lui dit Jess en lui tendant le bidon de combustible qui servait à allumer le barbecue.

Braemer pénétra dans la tiédeur de la cuisine et referma la porte derrière lui. Dee s'était assise à califourchon sur une chaise en bois, les bras croisés sur le dossier. Au fourneau, la tante de Dee posait doucement un hamburger dans un poêlon de fonte noire; la graisse crachotait sur la flamme bleue du gaz. Il ouvrit les petites portes du placard sous l'évier et y rangea le bidon à sa place.

– Oh, bonjour, David.

Carol posa sa spatule dans le poêlon et chassa de son front une mèche de cheveux. Elle se pencha sur l'évier et prit, dans l'égouttoir, une tasse qu'elle emplit de café avec le pot posé sur le fourneau. Braemer s'assit à la table et elle posa la tasse devant lui avant de retourner à l'évier pour aller lui chercher une cuillère dans l'égouttoir.

– Merci.

Il gratta le sucre collé à la tasse, observant Carol devant le fourneau. Elle avait remonté les manches de son sweat-shirt bleu fané, le duvet de ses avant-bras était collé par l'eau de vaisselle.

Elle glissa le hamburger dans une assiette en carton et le tendit à Dee.

– Les petits pains et le reste sont sur la véranda, dit-elle.

Déjà, Dee s'était levée de sa chaise et filait dehors, ses remerciements étouffés par le claquement de la porte sur ses pas. Carol alluma une cigarette au brûleur du fourneau avant de l'éteindre et se laissa tomber sur la chaise en face de Braemer.

– Tu devrais donner à manger à cette gamine de temps en temps, tu sais.

– Non, dit-il, posant sa tasse et haussant les épaules. Ça les fait grossir si on les nourrit.

Elle sourit à la vieille plaisanterie éculée et fit tomber, d'une pichenette, un peu de cendre sur le devant de son sweat-shirt maculé de taches de graisse. Ils n'avaient pas grand-chose à se dire, à part ces vieilles blagues. Régulièrement, au début de chaque mois, il envoyait par la poste la pension alimentaire de son enfant. Il ne fallait pas rompre la fiction tacitement entretenue entre eux par un échange d'argent de la main à la main. Ils n'étaient que deux personnes dans une cuisine au cœur de la nuit, et le passé n'avait rien à y voir – la sœur de Carol, son ex-femme, là-haut.

– Ça roulait comment ? demanda-t-elle, retardant un peu la phase suivante.

– Bien. (Il avait tout le temps.) Ça s'arrange, habituellement, quand on sort de L.A.

Il avala son café et reposa la tasse à côté de plats sales du petit déjeuner. Il régnait chez les Feld une anarchie difficilement maîtrisée, scandée par de périodiques accès de nettoyage au cours desquels Carol parvenait même à laver toute la vaisselle d'un seul coup. Cette fois encore, elle n'était pas venue à bout de l'assiette en plastique du chat et des miettes de thon y avaient séché, dures et brunâtres. Cela faisait plus d'un mois qu'elle était là, dans un coin près de la porte, depuis que le matou gris appelé Mischa était sorti pour ne plus reparaître. On pensait qu'il avait été mangé par les coyotes qui vivaient tout là-haut dans les collines. (La rumeur prétendait que ces ombres rapides et bondissantes que Braemer apercevait parfois dans les phares de la Datsun vivaient également au-dessus de Los Angeles, descendant parfois pour venir boire dans les piscines, derrière les maisons et filant avec un caniche entre les dents quand l'occasion s'en présentait.)

Il en allait autrement quand la vieille dame vivait encore et traînait péniblement dans la maison. Carol s'occupait d'elle – changer les draps tachés d'urine tous les jours et autres corvées du même genre – et maintenait la maison dans un état de propreté suffisant pour satisfaire à l'inspection des yeux fatigués de la vieille dame. Elle était la fille adoptive et, en grandissant, elle s'était révélée moins jolie que les deux filles par le sang, avec sa mâchoire trop lourde et son front trop large; mais elle n'avait jamais désespéré de gagner sa place dans la famille. Il en restait quelque chose dans son geste pour poser le café devant Braemer, comme une servante dans sa propre maison.

Sur la cheminée de la salle de séjour trônait un cadre avec une photo jaunie – ou plutôt un morceau de photo car on en avait coupé une partie – que Braemer avait toujours considérée comme un triste petit document humain. Elle montrait une femme, dans une toilette du début des années quarante, qui tenait un bébé. Renee lui avait dit une fois que le bébé était Carol, juste après son adoption par les Feld. Sa nouvelle mère ne paraissait pas heureuse sur la photo. On lisait dans l'expression du visage de la femme figée, en noir et blanc, toute la nature des rapports futurs entre elles deux : la femme finirait vieille et amère, jusqu'à la sénilité, sous ses rides de vieille tortue, et le bébé grandirait comme le vilain petit canard de la famille, luttant pour gagner sa place près de l'âtre sans y parvenir jamais tout à fait, sans cesse repoussée dans le froid.

Non que la vieille garce ait jamais marchandé son venin à Carol. La partie manquante de la photo du cadre avait représenté le mari de la femme, jusqu'à ce que quelque scandale non précisé – le seul épisode de l'histoire sordide de la famille que Renee n'avait pu raconter à Braemer – eût conduit la vieille dame à le faire disparaître. Un non-être domestique : on avait détruit toutes les photos de lui ou on l'avait rayé de celles qui restaient. Il était mort juste après la naissance de Renee, de sorte qu'aucun des enfants, adoptif ou par le sang, ne gardait plus de lui qu'un vague souvenir.

Lorsque, enfin, la vieille femme était morte, la maison avait glissé dans un négligé confortable. Et plus encore quand Renee s'y était installée avec Dee après son divorce, entretenant la maisonnée avec Carol grâce à la part d'héritage qui leur revenait de la vente du terrain. Deux marionnettes offertes par Braemer à sa fille, et avec lesquelles elle ne jouait plus, avaient trouvé leur place définitive sur la table basse près du canapé. Une collection de vieux devoirs de Dee, crayonnés à l'école et dont les bords se retournaient, était collée sur la porte du réfrigérateur comme autant de feuilles mortes : indices de la présence d'un enfant, de la présence d'un être vivant dans la maison.

Braemer inclina sa tasse pour faire glisser sur sa langue la dernière goutte de café, tiède et amer. Au-delà de la porte donnant sur la salle de séjour, il pouvait voir, cascadant dans les escaliers, la lumière qui tombait de l'une des chambres, en haut. La flaque de lumière au pied de l'escalier était toujours là. Maintenant, la séparation entre ce qui vivait et ce qui mourait, dans la maison, s'était faite plus ténue.

À travers le grillage de la fenêtre, il voyait Dee bavarder avec Jess, une chaise de jardin tirée près de celle de son oncle et l'assiette en carton sur les genoux.

Il repoussa sa chaise et se leva.

– Je crois que je vais monter voir Renee, dit-il doucement.

Carol écrasa sa cigarette dans l'un des plats sales et leva son regard sur lui.

– Tu sais, tu n'es pas obligé.

Jamais encore elle ne lui avait dit cela. Il l'avait pourtant attendu plus d'une fois.

– Ça ne signifie rien, dit-il en haussant les épaules.

Carol ferma les yeux, rejeta la tête en arrière, les bras croisés sur son sweat-shirt.

– Tu es un brave type, David, dit-elle, ouvrant enfin les yeux et regardant au plafond. Tu... tu ne devrais pas. C'est tout.

Quelque chose cliqueta dans son cœur, sous le ressort du passé.

– Je sais.

Il savait qu'il ferait mieux de sortir, de serrer sa fille dans ses bras, de lui dire au revoir, de retourner à sa voiture et de rentrer à Los Angeles pour retrouver la femme qui l'aimait. Mais il allait, ce soir encore, monter voir son ex-femme. Ou ce qu'il en restait.

Il passa de la cuisine dans la salle de séjour et grimpa les escaliers, la main sur la rampe au bois poli par l'usure. La lumière, par la porte ouverte de la chambre, l'atteignit en plein visage. Avant la dernière marche il entendit le bruit de sa respiration.

Sa main caressa la boule de bois au bout de la rampe. Il traversa le couloir et poussa la porte de la chambre. La pièce était inondée de lumière et sentait l'hôpital, une odeur de désinfectant à laquelle se mêlait une autre odeur plus écœurante. Il s'appuya contre le chambranle de la porte et regarda. C'était la dernière étape de son rituel du dimanche soir.

Dans le lit, Renee était blottie en position fœtale sous le drap que Carol avait tiré sur elle. Son visage n'avait plus que la peau sur les os, le tube destiné à l'alimenter était glissé dans une narine et solidement fixé à la joue par un sparadrap blanc. Ses lèvres se retroussaient sur ses dents sèches. Quelque chose raclait dans sa gorge à chaque aspiration violente, haletante. Son poing aux jointures blanches se serrait au bout d'un bras au coude pointu. Ses cheveux, que Carol avait tirés bien à plat sur le crâne qu'on devinait, montraient une mèche grise.

Il se pencha et la regarda, les bras croisés, les yeux mi-clos, contemplant ce qui restait d'un visage qui, jadis, avait partagé son oreiller et qui se trouvait plongé dans un sommeil dont elle n'émergerait jamais. Il regardait et ne ressentait rien. Absolument rien. C'était pour combler ce vide en lui, un vide représenté par la femme plongée dans ce coma profond, qu'il avait grimpé les escaliers, jusqu'à ce que l'éternelle lumière de la pièce fût en plein sur lui.

Elle écouta le bruit de la voiture de son père qui sortait de l'allée et s'éloignait de la maison. Vers la rue qui menait à d'autres rues, à l'autoroute, à cette autre maison où il habitait.

Après qu'il l'eut serrée dans ses bras, qu'il se fut penché pour la soulever sur la pointe des pieds, elle était rentrée en courant dans la maison. Depuis la chambre de sa mère, elle l'avait regardé partir. Les phares de la voiture avaient balayé le virage, éclairé un instant les arbres désolés avant de s'estomper et de disparaître. Lorsqu'elle n'entendit plus le moteur dans la nuit, les seuls bruits qui subsistèrent furent les stridulations des grillons au fond de la cour et la faible respiration rauque de sa mère dans la chambre.

Elle se retourna et s'appuya, de dos, à la fenêtre, les mains sur le rebord. Le drap, sur la silhouette blottie dans le lit, trembla légèrement, comme si la femme décharnée allait se dresser d'un instant à l'autre. Dee regarda, mais sa mère restait repliée sur elle-même, seule sa respiration inégale indiquait qu'elle était toujours en vie.

Elle alla jusqu'au lit et regarda son visage. Les cheveux coupés court, les lèvres sèches, crevassées, la langue convulsivement pressée contre les dents, un tube de plastique serpentant sur la joue creuse : il lui fallait chaque fois plaquer une couche de souvenirs sur ce crâne avant de la reconnaître. Son visage aux traits figés, aux paupières sombres cernées de blanc, apparaissait à Dee comme celui de cette mère qu'elle n'avait pas reconnue, un couteau serré dans la main, au plus obscur de la forêt. Celle que son papa ne connaissait pas.

Elle regardait le visage endormi de sa mère – si l'on pouvait parler de sommeil – quand la lumière de la pièce baissa brusquement. Des grains de poussière dansaient à travers les branches de pins. Les arbres se dressaient au-dessus d'elle. Elle se retourna d'un bond, terrassée par l'odeur vive des aiguilles de pins qui tapissaient le sol. Les limites de la pièce, simple boîte, s'estompèrent sous l'autre espace dans lequel elle fut noyée.

Un instant plus tard, lorsqu'elle se retourna lentement pour regarder la silhouette dans le lit, on ne lisait plus la peur sur son visage. Elle sourit au corps dans son coma, à ce corps figé, mais pas du sourire d'une fillette de dix ans : d'un autre sourire qui marqua sa bouche d'un air entendu, dissimulant un secret.

L'enfant retourna à la fenêtre et regarda la nuit et les étoiles. Quelque chose d'autre, en elle, vit les rayons froids de la lumière sur le sol obscur.

Elle ouvrit les yeux au bruit d'une clé dans la serrure. Elle ne dormait pas mais conservait l'obscurité bien close sous ses paupières, souhaitant retomber dans cette brume réconfortante. Des dents de métal glissaient dans leur logement. Le claquement d'un cadenas qui s'ouvrait se fit entendre. Une porte s'entrebâilla et le faible pinceau ovale d'une lampe torche grimpa sur elle. Elle le suivit des yeux sur son corps : des ombres floues soulignaient sa poitrine et ses côtes.

Un bref instant, l'obscurité revint quand s'éteignit la lampe, puis une autre lumière plus vive inonda la pièce. Grimaçant, elle ferma les yeux et tenta de se recroqueviller; mais quelqu'un lui saisit les poignets et leva ses bras au-dessus de sa tête tandis qu'elle demeurait étendue sur le sol de linoléum. Les nœuds, dans les bandelettes de tissu jauni par la transpiration, s'enfoncèrent dans ses poignets, se resserrant sous son effort pour résister.

La douleur provoquée par la lumière reflua de ses yeux pleins de larmes. Elle les ouvrit et découvrit la silhouette plantée au centre de la pièce, le cordon de l'interrupteur dansant près de sa main tandis qu'il rechaussait ses lunettes. Les miroirs des verres captèrent l'ampoule nue comme deux poings brûlants.

– Bonsoir, dit-il en baissant les yeux sur elle.

Sa voix était douce derrière le sourire qui soulevait à peine un coin de sa bouche. Il s'agenouilla à côté d'elle, son regard caché tentant de lire quelque chose sur son visage. Elle vit les deux visages reflétés dans les verres des lunettes : joues creuses, paupières sombres comme des empreintes de pouces, sous les cheveux emmêlés tombant sur le front. Un visage qu'elle eut de la peine à reconnaître comme le sien.

– C'est simplement Kathy, n'est-ce pas ? murmura la silhouette en dégageant doucement une mèche de cheveux de son visage. (Il se redressa, l'examina un instant puis ajouta enfin :) Cela ira très bien. Très bien.

Et il s'éloigna dans un coin de la pièce. Elle tourna la tête et regarda les épaules de l'homme se redresser sous le cuir marron froissé de son blouson.

– Renee, murmura-t-elle. Tu voulais Renee...

Il lui jeta un regard par-dessus l'épaule sans répondre. Le visage devint flou sous les verres réfléchissants, personnage onirique fondu dans une pluie invisible. Elle savait qui il était mais savait aussi que ce n'était pas vrai. Elle était devenue folle dans la petite pièce vide, avec sa crasse et son air vicié – mieux valait cela que de penser avoir reconnu le visage, devenant plus flou derrière ses larmes.

De nouveau il s'agenouilla, alluma un réchaud électrique posé à même le sol, déboucha une bouteille d'eau et en versa un peu dans une casserole d'aluminium cabossée. En attendant que les spires de chauffage du réchaud soient portées au rouge, il tira divers objets des poches de son blouson. Méthodiquement, il sortit une aiguille hypodermique de son emballage stérile et l'adapta à une petite seringue. Après quoi il déplia par terre un carré de papier d'argent. Dans le dernier pli de la feuille d'aluminium, de la poudre blanche capta la lumière comme des cristaux de glace.

L'eau bouillait dans la casserole et ses mains s'activèrent, se livrèrent à des préparatifs, les doigts plongeant la seringue dans l'eau sans douleur apparente. Il se leva et revint vers elle.

Il se pencha, lui saisit le bras, tournant vers lui la chair tendre. De sa langue, il humecta un index et frotta pour nettoyer une petite surface à la saignée du coude; la crasse de la peau roulait en fines lignes noires. La pointe de l'aiguille s'enfonça dans la chair rose.

– Inutile que Renee le sache, non ? lui murmura-t-il à l'oreille d'une voix douce tandis qu'elle fermait les yeux, faisant disparaître le visage caché derrière le miroir des verres.

De nouveau, le souffle de l'homme lui effleura la joue tandis qu'il se penchait sur elle, plus proche. Son cœur accéléra ses battements quand lui parvint le sang toxique, chargé de drogue, le feu brûlant sous la peau.

– Inutile qu'*elle* le sache, entendit-elle sa voix répéter au loin en écho.

Ses paupières s'ouvrirent une seconde et elle vit les murs de la pièce s'engloutir, disparaître, sous des vagues d'espace.

– Inutile qu'elle sache, murmura-t-il. Mais elle saura.

2

La sonnerie retentit mais elle était déjà réveillée. Sarah sortit un bras de sous la couverture et arrêta le tintamarre. Le cadran, vaguement éclairé par la lumière grise qui tombait de la fenêtre, annonçait six heures. Elle ferma les yeux quelques instants sur l'oreiller, bien près de sombrer à nouveau dans le sommeil, aspira une grande bouffée d'air qui aviva le goût de sa bouche et se redressa sur les coudes.

À ses côtés, Dave était à mille lieues d'elle, le visage enfoui dans les bras, les yeux clos contre la lumière. Même si elle l'avait laissé sonner, le réveil ne l'aurait pas dérangé. Après les week-ends, il y était toujours plus renfermé, et rien ne l'atteignait.

Lorsqu'il rentrait de raccompagner Dee chez sa tante et sa mère – si l'on pouvait appeler ainsi ce cadavre qui respirait à peine – il restait toujours à veiller jusqu'à deux ou trois heures du matin, penché sur quelque esquisse de projet posée sur la table de la cuisine; la radio était réglée très bas et diffusait en stéréo de la musique classique ininterrompue.

Des distances infinies les séparaient quand elle venait l'embrasser dans le cou pour lui souhaiter bonne nuit. Il se renversait contre le dossier de sa chaise de cuisine et lui passait les bras autour de la taille, mais ses pensées demeuraient quelque part, à des milles de sa plume et de son papier. Et, plus tard, quand il se glissait dans le lit à côté d'elle, elle sentait son poids sur le matelas, sa tiédeur, et elle savait, sans le regarder, qu'il restait étendu sur le dos, les yeux fixés sur l'obscurité du plafond.

Ces nuits-là, et au cours d'autres nuits encore, elle s'éveillait parfois totalement pour le trouver enfin endormi, pressé contre elle, les bras noués autour de ses épaules, comme pour l'attirer davantage contre lui. Elle ne bougeait pas, sentant la pulsation de son sang et pensant – curieusement – aux six années qu'avait duré son mariage : à cet autre monde dans lequel son mari et elle s'étaient endormis en se tournant le dos, séparés par un abîme. Son oreiller devenait humide contre sa joue tandis qu'elle se mordait la lèvre pour que son mari ne l'entende pas pleurer. Il y avait longtemps, et ce n'était plus qu'un souvenir surgissant au cœur de la nuit; elle se rendormait, blottie contre David.

Sans allumer la lampe, Sarah sortit du lit, enfila de vieux chaussons de danse qui lui tenaient lieu de pantoufles et se glissa dans la salle de bains.

Lorsqu'elle en ressortit, se séchant les cheveux dans une serviette, Dave s'était étalé dans le lit, comme s'il essayait de la retrouver dans la tiédeur de son parfum. Elle prit le réveil, le régla pour qu'il sonne trois heures plus tard et remonta le drap sur les épaules découvertes de Dave.

Une demi-heure après, habillée, un carton de yaourts glissé dans son sac, elle revint dans la chambre et l'embrassa légèrement sur le front. Elle l'entendit murmurer, un fragment de conversation dans un rêve : un nom, mais pas le sien. Elle crut l'avoir entendu prononcer *Dee*. Un instant, elle demeura penchée sur lui puis se redressa, se retourna et partit au travail.

– Hé, Braemer, tu as des gosses ?

Il leva les yeux de sa table à dessin et aperçut un visage de fox-terrier, une main qui retirait nerveusement une cigarette d'une bouche. Un instant, il ne put se souvenir du nom du type qui jaillit soudain : Stennis, le comptable que Rawling avait embauché deux semaines plus tôt, quand il avait enfin admis qu'il ne pouvait plus longtemps faire marcher son studio d'art graphique en entassant factures et chèques dans une boîte à chaussures.

Braemer alla pêcher le capuchon du Rapidograph dans le plumier monté sur le côté de sa table et en coiffa sa plume.

– Une fille, répondit-il. Dix ans.

Stennis se laissa tomber sans y être invité dans le fauteuil de metteur en scène à la toile fanée, à côté de la porte du box et posa sa tête, les yeux clos, contre la mince cloison.

– J'ai une petite fille, moi aussi. Elle a, euh... trois ans, je crois. Ouais, c'est ça, trois ans. Bon Dieu, dit-il en passant sa main libre dans ses cheveux, je ne sais pas comment on pourrait s'en sortir. Je suis étranglé avec cette pension alimentaire.

– C'est cher, les gosses, dit Dave.

Il posa le coude sur un coin vierge du papier, prenant soin de ne pas maculer le dessin, haussa les épaules et ajouta :

– Tout est cher.

– Tu parles si je le sais.

Stennis fixa une mince volute de fumée comme s'il essayait de voir au-delà de son image dans la glace d'un bar. Il avait la voix d'un homme cuvant une gueule de bois au-dessus d'un verre à moitié vide, une voix à échanger des confidences d'alcoolique.

– Voilà que mon ex-femme veut que j'augmente la pension, sinon elle va me traîner par la peau du cou devant le tribunal pour la deuxième fois, dit-il.

– Ton loyer augmente, le sien aussi, commenta Dave avec un nouveau haussement d'épaules.

Le box était petit et l'haleine chargée de nicotine parvenait jusqu'à Braemer. Il s'arrangeait, dans ses réponses, pour creuser la distance entre eux. Il connaissait à peine ce type. Cette conversation ressemblait à un galop d'essai ou il ne s'y connaissait pas. L'autre n'allait pas tarder à le taper de quelques dollars, jusqu'à la paie.

– Je travaille déjà au noir pour *ce* boulot, dit Stennis.

C'était probablement exact. Braemer l'avait aperçu deux ou trois fois qui sortait du parking, sur le coup de trois heures et demie, dans une Camaro qui avait encore la pub du vendeur collée au-dessus de la plaque d'immatriculation. Il avait aussi entendu parler d'un changement d'horaire au bureau du contrôleur des impôts.

Stennis rumina en silence un instant et fit tomber sa cendre par terre. Après quoi il demanda à Braemer, avec un regard en coin :

– Ton ex ne te fait jamais des coups de ce genre ? Elle n'essaie pas de te piquer du fric ?

– Non, dit Braemer après un instant. Je crois que j'ai de la chance de ce côté-là. Quand les honoraires du dentiste tombent ou des choses comme ça, je paie ma part, c'est tout.

– C'est vrai ? Je n'en reviens pas. Bon Dieu, une fois qu'elles t'ont mis le grappin dessus, elles ne pensent *toutes* qu'à te presser. Comment ça ?

– Comment ça, quoi ?

– Comment ton ex-femme ne te demande-t-elle pas plus de fric ?

Espèce de connard, pensa Braemer en fixant les yeux rougis par la nicotine et la caféine. Braemer avait senti, dans le ton de l'homme, une invitation à partager une combine. Tu l'auras voulu. Il posa la plume dans la rigole au bas de la table.

– Mon ex-femme ne me demande rien du tout. Elle est dans le coma. Et elle n'en sortira pas. Jamais.

– Qu'est-ce qu'il lui est arrivé ? demanda Stennis, le regard aigu.

J'ai payé des mecs pour lui cogner dessus dans une ruelle, eut-il envie de lui répondre. Mais il s'en tint à la vérité.

– Elle a eu une attaque. Terrible, dit-il, en mettant dans son ton une impatience à peine contenue.

– À quel âge ?

– Vingt-six. Ce sont des choses qui arrivent. Je crois qu'il y a une histoire d'hérédité.

– Oh… je vois, dit Stennis avec un hochement de tête solennel. Alors tu as divorcé, hein ? Sans aucune difficulté.

Il se sentit pris de l'envie de passer la tête de belette du type, avec ses mines de conspirateur, à travers la cloison et de le jeter dans le couloir.

– C'est arrivé il y a à peine un an. Nous étions divorcés depuis cinq ans.

– Hmm, dit Stennis, perplexe. Et qui a la garde de la gosse, alors ?

– La sœur de mon ex-femme. Elle vivait avec elles avant et on a continué comme ça. Je lui envoie les chèques de la pension alimentaire. Elle a suivi des cours d'infirmière dans le temps, et elle a ramené mon ex-femme de l'hôpital pour s'en occuper (pour qu'elle puisse mourir à la maison, songea-t-il fugitivement). Elle n'a pas besoin d'assistance médicale ou autre appareil de maintien en état de survie. (Dommage; ce serait fini maintenant.) Voilà toute l'histoire.

Et cela faisait environ un an que ça durait. Presque un an jour pour jour, calcula Braemer. Il était en Angleterre. Un travail qu'il avait réalisé longtemps auparavant, le dernier projet qu'il eût signé pendant qu'il était marié, en fait – une série de posters pour un festival du film étranger à Houston –, avait été choisi par un distributeur de films de Milan. Dans une enveloppe sortie de nulle part et qui avait l'air d'avoir traîné dans tous les bureaux de poste d'Europe, il avait trouvé un chèque représentant ses droits d'auteur. L'équivalent d'un mois de son salaire de gardien de nuit, gagné à cogner sur les grilles des magasins de Wilshire Boulevard pour s'assurer qu'elles étaient bien fermées. Il n'avait même pas dépensé le moindre centime de cet argent quand, deuxième surprise, un magazine européen d'arts graphiques, tiré sur papier couché, lui avait décerné une récompense mineure

– une médaille, pas d'argent – pour ses posters. Le montant des droits d'auteur était suffisant pour lui permettre de laisser tomber le poste de gardien de nuit, de payer un mois de pension alimentaire d'avance et de filer à Londres par avion pour le gala de remise des récompenses. Honneur illusoire : il n'avait pas dessiné une ligne depuis cinq ans. On avait décerné la récompense à l'artiste qu'il avait été. La blessure qu'avait pu provoquer cette amputation s'était refermée, assez pour que cela constitue une bonne excuse pour aller passer quelques semaines en Angleterre. Jamais, avant cela, il n'était sorti des États-Unis.

Il se trouvait en Angleterre depuis trois semaines à peine, se contentant, pour ses repas, de shawarma et de curry pris debout dans les bars d'Earl's Court pour réduire les frais, quand le télégramme de Carol lui était parvenu dans une petite pension pas chère. RENÉE HOSPITALISÉE DEE OKAY RENTRER DÈS QUE POSSIBLE. Il avait sauté dans le premier avion au départ de Heathrow. Pour retrouver sa fille et le cadavre vivant de son ex-femme et pour fixer ce qui deviendrait leur existence – curieuse mais fonctionnelle – dans les mois qui suivraient.

– Tu parles d'une situation, dit Stennis qui le tira de ses pensées. Tu t'en es bien sorti.

Il baissa les yeux; son regard quitta un angle du mur et du plafond où il s'était posé comme pour y chercher quelque vermine. Il fixa l'autre quelques instants avant de lui répondre.

– Je crois. Pour toi je m'en suis bien tiré, c'est vrai.

– Hé, maintenant je comprends, dit Stennis en se penchant vers lui. (La combustion de sa cigarette commençait à attaquer le filtre.) *Voilà* pourquoi Rawling a appelé ta femme la Belle au Bois Dormant, ajouta-t-il avec un rire bref.

– Quand a-t-il dit cela ? demanda Braemer qui s'était tourné pour contempler le dessin sur sa table.

– On était sur les fiches de paie, ce matin, et c'est venu comme ça dans la conversation à propos des heures du lundi matin que tu récupères. Rawling a dit que tu étais toujours en retard le lundi matin parce que tu allais voir la Belle au Bois Dormant. Maintenant je comprends.

Braemer se retourna pour le regarder. Stennis ravala son rire quand leurs regards se croisèrent. Il se leva et écrasa son mégot sous sa chaussure.

– À plus tard, dit-il.

Plus question, maintenant, de taper Braemer de quelques dollars. Oublié, le motif de sa visite.

Braemer resta quelques instants à fixer l'encadrement vide de la porte puis ôta son ébauche de la table à dessin et la roula. Sous l'élastique destiné à maintenir le dessin, il glissa le bon de commande, descendit de son tabouret et sortit dans le couloir.

Ses pas résonnèrent dans le silence du bâtiment, l'un des plus petits d'une zone industrielle voisine de l'autoroute du port. Ses collègues étaient encore en train de déjeuner, au kiosque à sandwiches du coin ou au bar en face, selon les goûts. La porte du bureau de Rawling était entrebâillée. Il la poussa de l'épaule.

– Quoi de neuf ? demanda-t-il.

Rawling leva les yeux de son bureau où s'étalait un éventail d'intercalaires en couleurs confié en sous-traitance par un labo de photos. Son fauteuil grinça quand il se redressa.

– Rien. Toujours les mêmes conneries.

Braemer posa le rouleau sur le bureau et se laissa tomber dans le fauteuil en face de Rawling.

– J'étais en train de discuter avec Machin, votre nouveau comptable. Comment s'appelle-t-il ? Stennis.

Rawling croisa ses mains sur son estomac, habitude conservée de l'époque où il était beaucoup plus gros et où elles pouvaient reposer sur une confortable brioche. Il jeta un regard sur le parking goudronné et zébré de blanc et grommela :

– Que voulez-vous, il n'est pas cher.

– Je le crois volontiers, dit Braemer, se penchant sur le bureau, repoussant les intercalaires en couleurs et ajoutant, sans regarder Rawling : Il m'a parlé de quelque chose que vous aviez dit à propos de mon ex-femme.

– Hmm, c'est venu comme ça, désolé.

– Sans importance.

Braemer fit une pile bien nette des intercalaires. Rawling et lui se connaissaient depuis longtemps. Il l'avait embauché quand il avait appris qu'il avait obtenu une récompense, par un magazine d'arts graphiques, et malgré les protestations de Braemer objectant qu'il n'avait pas touché un crayon depuis cinq ans.

Rawling avait été l'un de ses profs avant que l'échec d'un troisième mariage et le cumul des pensions alimentaires l'obligent à tenter de se faire un peu plus d'argent que ne lui en procurait son salaire de prof de fac. Coïncidence non négligeable : c'était lui aussi qui avait décroché à Braemer la commande des posters en parvenant à glisser un carton des « encres » de celui-ci au président du festival de Houston.

– Non, je suis vraiment désolé, insista Rawling. Votre vie privée ne regarde pas ce minable.

– J'aimerais parfois que ça ne me concerne pas non plus, dit Braemer avec un sourire.

– Bon Dieu, tout comme moi. Dans quelle mélasse on finit par se trouver. (Il continua à rêver, fixant le vide par la fenêtre.) Comment va Dee ? Vous l'avez eue pour le week-end, non ?

– Ça va, répondit Braemer qui demanda, après un instant de silence : Quelque chose qui cloche ?

– Oh, je n'en sais rien. Je ne sais pas quoi faire. C'est Jeffrey.

Jeffrey était le gamin de huit ans qu'il avait eu de son dernier mariage.

– Qu'est-ce qui s'est passé ?

– Il a recommencé à fuguer. Susan m'a appelé samedi pour me dire qu'il n'était pas rentré de l'école vendredi et qu'un gardien l'avait trouvé endormi dans le salon d'un centre commercial d'Encino le lendemain matin.

Braemer le jugea vieilli, tassé dans son fauteuil derrière le bureau, diminué par autre chose qu'une simple cure d'amaigrissement.

– Il y a une raison ?

– Oh, merde, comment le savoir ? Moi aussi je me taillerais si je devais vivre avec Susan. Bon Dieu, *je me suis* taillé, dit Rawling avec un lent hochement de tête. J'y suis allé d'un coup de voiture et je lui ai parlé. Il a dit qu'il voulait venir vivre avec moi.

Braemer ne répondit rien. Ils avaient déjà évoqué la question : deux pères divorcés ressassant leurs problèmes en ce dernier quart du vingtième siècle.

– C'est un gamin de huit ans, bon Dieu, tenta d'expliquer Rawling. Il me crèverait en un après-midi. Je l'adore, mais s'il arrive dans le décor il va me falloir aller pêcher mes pilules pour le cœur dans ma pharmacie. Il me tuerait en six mois si j'essayais de l'élever. Et où trouveraient-ils le fric, après ça ? (Il pivota dans son fauteuil, le regard rivé à celui de Braemer, exposant la situation.) Qui va... qui va s'occuper de lui après ? Même de loin.

Sa voix n'était plus qu'un murmure. Il se pencha sur le bureau, les coudes plantés sur les intercalaires aux couleurs vives.

– Voulez-vous que je vous raconte la dernière horreur ? Une bonne, une vraiment bonne.

– Oui, bien sûr. Allez-y.

Il n'était pas rare qu'ils échangent leurs mornes pensées, assis l'un en face de l'autre, parfois tard le soir dans ce bureau, un pack de six bières apporté du bar voisin devant eux, à panser de vieilles blessures.

– La dernière trouvaille, dans la rue, dit Rawling d'une voix amère. Les drogues de l'année dernière ne sont plus assez bonnes, il faut toujours faire des progrès. J'ai lu ça dans le *Times* de dimanche dernier et j'en ai entendu parler par ailleurs. Quand on vit à L.A., on entend parler de ces trucs-là, non ? La nouveauté, c'est de prendre deux médicaments à la fois : du *Talwin*, d'une part, et j'ai oublié le nom de l'autre; ça commence par un B, je crois. On les écrase et on les fait chauffer dans une cuillère, comme la coke, et on se shoote avec ça. Ça fait fureur parmi les gosses de la rue. Ça vous charge autant que l'héroïne, c'est moins cher et plus facile à se procurer. Parfait, non ? Le seul problème, c'est que les pilules ne se dissolvent pas complètement quand on les fait cuire, et quand on injecte le truc cette poussière abrasive vous ramone les veines, comme des grains de sable. Et plus on se shoote, plus on en a dans le sang, jusqu'à ce que ça commence à s'amasser en certains points du corps, surtout dans les yeux. Tous ces gosses qu'on voit au coin des rues ont les yeux qui se remplissent doucement de sable.

Quand on habite à L.A., on entend parler de ces choses. Et quand on a un gosse, on s'en inquiète. Le regard de Braemer croisa celui de Rawling, en silence. Voilà comment ça se passe, songeait-il. On se débarrasse d'un mariage pour être en liberté provisoire, ou bien on se réveille au beau milieu des ruines en se demandant quel jour vos gosses iront rejoindre cette armée de gueules pâles sur les trottoirs. Ces gueules pâles qui arrivent de banlieues, de foyers brisés ou sérieusement lézardés, pour aller où on peut se faire un peu de fric, comme si on retirait des couches de peau morte, l'une après l'autre; comme si on se vendait par morceaux. Les filles traînent sur Hollywood ou Sunset, les garçons sur Santa Monica. C'est pire encore pour les garçons. Avachis contre les murs des maisons, les mains dans les poches de jeans crasseux ou passant des mains sales dans leurs cheveux longs pas lavés, la mine blafarde sous la lumière des lampadaires reflétée par les pare-brise, ils se laissent regarder par les conducteurs des voitures qui ralentissent pour choisir. On s'arrête, on discute du prix, le gosse d'abord accoudé sur la vitre baissée grimpe dans la voiture qui file et s'écarte du boulevard trop éclairé pour plonger dans les rues plus obscures.

Braemer voyait cette scène couramment, comme tout le monde à Los Angeles. Des gosses dans la rue, filles ou garçons, errant jusqu'à ce que quelqu'un les ramasse. Lorsqu'on avait trouvé assez de cadavres dans les buissons aux abords des bretelles d'autoroute, la police et les journaux gratifiaient d'un surnom les véhicules anonymes qui croisaient dans la ville : le Tueur de l'autoroute, l'Assassin des poubelles... Les étiquettes ne manquaient pas. De sorte que si votre gosse quittait la rue pour passer à la secte Moon, chez les Enfants de Dieu ou dans l'une quelconque des bandes de racoleurs spécialisés dans le salut de l'âme des brebis égarées, vous étiez plutôt heureux de savoir votre gosse encore vivant. Il vous restait à essayer de ne pas croiser son regard fermé sur une ferveur aussi rigide que la mort.

Le gosse de Rawling fait donc des fugues de

temps en temps. Braemer regarda son patron et vit un homme vieux et las. Un jour ou l'autre, peut-être, Jeffrey se retrouverait en ville, ou ailleurs.

Pourquoi s'en faire, donc, si une gamine plante un couteau dans un mur ? se dit Braemer. On regarde, on attend, et on espère que cela ne signifie rien. Une blague, et non pas le commencement de la fin.

– Qu'est-ce qu'on y peut ?

Ils demeurèrent assis là, dans le bureau : deux hommes avec des gosses. La chaleur de midi à Los Angeles pénétrait par la fenêtre et marquait leurs traits de fatigue. Ils écoutaient le bruit étouffé de la circulation, dehors.

3

Braemer sentait une douleur au bas du dos. Il était resté des heures penché sur sa table à dessin. Le poster était presque terminé, maintenant, le dernier de la série. Il avait conservé les épreuves sur papier glacé que lui avait envoyées le comité du festival de Houston : des photos d'un film de l'Allemagne de l'Est d'Hans Falada, Was Jetzt Kleiner Mann ?, *collées avec du ruban adhésif au rideau au-dessus de la table. Le dessin fixé au plan de travail reprenait quelques traits légers pour montrer le protagoniste effondré de désespoir à une table de bois nue, le monde à l'extérieur de la baraque vide n'apparaissait que comme une masse sombre, un épais griffonnage représentait des arbres sur fond de croix gammées de l'Allemagne nazie. Le vide à l'intérieur, et l'engloutissante menace au-dehors.*

Presque terminé... Ensuite il faudrait le rouler

avec les autres projets et les expédier à Houston; un autre chèque d'acompte lui parviendrait alors, qui servirait à payer les frais universitaires de Renee. (Une petite note haut perchée, une corde de violon trop pincée, qu'on entendait toujours derrière le bruit lent de la plume grattant le papier.)

Il leva la plume de la table à dessin et s'assit, sentant sa colonne vertébrale se remettre en place. Il en rajoutait sur ce dessin, ce n'était pas vraiment utile. En fait, il savait que mieux valait laisser tomber avant de tout saloper; l'ombre du monde, à l'extérieur de la baraque, comportait beaucoup trop d'ombre, ça devenait banal. Mieux valait la bonne dose d'obscurité qui laissait prévoir la nuit totale. Un réveil sonna sur le rebord de la fenêtre, au-dessus de la table, le ramenant à l'heure présente. Il le regarda quelques instants, écoutant son bruit perçant. Il le réglait toujours sur quatre heures de l'après-midi quand il travaillait : il devait se rappeler de poser ses plumes et d'aller chercher Dee à la garderie de la fac. Après quoi sa fille et lui attendaient la fin du dernier cours de Renee.

Pour quelque raison, le timbre de la sonnerie était différent aujourd'hui, comme si la petite mitrailleuse de la cloche avait changé de gamme. Il le regarda, perplexe, se demandant ce qui sonnait faux. Un instant, quelque chose de fugitif parut presque resurgir dans son souvenir, quelque chose qui lui échappa... Il baissa la tête. Il avait chaud, soudain, et se sentait pris de vertige. Son ressort à bout de course, la sonnerie s'arrêta. Dans le silence, il agrippa le bord de la table et attendit que ça passe. (Qu'était-ce ? Quelque chose qui clochait : ce n'était pas l'heure – quelque chose qui s'estompa de nouveau, à peine hors d'atteinte.)

Il se leva, le front toujours marqué de ce léger sentiment de perplexité, ressentant toujours ce pincement au creux de l'estomac. Il rangea ses plumes et ses encriers. Le personnage du dessin continuait à fixer le monde, à l'extérieur de sa baraque, avec une appréhension figée.

Il s'arrêta, entendant le bruit d'une clé dans la serrure de la porte de devant. Renee rentrait.

– Qu'est-ce que tu fais à la maison ? demanda Braemer.

Curieusement, il entendait le réveil qui sonnait encore, bien qu'il l'eût arrêté. Quelqu'un avait dû la raccompagner. Elle rentrait tôt pour fêter la fin de son projet. Ce devait être cela.

– Je voulais te parler, dit Renee.

Elle avait laissé la porte ouverte, et il pouvait voir maintenant qu'il y avait quelqu'un d'autre derrière elle.

La fausse note du réveil, qui avait continué à vriller le fond de son esprit, se mit au diapason de ses pensées qui défilaient. Cette autre chose dont il parvenait presque à se souvenir sembla sur le point de se révéler. Il se passait quelque chose, mais il ne parvenait pas à dire quoi. Il pencha la tête pour s'abriter les yeux d'un rai de lumière aveuglant qui inonda la pièce.

L'autre personne pénétra dans l'appartement. Le type s'appelait Steve; oui, c'est ça, il s'en souvenait. (Mais pas de l'autre chose. Toujours pas, bien qu'elle se fît plus proche. La note aiguë était maintenant si basse qu'il pouvait s'y adosser, voir la pièce à travers un mince espace entre les rouages en mouvement.) Il l'avait rencontré à la fac en allant chercher Renee; il suivait le même cours. Et Braemer savait maintenant pourquoi ils étaient là tous les deux et ce qu'ils étaient venus lui dire.

Ils le lui dirent et il comprit les mots bien qu'ils fussent noyés sous le vrombissement du réveil. Il se détourna lentement, se demandant qui allait chercher Dee, maintenant que les choses en étaient là.

Renee lui saisit le bras. Elle ne dit rien. Il se tourna et vit qu'elle avait changé : ses cheveux coupés court prenaient des tons acier, sa peau était translucide dans la lumière. Sa langue pointait spasmodiquement contre ses dents jaunies, son souffle raclait, rauque, au fond de sa gorge. Ses paupières allaient battre, s'ouvrir...

Il tomba en arrière, mais l'étreinte était ferme au bout du bras squelettique. Elle tomba avec lui, soudée à lui, les paupières battant tout près de son visage, l'haleine chargée d'une odeur de désinfectant et de pourriture.

Il s'éveilla en sueur, les jambes prises dans un enchevêtrement de draps humides. Sur la table de nuit, le réveil sonnait toujours – un réveil mécanique car Sarah avait le sommeil si lourd, le matin, que la sonnerie d'un réveil électrique se serait arrêtée sans qu'elle l'entende. C'était cela la note de son rêve, la petite fausse note qui ne voulait pas s'arrêter. Heureusement pour moi, se dit Braemer, maussade. Ses doigts lents tâtonnèrent à la recherche du bouton d'arrêt.

Le cadran indiquait huit heures dix à peine passées quand il souleva le réveil avant de le reposer sur la table de nuit. Mardi matin. Le lundi, il avait son excuse valable et régulière pour arriver en retard au travail; aujourd'hui, il allait lui falloir faire vite, se tirer du lit sans retard, épuisé ou pas par son cauchemar.

Le soleil jaune, vif et dur de Los Angeles se glissait à travers les lourds rideaux, inondant la chambre. Dehors, il le savait, la chaleur vibrait déjà sur la ville, comme une diapo qu'on approche d'une lampe.

Dans son rêve aussi il y avait la chaleur, passée de ce monde dans l'autre. Ce n'était pas vraiment un cauchemar, simplement des bandes de vieux souvenirs qui repassaient. Sauf pour la fin, avec le visage de Renee figé par le coma et penché sur lui; une jolie petite touche, ça. Un peu trop d'actualité, même.

En slip, il se rendit pieds nus dans la salle de séjour pour mettre en marche le ventilateur encastré dans la fenêtre. Un instant, sa brise rafraîchit la sueur sur son ventre et ses cuisses avant d'être engloutie par l'air lourd de l'appartement. Il passa à la cuisine.

À la lumière qui filtra du réfrigérateur, il put distinguer la légère cicatrice laissée par la pointe de la lame. Dimanche matin, avant le réveil de Sarah ou de Dee, il avait arraché le couteau, l'avait rangé dans le tiroir, avait caché le tablier I LOVE N.Y. dans la corbeille à linge et rebouché la légère fente du mur. À moins de savoir où chercher, on ne pouvait la voir.

Tout cela ne remontait qu'à un jour et demi. Plus tard, songea Braemer en versant du lait dans son café. Trop tôt encore pour s'en occuper. Il avait trop rempli la tasse et le café déborda, lui brûlant un peu la main tandis qu'il la portait à table.

Ce cirque m'épuise, songea-t-il. Non pas d'avoir Dee pour le week-end – il aurait aimé l'avoir tous les jours – mais l'obligation de la ramener en voiture jusqu'à cette maison de San Aurelio et de la laisser avec Carol et cette chose qui avait été sa mère. Presque chaque fois qu'il y allait, il montait voir Renee qui s'usait doucement dans son sommeil éternel. Pendant longtemps, il n'était pas parvenu à savoir pourquoi il faisait cela; même maintenant, il n'en était pas très sûr. D'une certaine façon, le fait de regarder ce visage tout à fait mort cicatrisait chaque fois une vieille blessure, et chaque fois, un profond épuisement s'emparait de lui, comme le poids d'un lourd passé sur son dos.

Le lundi matin – et le mardi, et tous les autres jours – il se demandait combien de temps cela durerait encore. Cet arrangement provisoire durait déjà depuis près d'un an. Lorsque Carol avait ramené Renee de l'hôpital, ils avaient pensé que c'était pour lui permettre de mourir chez elle plutôt que dans une chambre d'hôpital froide, stérile et coûteuse. Cependant, elle durait, s'usant sans mourir, avec Carol qui se contentait de la laver, de la tourner et de la nourrir par le cathéter nasal. C'était le même cas que celui de Karen Quinlan : ce supplice pour débrancher l'appareil respiratoire d'une personne plongée dans le coma, et le corps qui continuait néanmoins à vivre. La persistance de la chair, des dents de l'animal mort rivées à la chair vive.

Et il y avait Dee. Carol avait été beaucoup plus une mère pour elle que Renee l'avait jamais été. Braemer en était conscient. Tout naturellement, donc, Dee avait voulu vivre avec elle, et il n'avait aucun foyer à lui offrir alors. C'est ainsi que la petite famille avait continué dans la vieille maison délabrée des Feld, avec une femme, un enfant et un poids mort. Et un papa, se dit-il, qui allait et venait.

Il but son café, tenant la tasse dans ses deux mains. Il pourrait sans doute obtenir la garde légale de Dee, maintenant; le coma de son ex-épouse changeait tout à la décision prise alors. Mais il ne savait même pas si Dee le souhaitait. Il n'aurait pas été surpris de découvrir qu'elle préférerait rester avec Carol que de venir vivre avec lui. Elle ne le connaissait que deux jours sur sept.

Et puis il fallait penser à Sarah. Elle aussi voulait la sécurité. Elle avait eu du mal à sortir intacte de son mariage. Le remariage était un sujet sur lequel ils étaient l'un et l'autre tombés d'accord : pas question, même, de l'envisager.

S'il demandait la garde permanente de Dee, cela pourrait apparaître comme un piège pour Sarah : on va *vraiment* jouer à papa et maman.

Pour l'instant donc, décida-t-il – et pas pour la première fois –, c'était totalement hors de question. Quand Renee finirait par mourir, quand elle cesserait de s'agripper, on pourrait envisager autre chose. Ce serait peut-être le bon moment.

La tasse à moitié vide refroidissait entre ses mains. Il en avala encore une gorgée et la reposa. Huit heures et demie à la pendule de la cuisine – l'heure de se doucher, de s'habiller et de filer au travail. La matinée passée, on pourrait s'accommoder de la journée.

Il faudrait que les choses changent, il le savait; ça ne pouvait pas durer. Pour Dee comme pour lui. Mais il ne savait pas comment les changer; ou plutôt il le savait mais il restait toujours à deux doigts de le faire. Tiens bon, se dit-il pour la millionième fois, jusqu'à ce que tu saches exactement quoi faire. Simplement jusque-là. Il repoussa sa chaise et alla prendre une douche pour se laver de la sueur de la nuit.

Lorsqu'il se mettait à la fenêtre, qui occupait tout un pan de la pièce, il pouvait voir presque tout Los Angeles au pied de la colline. Une légère brume virait au brun à l'horizon, estompant les immeubles et le tracé des rues. Réfléchi dans la vitre, comme plaqué sur le fond de la ville, son visage formait une lune pâle coupée par l'argent foncé des lunettes aux verres réfléchissants.

Il laissa tomber la cigarette à demi consumée prise dans le coffret en bois ouvragé posé sur la lourde table basse de marbre. Il laissa sa marque noire s'imprimer dans le tapis couleur sable avant de l'écraser sous son talon.

Les bruits avaient cessé dans l'autre pièce. Une douche coulait quelque part dans la maison. Il se carra de nouveau dans une des chaises, un truc de cuir tressé et de chrome, et attendit, allumant et éteignant un briquet Colibri ramassé sur la table.

La pièce était pleine de jouets, tous coûteux et tous maltraités. Un ruban noir emmêlé de bobine de film cascadait d'un appareil posé sur un projecteur à plusieurs objectifs. L'écran gondolé se dressait à l'autre bout de la pièce; sa toile était maculée d'une tache brune qui avait séché et dégouliné jusqu'au bord inférieur en fines traînées. Sous l'écran gisait un verre vide renversé. Sur la table, d'autres cassettes, aux titres suédois ou hollandais à demi effacés. La pièce gardait les traces d'une soirée où des adultes étaient devenus des enfants puis autre chose encore : une fourchette en argent se dressait, bien droite, dans un coussin du canapé où on l'avait plantée.

Le bruit de l'eau qui coulait s'arrêta, remplacé quelques instants plus tard par celui de pieds nus dans le couloir. Il cessa de jouer avec le briquet qu'il glissa dans la poche de sa veste.

L'autre homme pénétra dans la pièce en refermant sa robe de chambre. Ses muscles, qu'il devait à des appareils de musculation, perdaient la bataille contre une brioche envahissante. Il se laissa tomber dans le canapé, ses jambes nues écartées, et passa sa main sur sa nuque humide.

– Ouah ! s'exclama-t-il en soufflant bruyamment. Quelle soirée !

Ses yeux étaient striés de rouge comme le bord de sa paupière inférieure.

– Heureux que tu aies passé un bon moment.

Il regarda l'autre. Sa peau cireuse se faisait plus claire sous la trace des lunettes; il ramassait un verre sur la table et le débarrassa de ses cendres de cigarettes avec un coin de sa robe de chambre avant d'y verser le fond d'une bouteille gisant sur le sol. Le liquide trembla tandis que l'homme portait le verre à sa bouche.

– C'est vraiment une drôle de poulette, dit-il en reposant le verre vide sur la table. Où trouves-tu ce genre d'oiseau ?

– Disons qu'elle fait partie de la famille.

Le gros homme se mit à rire, secouant sa poitrine grasse.

– C'est vrai. Toi et tes petits potes. Charlie Manson n'a rien à t'envier, hein ? demanda-t-il avec un sourire sournois, la tête un peu penchée. Comment va ta joyeuse petite bande en ce moment ?

La chair s'empourpra autour des narines puis prit une teinte d'ivoire exsangue lorsque le visage se crispa sous les verres-miroirs.

– Tu ferais mieux de la fermer.

– Tu ne pensais pas que j'étais au courant, hein ? Le vieux Pedersen vous a mis dans le coup, hein ? Mais j'écoute, moi. Et j'entends... des tas de choses.

L'homme aux lunettes se leva de sa chaise et se dirigea vers la chambre. Il lança sans se retourner :

– Ce que tu entends et ce que tu dois garder dans ta tête, ça fait deux.

Près du lit, il fourragea de la main dans des cheveux emmêlés. Il tourna le visage de la femme étendue vers lui. Une bulle rougeâtre se formait sur ses lèvres à chaque léger souffle de sa respiration.

– Tu as vraiment plongé, hein ?

Il avait senti la présence de l'autre qui, sur le seuil, l'observait. Revenant à la femme, il vit un objet métallique qui brillait dans les plis de la couverture. Il ramassa l'objet, l'examina un instant puis le lança à l'autre. Le rasoir démodé frappa la robe de chambre de l'homme et retomba. Sur le tapis, son manche de nacre capta la lumière, faisant miroiter le mince filet de sang séché sur sa lame.

– Je t'ai dit de ne pas te servir de ce putain de truc.

Le propriétaire du jouet à la lame acérée, et de tous les autres jouets de la maison, le repoussa du bout du pied, arborant un petit sourire sur son visage mal rasé.

– Tu gardes le meilleur pour toi, hein ?

Le regard frémit derrière les miroirs des lunettes.

– La différence entre toi et moi, c'est que tu ne sais pas t'arrêter. Tu ne sais pas te maîtriser. Un jour, tu te retrouveras avec un cadavre sur les bras et ce n'est pas moi qui t'en débarrasserai. Tu te retrouveras tout seul, espèce de connard.

– On verra, dit l'homme à la robe de chambre, haussant ses massives épaules.

L'homme aux lunettes alla mouiller un gant de toilette dans la salle de bains, revint dans la chambre et tira les draps.

– Merde.

Il s'agenouilla et entreprit de laver le corps de la femme. Un peu de sang frais macula le linge humide. Sous la morsure du froid, la femme gémit. L'homme saisit le coin du drap et le déchira en bandelettes dont il enveloppa les blessures qui saignaient le plus.

– Hé ! protesta l'autre depuis le seuil.

– Elle est foutue, commenta l'homme aux lunettes en continuant sa besogne.

Ses mains se déplaçaient vivement sur la chair pâle de la femme. D'autres marques, des cicatrices d'anciennes blessures qu'il avait soignées, apparurent.

Plusieurs minutes plus tard, il passa dans l'autre pièce.

– Elle est toujours dans le cirage. Il va falloir que tu m'aides à la transporter dans la camionnette.

L'homme à la robe de chambre, avachi sur le canapé, regardait pensivement monter la fumée de sa cigarette.

– Tu sais, c'est vraiment une fille étrange. Je n'ai jamais vu ça. Elle fait son numéro comme... (Il s'arrêta, réfléchit, comme s'il tentait de voir quelque chose qui se situait au-delà de la fumée grise de sa cigarette.) Comme si... elle *changeait*. Elle est là, *terrifiée,* et hop, un instant plus tard elle devient quelqu'un d'autre qui adore ça. Et elle rit. Et elle ondule d'avant en arrière, comme ça. D'avant en arrière. (Il regarda l'autre, à la recherche de quelque explication sur son visage.) Et le plus bizarre de tout, c'est qu'on dirait qu'elle ne joue pas la comédie.

– Tu parles ! dit simplement l'homme aux lunettes qui, arrivant à côté du canapé, frotta son pouce contre son index à hauteur du visage de l'autre en précisant : Et si on réglait ça ?

Avec un soupir, l'autre se tira du canapé, s'enveloppant dans sa robe de chambre, et se dirigea vers le bureau près de la fenêtre.

– Tu vois, tu enlèves tout le charme à la chose.

Il tira un carnet de chèques d'un tiroir et commença à gribouiller quelque chose sous le nom de sa société de production.

– Cash !

Les miroirs des verres reflétèrent le visage large qui se retournait. Le carnet de chèques regagna le tiroir et des billets sortirent un à un d'une enveloppe ordinaire.

L'homme aux lunettes compta les billets, les fourra dans sa poche, se redressa et tira doucement sur la ceinture de la robe de chambre.

– Et alors ? C'est le prix convenu, protesta l'autre.

– Une petite rallonge. Pour les dégâts, dit l'homme aux lunettes, le visage impassible.

– Bon Dieu, elle n'était pas si neuve que ça quand tu l'as amenée.

– Eh bien, on ne reviendra peut-être pas. Et avec quoi vas-tu t'amuser ?

Hochant la tête, l'homme à la robe de chambre retourna au bureau et alla prendre dans l'enveloppe d'autres billets qu'il tendit à l'autre.

– Tu sais, dit-il quand l'argent eut disparu, on pourrait peut-être s'arranger la prochaine fois. Pour une séance plus étoffée, disons ? J'ai des amis qui aimeraient bien rencontrer ta petite... copine, là. Tu pourrais peut-être t'arranger pour me laisser... te l'*emprunter* pour un week-end chez moi, à la montagne.

– Non, dit l'homme aux lunettes après avoir scruté l'autre un instant à travers ses miroirs. Je regrette. Tu vois, les week-ends, pour elle, c'est particulier. Très particulier, précisa-t-il avec un mince sourire avant de se tourner vers la fenêtre.

Le soleil voilé de la ville se refléta dans ses lunettes.

Elle les entendait parler dans l'autre pièce, mais sans pouvoir bouger. Quelque chose lui avait fait mal, l'avait mordue, lui laissant les muscles des bras et des jambes pareils à des fibres tendues au-delà de leur limite de résistance et comme déchirés.

Dans son esprit, embrumé par la douleur et par l'aiguille, elle pouvait voir le visage d'un homme penché sur elle. Un visage large avec le sourire d'un enfant qui avait appris à s'exciter en faisant mal aux faibles. C'était un autre visage que celui aux lunettes réfléchissantes, celui qu'elle reconnaissait sans pouvoir y croire.

Louchant sous la lumière, elle parvint à ouvrir les yeux. La pièce aussi était différente. Ce n'était plus la chambre froide et nue où on la gardait d'habitude et à laquelle la voix, en elle, la ramenait sans cesse. Elle se souvenait d'autres pièces comme celle-ci, moquettées, à l'éclairage tamisé, aux murs solides et cossus. Toutes ces chambres se confondaient dans un flou pour finir par ressembler à celle où on l'avait amenée, avec la drogue qui courait dans ses veines et lui laissait les jambes molles. La vision de la chambre bascula, les lunettes aux verres réfléchissants disparurent tandis qu'elle refermait la porte. Des visages luisant de sueur, souriant, se fondaient en un seul. Leur lent amusement recommençait. Qui suis-je, maintenant ? se demanda-t-elle tristement. Son nom, la dernière trace de celle qu'elle était, s'estompa comme une étincelle sur le sol humide. Puis il revint, faiblement, plus vif, rougeoyant : Kathy. Je suis Kathy. Pas l'autre. Pas ma sœur Renee. Je suis toujours Kathy.

La pièce devint plus sombre, dévorée par le point de lumière à l'intérieur de ses pensées. Et elle sombra dans le noir.

Sarah rinça l'assiette sous le robinet et la posa dans l'égouttoir. Braemer, appuyé contre le comptoir de la cuisine, un torchon humide à la main, attendait que l'eau s'écoule le long de l'assiette. Ça sentait encore fortement la sauce tomate au basilic dans la cuisine; quelques restes de pâtes collaient au trou de vidange dans l'évier.

– À quelle heure tu vas prendre Dee demain ? demanda Sarah dont le gant de caoutchouc crissa sur une nouvelle assiette.

Jeudi soir – demain –, le cycle du week-end allait recommencer.

– Euh, vers six heures et demie, je pense. Le temps de laisser passer l'heure de pointe sur l'autoroute, répondit-il en posant l'assiette essuyée sur la pile dans le buffet.

– Il va falloir que tu l'emmènes à son cours de danse. Je travaille, samedi.

– Pourquoi ont-ils besoin de toi samedi ?

– Des dossiers à terminer. Deux des avocats viennent pour écluser une partie du travail en retard.

– Je pense que je pourrais l'y emmener, dit-il en haussant les épaules. Mais elle ne voudra peut-être pas y aller sans toi.

– Je n'en sais rien. Je crois qu'elle est mordue.

– Merveilleux. Je vais me ruiner en chaussons.

– Ouais. Mais il faudra que tu jettes des fleurs sur la scène pour ses grands débuts.

– Tu crois qu'elle aime vraiment ça ? demanda-t-il en prenant le verre où il restait encore un peu de vin du dîner.

– Bien sûr, tu plaisantes ? Elle fait des *grands jetés* – ou ce qu'elle considère comme tels – sur le trottoir quand on sort du studio.

– Je veux dire… je ne sais pas. Est-ce qu'elle a l'air heureuse, d'après toi ?

Sarah s'arrêta de frotter et leva les yeux de la casserole dans l'évier.

– Dee ? On parle de la même gosse ?

Le vin glissa sur sa langue, tiède, tandis qu'il reposait le verre.

– Tu sais, il faut parfois s'inquiéter de ces choses. Elle est dans une situation bizarre pour une gosse.

Sarah contempla la mousse qui séchait sur ses gants.

– Des tas de gosses se trouvent dans des situations bizarres de nos jours. On dirait qu'ils ont tous leurs parents en deux endroits différents. Regarde les statistiques.

– Oui, mais ils n'ont pas tous leur mère qui

joue les macchabées au premier étage d'une maison.

– Elle me paraît bien, dit Sarah qui recommença à frotter la casserole. Et comment savoir, de toute façon ? Les gosses s'adaptent à des tas de situations. Ils y sont obligés. Ça n'a pas été si merveilleux que ça pour moi quand j'avais son âge, et je n'ai pas fini dans une cellule capitonnée.

Il vida le verre et le posa dans l'évier.

– Je sais. Je m'inquiète peut-être à tort.

Il avait sur le bout de la langue l'histoire du couteau qu'il avait trouvé planté dans le tablier. De là où il se trouvait, il pouvait apercevoir la légère marque sur le mur, à côté du réfrigérateur.

– Une fois seulement, dit Sarah, songeuse, en rinçant la poêle qu'elle posa dans l'égouttoir.

– Quelle fois ?

– Pas grand-chose. Ça m'était presque complètement sorti de l'esprit jusqu'à ce que tu en parles. Ça m'a quand même fait froid dans le dos, sur le moment, dit-elle en sortant des couverts de l'eau savonneuse pour les passer sous le robinet. C'était au cours de danse. Au début, quand je l'y emmenais. Nous étions au cours des débutantes et j'étais à côté d'elle. Et, tout à coup, elle est partie. Elle est allée à la fenêtre et a fixé la rue. Je suis allée vers elle, pensant qu'elle était peut-être malade. Quand je l'ai touchée, elle a sursauté, s'est retournée et m'a regardée... on aurait dit que ce n'était plus la même enfant. Puis elle a filé en courant et je l'ai retrouvée dans les escaliers. Là, elle semblait bien. C'est cet après-midi-là que nous sommes rentrées plus tôt.

Il ne s'en souvenait pas. L'histoire lui noua l'estomac.

– Elle t'a regardée comment ?

– Hmm ? (Elle fronça les sourcils, tentant d'expliquer.) Comme... comme si elle ne me reconnaissait pas, quelque chose comme ça. Et comme si ça la rendait furieuse, aussi.

Silencieux, il fixait les rangées de verres dans le buffet, le torchon en boule dans sa main.

– Ce n'est rien, Dave, dit-elle, enlevant la bonde de l'évier qui se mit à gargouiller en se vidant. Ce n'est arrivé qu'une seule fois. Elle en avait peut-être ras le bol de quelque chose, une fâcherie avec une de ses copines de classe ou une histoire dans ce genre. Les gosses aussi ont leur vie privée, tu sais. Je t'ai déjà vu traîner la semelle et regarder fixement par la fenêtre. Tu as un regard à vous glacer le sang.

– Peut-être.

Une petite pensée le harcelait, derrière toutes les autres, refusant de disparaître. Il déplia le torchon roulé en boule et tordu et prit une autre assiette dans l'égouttoir.

Dee descendit du bus de ramassage scolaire à l'arrêt au pied de la colline. Carol l'attendait. Ensemble, elles remontèrent vers la maison, longeant les pelouses envahies de mauvaises herbes et les squelettes de maisons transparentes. Chemin faisant, elle montrait à Carol son travail de la semaine classé dans une chemise de carton vert. Des B en anglais et dans une autre matière appelée « médias », où l'on racontait quelque programme vu à la télé – idiot; une grosse étoile griffonnée par la maîtresse sur une carte de la Californie qu'elle avait dessinée, ornée d'une rose des vents très élaborée, copiée dans une encyclopédie rangée dans le vestibule, à la maison. Elle allait montrer ça à son papa.

Arrivée à la maison, elle grimpa à l'étage et prépara un grand sac à bandoulière sur lequel un nom, CAPEZIO, était inscrit au pochoir; les lettres étaient formées de petites étoiles. Sarah le lui avait donné à Noël dernier. Carol avait cousu DEE sur la courroie tressée. Elle y fourra les vêtements et autres choses dont elle avait besoin pour le week-end. Inutile de chercher ses collants : ils étaient chez son père où – idiote, garçon manqué – elle les avait oubliés le week-end dernier.

Elle s'allongea sur son lit, feuilletant *Balanchine. Histoires des grands ballets* – encore un cadeau de Noël, déjà bien marqué de traces de pouce – ouvert sur son oreiller. Elle entendait Carol dans la cuisine et pouvait sentir les effluves tièdes des macaroni au chile de la veille qu'on faisait réchauffer à son intention, avant que son père vienne la chercher. Puis ce fut le léger bruit de la casserole contre le brûleur du fourneau, celui des assiettes et des bols qu'on posait sur la table.

Et à côté des bruits de la cuisine, elle percevait l'autre bruit, si faible qu'on parvenait presque à l'oublier, pareil à celui d'une souris grignotant des flocons d'avoine renversés dans un coin sombre du buffet. Un murmure qui allait et venait. Le souffle de sa mère, qui, sous la porte de la chambre, passait dans le couloir, filtrant à l'extérieur comme cet éternel rai de lumière qu'on pouvait voir à n'importe quelle heure de la nuit. Si on y prêtait attention, ou si on s'éveillait en pleine nuit sans rien entendre d'autre, on repérait exactement le moment où l'air passait dans sa gorge avec un bruit rauque, et celui où il demeurait dans ses poumons, la durée entre deux battements de cœur, et le moment où il ressortait en sifflant entre ses lèvres sèches et crevassées.

Soudain, elle n'entendit plus ce bruit. Il avait disparu. Elle n'entendit plus Carol dans sa cuisine ni même sa propre main qui tournait en tremblant une page du livre. Le silence de la forêt étouffa tout, comme une vague, l'entrelacs profond des branches s'étendait au-dessus d'elle.

au plus profond de la forêt. Les pages blanches du livre s'estompèrent dans l'obscurité. Sous son corps, le couvre-lit blanc se fit humide : des épaisseurs de mousse et d'aiguilles de pin dans leur tiède décomposition. Sa respiration devint haletante, son cœur battait la chamade. Ses mains se glissèrent sous l'enchevêtrement végétal. Enfin, ses doigts se refermèrent sur le manche du couteau. Elle se releva de sa chute et se mit à courir. Les arbres étaient denses autour de la clairière, son épaule endolorie par le choc contre un tronc. La lame du couteau brilla dans sa main lorsqu'elle capta les minces rayons de lune qui perçaient la voûte des branches. Brillant comme l'autre couteau dans la main de sa mère, debout, le corps raide, sur la porte du camping-car, ses cheveux emmêlés comme le noir des branches d'arbres encadrant son visage blanc, exsangue.

Elle courait, son souffle lui raclait la gorge comme du sel. Elle trébuchait dans les aiguilles de pin sèches dont les pointes menaçaient ses yeux. L'odeur des pins se fondit dans celle du désinfectant et au relent aigre de la maladie.

De l'obscurité à la lumière. La lumière inondait la chambre jusque dans ses moindres recoins. Elle ne courait plus mais se trouvait dans un lit, blottie sur le côté. À travers ses paupières dont elle ne pouvait maîtriser les battements, elle distinguait à travers une brume le papier peint à fleurs de la chambre de sa mère. Le bruit de la respiration se faisait plus fort, maintenant, lui emplissant la tête d'un vent qui dispersait des feuilles mortes.

Elle tenta de relever la tête sans y parvenir. Elle aurait voulu s'évader de ce lit à l'odeur de lente pourriture, retrouver le couteau qu'elle avait laissé tomber, filer en courant vers la sécurité, vers l'obscurité.

Ses poings demeurèrent serrés contre le drap, ses genoux remontés contre sa poitrine. Et elle entendit le rire dans sa tête, et le cri, dans sa gorge, ne fut qu'un souffle rauque, un frémissement de vie dans un cadavre...

Carol l'appelait. Le bruit de la respiration de sa mère persistait, mais extérieur à elle maintenant. Elle cligna des yeux et se retrouva dans la chambre de sa mère, si près du lit qu'à quelques centimètres à peine elle fixait ce visage aux joues creuses, dont la langue poussait convulsivement les lèvres craquelées.

Elle faillit tomber dans son sursaut violent. Elle recula jusqu'à ce que ses mains rencontrent la vitre fraîche de la fenêtre. Son regard quitta le visage de sa mère. Il faisait nuit dehors, maintenant, papa n'était pas arrivé. Elle aurait voulu passer à travers la vitre obscure et courir, courir jusqu'à ce qu'elle aperçoive la lumière brillante de ses phares venant la chercher.

– Tu sais comment s'appelle le chat ? demanda Braemer.

– Quel chat ?

– Celui qui t'a mangé la langue.

Dee poussa un *Ohhh* et roula les yeux, feignant l'exaspération.

C'était vrai. Elle n'avait pas dit un mot depuis leur départ de la maison de Carol. Braemer quitta un instant des yeux la circulation du vendredi soir en direction de Los Angeles et la vit, affalée sur son siège, regardant dehors en écoutant la radio.

– Qu'est-ce qui ne va pas ?

– Rien, répondit-elle, pinçant gaiement les lèvres et secouant la tête, faisant danser quelques mèches. Je pensais, c'est tout.

– À quelque chose de particulier ?

Son regard revint sur la circulation mais il

saisit du coin de l'œil le regard fixe de sa fille levé sur lui, sérieux et lointain.

– Non, dit-elle. À... des trucs, c'est tout.

Il se replongea dans sa conduite, sentant le regard de sa fille le quitter pour contempler la nuit, au-delà du pare-brise.

4

En rentrant du cours de danse, ils furent bloqués quelques instants par un défilé de membres de la Conscience de Krishna. Dee se pencha contre le pare-brise, sans poser la moindre question à son père sur ce qui se passait, se bornant à regarder les adeptes décharnés qui sautaient et dansaient en chantant, frappant sur des tambourins et des cymbales. Des visages incongrus de petits bourgeois blancs, des cris d'extase, des crânes rasés à l'exception d'une mince queue de cheval qui tressautait, à droite et à gauche. Après le carrefour, quand la circulation eut repris, on les entendait encore à plusieurs pâtés de maisons de là.

Braemer jeta un coup d'œil à sa fille à côté de lui. Son indifférence l'énervait parfois. On dirait que rien ne la touche, songea-t-il. Était-ce bon ou mauvais signe ? Il y avait pire, dans les rues, que les gosses d'Hare Krishna.

La ville conservait encore quelques sinistres vibrations, reliquats des horribles années soixante. On pouvait descendre Beverly Boulevard et passer par hasard devant le restaurant mexicain où Sharon Tate avait pris son dernier repas, avant de retourner, avec ses amies, dans la maison des collines pour une rencontre à laquelle elles ne s'attendaient pas. Les rues d'Hollywood où Charles Manson avait recruté ses jeunes cinglés, grâce à son bus scolaire bourré de LSD, grouillaient maintenant d'une nouvelle génération d'adolescents désœuvrés à la recherche de quelque occasion de mettre un peu de piment dans leur vie.

Il n'était pas convaincu que Los Angeles fût le bon endroit pour élever un gosse, mais les banlieues palpitaient du même malaise. Les sombres histoires qui s'étalaient alors au grand jour se déroulaient maintenant au-delà des limites de la ville, dans des banlieues minables où l'on surveillait ses collections d'armes et ses carrés de marijuana. Le mal n'avait pas disparu avec les années soixante. Il s'était étiré comme un fil plus mince, presque invisible. Jusqu'à ce que revienne l'heure de danser.

Braemer chassa ces sombres pensées tandis qu'il traversait la ville. Il y avait des limites au souci qu'on pouvait se faire.

Arrivé devant chez lui, comme il sortait avec Dee de la voiture garée le long du trottoir, Braemer entendit un bruit dans les lauriers-roses. Il se retourna et aperçut une silhouette voûtée qui écartait les branches.

C'était un des dingues locaux, vêtu d'un blouson de basket de gosse en loques et coiffé d'une casquette de tricot, l'un et l'autre noirs de la même graisse et de la même crasse qui donnaient aux bras décharnés des tons d'acajou. Braemer avait déjà vu le type (ou la fille ? impossible de le dire) faire sa tournée quotidienne des poubelles derrière les supermarchés; il traînait des pieds, fouillant les ordures à la recherche de quelque chose de comestible.

Leur arrivée l'avait tiré du nid qu'il s'était confectionné dans la terre, sous les buissons, à côté de la bouche d'aération sortant de la laverie, au sous-sol. Braemer tira Dee derrière lui à l'instant où l'autre se glissa furtivement vers eux, un sourire de guignol sur son visage malin.

– Le démon est une *bête*, chantonna-t-il.

Aux premiers mots, Braemer reconnut la voix qu'il entendait parfois hurler des bribes de versets de la Bible aux petites heures du matin. Il serrait dans sa main crasseuse une édition bon marché et éculée du Nouveau Testament intitulée *La Bonne Nouvelle pour l'homme moderne.*

– Il vous *dévore*... il vous *avale*, poursuivit-il en pointant un doigt noir sur Dee qui, derrière Braemer, regardait, et ajouta : Et le démon est en *toi* !

– File d'ici, dit Braemer qui savait le personnage inoffensif mais ne souhaitait pas qu'il fasse peur à Dee. Tire-toi !

Le clochard battit en retraite en tournant une gueule d'animal sournois vers la fillette.

– Viens, mon chou, dit Braemer en serrant l'épaule de Dee.

Elle suivit un instant des yeux la silhouette voûtée qui s'éloignait puis leva sur son père un regard sombre qu'il ne put déchiffrer.

– Qu'est-ce que tu fais ?

La question prit Braemer par surprise. Il tenta de se dérober par une blague.

– Rien, merci. Et *toi* ?

– Mais non, que tu es bête ! lui dit-elle en lui cognant les côtes de son petit coude pointu. Je te demande ce que tu fais comme... travail.

– Ne traite pas ton vieux papa de bête ou je te dis tout sur l'hérédité.

Ils étaient assis sur le canapé, Dee appuyée contre lui, la nuque contre sa poitrine, ses jambes maigres étalées, à côté de l'emballage vide de hamburger et des gobelets de boisson gazeuse de leur déjeuner. Son tee-shirt était encore humide de la sueur de son cours de danse, où Braemer l'avait emmenée le matin.

– Je travaille.

– À quoi ?

Des questions anodines, se dit Braemer. On n'en était pas encore à celles qu'attendent les pères divorcés, mâchant et remâchant leurs réponses : tu aimais maman ? Tu m'aimais, *moi* ? *Alors, pourquoi tu es parti* ?

– Je suis artiste en publicité. Un truc comme ça. Je dessine des trucs, c'est tout.

– *Ça*, je sais. Mais quels trucs ?

Il haussa les épaules, provoquant un mouvement de tête de Dee.

– Des maisons, des tas de maisons. Ce qu'on appelle des interprétations architecturales, de la mise en page. Il y a quelque temps, j'ai fait des logos – tu sais, des dessins amusants – pour des orchestres rock. Aucun que tu connaisses, mais l'un d'eux a obtenu un contrat avec MCA et ils ont conservé le logo que je leur ai dessiné. Alors, Rawling – mon patron – essaie de voir si on ne peut pas en tirer encore quelques sous. (Il s'arrêta et réfléchit.) J'ai participé au dessin du menu d'un restaurant de Culver City. Mais ça n'a pas marché.

Dee réfléchit à ce que venait de lui dire son père. C'était nouveau pour elle. Puis elle gigota pour se retourner et le regarder.

– Tu dessines des gens ?

– Dans le temps, oui. Plus maintenant.

C'était exact – la dernière forme humaine qu'il eût dessinée était celle du poster du film, le malheureux type qui, depuis sa cabane, fixait l'obscurité. Cela remontait à des années, quand il était marié avec Renee. Les questions de sa fille commençaient à cerner d'un peu trop près un point sensible enfoui dans sa mémoire (*la plume claquant dans sa main*), comme la sonde du dentiste sur une dent dévitalisée mais qui peut encore vous faire mal. *L'encre éclaboussant le papier.*

– Tu pourrais me dessiner ?

– Non, mon chou, je manque d'entraînement.

– Mais tu pourrais ?

Braemer soupira, résistant à l'envie d'éloigner la sonde, *cette plume d'abord et puis les autres qui se brisaient dans sa main*, avec des mots plus cruels.

– Un jour. Quand tu seras devenue une étoile de la danse. Je te dessinerai en Giselle pour la couverture du programme souvenir.

Dee dégringola du canapé et fila dans le couloir. Il entendit la fermeture à glissière du sac Capezio et elle revint un instant plus tard avec quelque chose à la main.

– Tiens, lui dit-elle en posant sur ses genoux un bloc de feuilles de dessin reliées par une spirale métallique, comme on en trouve au rayon papeterie des supermarchés, et un petit sac de papier marron. À l'intérieur, il découvrit un marqueur bleu *Magic Marker* et deux ou trois feutres.

– D'où sors-tu cela ?

– Je les ai achetés. Avec mon argent.

– Tu as parlé à Sarah, dit-il, en fronçant les sourcils, le regard accusateur. Tu savais déjà tout ça. Bon sang, quelle sainte nitouche. (Il passa le pouce sur le bord du bloc. Son cœur battait un peu plus fort, tremblant dans sa poitrine.) Et qu'est-ce que tu veux que je fasse avec ces trucs ?

– Devine.

– Oui, bon. (Il jeta un coup d'œil dans le sac de papier brun.) Tu sais, Michel-Ange ne s'est pas servi de *Magic Marker* pour faire le plafond de la chapelle Sixtine.

Il fourra sa main dans le sac et tâta les marqueurs lisses et fuselés. S'il les sortait, il allait lui falloir dessiner sa fille et le souvenir qui continuait à se dérouler derrière son front rendait la chose délicate, le mettait mal à l'aise. Il ferma les yeux et sentit le temps s'écouler dans le silence.

– D'accord, dit-il en sortant les feutres du sac. Prends la pose, Pavlova.

Dee sourit, bondit à l'autre extrémité du divan et lui présenta son profil, tendant le cou au maximum.

– Okay, Swanilda, c'est bon. Heureusement que tu ne veux pas un trois quarts.

Il ouvrit le bloc, retira le capuchon de l'un des feutres dont il posa la pointe sur la feuille.

– Dee Braemerovskaya en grand style. Arrête de glousser.

Il la quitta du regard et vit soudain que ses mains étaient blanches et tremblaient, l'une crispée sur le bloc, l'autre appuyant trop fort la pointe du feutre sur le papier, marqué d'une petite tache d'encre. Ce n'était pas bien, comprit-il, c'était toujours mal. La fragile enveloppe entourant le nerf s'était brisée et la douleur chantait dans sa tête, plus aiguë encore quand il vit que sa fille, tournée vers lui, le regardait, les yeux aussi grands que

l'appartement vide et trop silencieux. Le silence dans toutes les pièces, sauf son propre bruit, sauf le bruit de sa respiration, celui de ses pas sur la moquette, d'une pièce à l'autre, revenant toujours à la chambre et à la table à dessin dans un coin. Deux jours s'étaient écoulés depuis que Renee était rentrée de bonne heure à la maison avec son nouveau petit ami et lui avait annoncé la chose, comme un rapide coup de couteau. Depuis lors, il n'avait rien pu faire à la table à dessin sauf demeurer assis là, devant sa surface lisse, inclinée, incapable même de penser, fixant simplement le papier blanc comme le négatif d'un trou noir s'ouvrant sur un autre monde. Il avait déjà connu cette journée, il était déjà revenu à l'appartement vide après avoir expédié les dessins de l'affiche du film; sa femme, son enfant et le petit ami de sa femme étaient partis maintenant et il ne restait plus rien que l'appartement vide, et lui qui passait d'une pièce à l'autre jusqu'à ce qu'il se contraigne à s'asseoir à sa table à dessin. La chaise le chasse, il se lève et se penche sur la table, ses mains agrippées aux bords jusqu'à ce que ses jointures deviennent blanches. Le tas d'ordures augmente sur le comptoir de la cuisine, des papiers d'emballage de hamburgers, des flaques noires au fond des gobelets de carton, du café moulu maculant l'évier, les déchets de quelqu'un qui vit seul. Eh bien, dessine donc, se dit-il, furieux, tu as finalement réussi bien gentiment et tranquillement, tu as foutu en l'air ton putain de mariage, ta femme est partie, ta gosse est partie, tout le monde est parti; alors, dessine ! N'importe quoi ! C'est tout ce qui te reste. Il se rassoit à la table, prend une plume, la pose sur le papier et ne peut dessiner. Il ne peut dessiner parce qu'un petit circuit s'est gravé dans son cerveau et que le sillon se fait plus profond chaque fois que repasse l'aiguille : Dessiner, C'EST MOURIR. Dessiner, c'est te préparer à recevoir un coup de pied dans les dents, assis dans ton petit coin pendant que tout le monde, derrière ces murs, se fout de toi. Jusqu'à ce que tu aies fini de dessiner et que tu leur montres ton œuvre en disant, là, vous n'êtes pas fiers de moi ? Et ils se marrent et ils disent salut, c'est gentil à toi de travailler pendant qu'on est en train de baiser à ta santé. Connard.

Ça tourne et ça retourne dans sa tête, juste au-dessous de la surface, où il ne peut pas vraiment bien voir mais où il sent que ça se resserre davantage à chaque tour. Du calme, se commande-t-il, détends-toi. Il se lève, de nouveau, se rend à la cuisine, tire une bière d'un pack de six dans le frigo, l'ouvre et boit une longue gorgée fraîche et amère à même la boîte. Encore une gorgée et la boîte est à moitié vide. Qu'est-ce qu'une bière ? Rien. Un pack de six, c'est rien, on a l'impression que les bras, les jambes, la tête deviennent plus lourds et on pisse beaucoup, c'est tout. Il renverse la tête et vide la boîte, respirant fortement, et il tire du frigo un autre cylindre humide. Il l'apporte à la table de la chambre, tout en buvant en chemin. Le petit circuit dans sa tête se met à tourner plus vite, de plus en plus vite chaque fois qu'il va chercher une autre boîte à la cuisine, qu'il la laisse tomber à côté des autres boîtes vides au pied de la chaise, tandis que le papier, sur la table à dessin, reste blanc à part une seule tache d'encre. La dernière boîte est vide et le circuit sort de ses pistes et se met à descendre en lui en tournant, vers le sombre déclic déjà touché par chaque gorgée de bière. Un instant, la tête lui tourne, il veut la poser sur la feuille de papier blanche et fraîche, se demandant ce qui ne va pas, et puis il se redresse sur sa chaise et ramasse sa plume. Dessiner, C'EST MOURIR. *Il la regarde trembler dans sa main puis se briser net, l'encre éclaboussant le papier, ses doigts se resserrant sur le plastique brisé comme des griffes rigides. Les morceaux lui tombent de la main, il repousse la chaise de la table, il ne voit plus rien. Il reprend ses esprits, étendu sur le tapis, la bouche aigre de son propre souffle. Il parvient à se mettre à genoux, à se redresser en s'aidant de ses mains. Accroupi là, il voit la table à dessin basculée sur le côté, éclaboussée de noires constellations d'encre. La chaise aussi est renversée et le tapis est jonché de feuilles de papier déchirées par le milieu et roulées en boules. D'autres objets encore jonchent le sol, ses plumes, toutes cassées en deux, leurs pointes métalliques tordues d'avoir poignardé quelque chose de dur. Au-dessous d'une traînée noire qui dégouline le long d'un mur, un flacon brisé d'encre de Chine. Il soupire, baisse la tête, il se sent vidé. Du moins a-t-il réussi à résister à l'envie de briser une vitre ou pire encore, ce qui aurait inquiété suffisamment ses voisins pour qu'ils appellent la police.*

Déchaîné par quelques bières à peine, son petit démon personnel avait été vomi pour ravager les débris de ce qui avait été sa vie, et tout cela dans la plus stricte intimité. De vagues souvenirs surgissent tandis qu'il se lève, des images désordonnées de lui en train de briser ses plumes l'une après l'autre, comme quelque chose jailli de son cœur. Un élancement dans la main. Il la regarde et découvre que du rouge se mêle à l'encre. Un éclat de plastique a entamé sa paume.

Son orteil heurte quelque chose, il se baisse pour ramasser l'objet. Une plume, intacte, qui a échappé à la sinistre fête. Avec précaution, parfaitement conscient de ce qu'il fait, cette fois, il la prend par ses extrémités et la plie, lentement car il a les muscles si faibles, jusqu'à ce qu'elle casse.

Ses mains serrent trop fort le carnet de feuilles et le feutre. Dee le regardait en silence et Braemer remarqua combien sa bouche était sèche : le déroulement de ces souvenirs l'avait vidé. La pointe du feutre demeurait figée, inerte, sur le papier. Sentant sur lui le regard de sa fille, il respira profondément et dessina rapidement un cœur sur le papier, un cœur de saint Valentin, un petit V représentant une pointe de flèche, en bas du cœur, et un autre V plus grand, pour l'empennage de la flèche, en haut. À l'intérieur du cœur, il écrivit DEE + PAPA.

– Tiens... c'est tout ce que je peux faire pour le moment, dit-il en lui tendant le bloc.

Dee examina le dessin un instant et il sentit le carnet contre son dos au moment où elle lui lança les bras autour du cou.

– C'est le meilleur, dit-elle en pressant sa joue bien fort contre celle de son père.

– Un autre jour, précisa-t-il, lui caressant les cheveux d'une main tremblante.

Elle ne répondit rien mais resserra son étreinte. Il ferma les yeux et laissa ses souvenirs s'évanouir.

Dee s'était endormie. Le samedi après-midi était devenu plus chaud, l'air plus lourd dans l'appartement. Braemer hocha la tête en direction de sa fille qui reposait contre sa jambe. Il ouvrit tout grands les yeux. Sarah ne serait pas de retour avant des heures encore.

Il prit un des coussins au pied du canapé et le glissa sous la tête de Dee tout en dégageant sa jambe. Elle continua à dormir, le visage contre son bras. Doucement, il se leva.

Son pied effleura le carnet à dessin et les plumes, par terre. Le cœur qu'il avait griffonné se trouvait quelque part au milieu des feuilles. Quelle chose curieuse, quel moment de tension quand les dents du passé s'étaient mises à mordre dans le présent. Plusieurs secondes s'écoulèrent tandis qu'il contemplait les cylindres de couleur vive, là sur le tapis, avant qu'il ramasse les plumes et les pose sur la table avec le carnet.

Dans la cuisine, l'engourdissement pesait comme du plomb sur son bras. Il avala un verre d'eau et s'appuya contre l'évier. Les paupières lourdes, il remarqua qu'on avait mal refermé le tiroir. À l'intérieur, les rangées de couverts et les couteaux brillants reflétaient la lumière.

Il le referma.

En retournant vers sa chambre, il s'arrêta à côté du divan, déplia une couverture pour recouvrir Dee. Tout l'appartement semblait plongé dans le sommeil quand il s'allongea sur son lit.

au plus obscur de la forêt

Ses mains se refermèrent sur le manche du couteau qu'elle tira de sous les coussins du canapé.

La forêt avait envahi la pièce. Elle pouvait voir l'ombre profonde qui effaçait la lumière de l'après-midi filtrant par les fenêtres. Il n'y avait pas de ville, au-delà, seulement l'étendue infinie de la mousse et des aiguilles de pin.

Elle regarda sa main aux doigts blanchis porter la lame à hauteur de ses yeux. Ce n'était pas le même couteau, mais un autre presque aussi grand, en acier inox, bien brillant. Déformé dans le miroir de la lame, son visage était figé, les traits tirés par quelque poing, depuis l'intérieur. Ce n'était plus son visage, maintenant, mais celui de sa mère, la dernière fois qu'elle l'avait vu par-dessus son épaule tandis qu'elle courait dans la forêt qui la meurtrissait.

Le silence. Elle écoutait, debout, le couteau pointé devant elle. Et le bruit d'une respiration, dans l'appartement, sous l'épaisseur et l'obscurité des branches. La respiration de quelqu'un de tout proche. De quelqu'un qui dormait.

En direction de la chambre.

Le sol du couloir était revêtu d'une épaisse couche de végétation humide et pourrissante. Elle sentit qu'elle s'enfonçait dedans, les aiguilles collant à ses mollets, l'écorce rude des murs se pressant davantage contre elle sur son passage.

Le couteau brillait devant elle, pointe de lumière tranchant l'obscurité, telle la flamme retournée d'une chandelle.

Derrière la porte de la salle de bains, quelque chose gouttait. Un robinet mal fermé ou la pluie tombant d'une branche.

La porte de la chambre était entrebâillée. Le souffle de son père était lent et régulier. À travers le dense enchevêtrement des branches, elle jeta un coup d'œil à l'intérieur.

Elle vit son père, étalé sur le dos, sur le lit, la tête sur son bras. La forêt se fit plus sombre autour de lui, la masse des arbres engloutit l'espace de la chambre.

Le silence.

Sa voix, dans sa tête, se faisait suppliante, murmurait avec toute la force qui lui restait. Des poings sanglants contre un mur muet. *Par pitié... pas lui. Pas.* Mais l'autre voix ne disait rien. Cette fois, la voix de sa mère demeurait silencieuse. Elle passa dans ses bras et ses jambes, et dans ses mains rivées sur le manche du couteau.

Elle poussa la porte, l'ouvrant juste assez pour se glisser dans la chambre.

Ses pieds légers sur le matelas d'aiguilles.

Elle se trouva à côté du lit et baissa le regard sur lui. Sa poitrine se soulevait et s'abaissait au rythme de sa respiration, prolongée par un bras glissé sous sa tête. Il dormait. Une lumière effrangée filtrait à travers les branches et éclaboussait sa chemise.

Soudain, la lumière plus brillante fut au-dessus de lui. Le couteau étincela sous le soleil. Le sang avait reflué de ses poignets levés sous l'étreinte.

Elle sentit qu'elle se dressait sur la pointe des pieds; la sueur coulait le long de ses bras.

Hurlant en un murmure. *Non, par pitié, non.*

Une légère pulsation sous la poitrine de son père.

La lumière, la lame éclatante sous le soleil de feu, tailla l'air, descendit vers sa poitrine.

– Dee !

Il lui saisit le poignet, elle ouvrit la main et le couteau, sans aucune force pour le propulser, tomba sur la poitrine de Braemer et, de là, sur le lit.

Il avait les yeux grands ouverts maintenant et non plus mi-clos pour surveiller son entrée dans la chambre. Il avait remarqué qu'un couteau manquait dans le tiroir de la cuisine et les sombres pensées que cela avait suscitées avaient maintenu Braemer éveillé. Il faisait semblant de dormir pour voir ce qu'il allait advenir, pour voir dans quel mur il serait planté.

Leurs regards se croisèrent. Il avait peine à reconnaître celui de sa fille, avec ces dents serrées, ces lèvres retroussées, semblables à la gueule d'un loup. Et l'autre main de Dee, ses ongles devenus des griffes, qui plongeaient vers son visage.

– *Espèce d'enculé !* (Les mots étaient clairs, une corde trop tendue pour une voix de fillette.) *Tu devrais être mort, salope !*

Le coup violent du genou de Dee lui arriva en plein dans les côtes. Il suffoqua, lutta contre la nausée qui, montant de son estomac, envahit sa gorge. De la bouche de sa fille, sortirent de nouvelles obscénités répercutées en écho contre les murs. La sueur l'inonda tandis qu'il luttait contre ce petit corps de dix ans, bandé comme un arc. Les muscles des bras de Dee roulaient sous sa peau blanche.

Le visage de Dee, les lèvres retroussées sur ses dents, comme si quelque chose la tirait par-derrière, commença à disparaître sous les taches noires dansant devant les yeux de Braemer. Il ne retrouvait pas son souffle. Les taches s'agrandirent et se fondirent en une obscurité qui l'attirait, haletant, plus près du visage de sa fille.

Si près qu'il pouvait entendre la respiration furieuse qui précédait chaque cri.

Sous l'étreinte de Braemer, les bras de Dee devinrent mous. Son corps se tassa pour redevenir celui d'une fillette. Au-dessus de lui, il vit le visage de sa fille, la bouche ouverte, silencieuse et tremblante, les yeux dilatés par la peur.

Elle éclata en larmes, les sanglots étouffés dans sa gorge. Il lâcha ses poignets, recula et la vit se tasser; ses épaules s'affaissèrent tandis qu'elle enfouissait son visage dans les draps du lit.

Il la prit dans ses bras et la serra contre lui; les larmes de Dee lui dégoulinaient dans le cou.

– Ce n'était pas moi, c'était elle, ce n'était pas moi, *c'était elle*.

– Ça va, ça va, dit-il en la berçant.

– Et il faisait si sombre, sanglota-t-elle, et elle avait un couteau, et elle courait, elle courait *mais tu n'étais pas là !*

– Ça va, tout va bien maintenant.

Sa fille contre lui, il sentit un creux s'agrandir en lui. Quoi qu'il eût été censé faire, il le savait, il avait trop attendu.

– Ça va, répéta-t-il en lui caressant les cheveux.

Mais cette pointe de frayeur extrême qu'il avait lue dans les yeux de Dee s'était glissée en lui.

Mais si, au cours de la vie, il a été fait usage de l'esprit primitif à des fins de cupidité, de folie, de désir ardent et de lubricité, et qu'il a été commis toutes sortes de péchés, alors, à l'instant de la mort, l'esprit-énergie est turbide et confus, et l'esprit conscient passe avec le souffle à travers les ouvertures inférieures de la porte du ventre. Car si l'esprit-énergie est turbide et malpropre, il se cristallise vers le bas, plonge en enfer et devient un démon.

Tai I Chin Hua Tsung Chih (Le Secret de la Fleur d'Or) par Richard WILHELM et C.G. JUNG.

5

Il faisait plus sombre dans la chambre que dans son rêve. Elle ouvrit les yeux, les cils collés par le sommeil, et ne vit rien. Elle ne sentit que la main sur son épaule, qui la secouait pour la réveiller.

– Maman ?

C'était sa mère. Dee pouvait maintenant distinguer le visage penché sur elle qui se détachait dans l'obscurité.

– Chut, dit sa mère. (Elle était si près d'elle que leurs souffles se mêlèrent quand elle lui murmura :) Habille-toi, chérie, nous allons faire un petit voyage.

– Hein ? (Elle se redressa sur son oreiller. Le brouillard du sommeil se dissipait mais elle ne comprenait toujours pas ce qui se passait.) Où ? Où est Carol ?

– Tais-toi, dit la voix plus rude avant de se radoucir à nouveau. Carol dort encore, ma chérie. Elle nous rejoindra plus tard.

– Mais où va-t-on ?

Au dehors, la nuit était noire. Son père était quelque part au loin, se souvint-elle, bien plus loin que d'habitude. En Angleterre, c'est là qu'il était. Elle avait reçu une carte postale de lui hier, représentant une grosse tour carrée avec une horloge, et un pont sur une rivière et une dame avec une couronne sur la tête, derrière, sur le timbre. Elle se demanda si son père dormait dans la même obscurité profonde.

– Nous allons camper. Comme je te l'ai promis – tu te souviens ? Allons, habille-toi maintenant.

Sa mère alluma la lampe sur la table de nuit.

Elle avait parlé d'aller camper, deux mois plus tôt, après avoir acheté un camping-car, une vieille camionnette VW, avec le toit qui se soulevait comme une tente, et des lits, un lavabo et un réfrigérateur minuscules, et une table pliante à l'intérieur. Cela lui avait paru une excellente idée lorsqu'elle l'avait ramenée à la maison. Tout le monde avait été surpris et Dee avait voulu y coucher, là, dans la cour. Mais elle s'était retrouvée dans sa chambre, cette nuit-là, et avait entendu sa maman et Carol se disputer à propos de l'argent retiré à la banque pour payer le camping-car. Après quoi on n'avait plus parlé d'aller camper. Elle avait même cru que tout le monde, à part elle, l'avait oublié.

Et voilà qu'au milieu de la nuit... Elle repoussa les couvertures et descendit du lit. En retirant sa chemise de nuit, la rayée que son père lui avait achetée, elle heurta légèrement l'abat-jour de la lampe.

– Pas de bruit, dit sa mère en lui serrant l'épaule si fort que la douleur la réveilla complètement.

Dee releva la tête, la chemise de nuit prise dans ses coudes, et vit le visage de sa mère se crisper tandis que ses doigts s'enfonçaient dans ses épaules. Elle sentit la chair de poule gagner sa peau nue, comme si on avait laissé une porte ouverte quelque part, dans la maison, par laquelle le froid de la nuit se serait glissé jusqu'à elle, assise là, presque nue, au bord du lit.

L'étreinte de la main se relâcha, la voix de sa mère se radoucit.

– Il ne faut pas réveiller Carol, ma chérie. D'accord ?

– Mais… pourquoi ?

– Parce que je te le dis.

De nouveau la main se fit dure à travers le mince tissu.

Aucune autre parole ne fut prononcée pendant que Dee passait rapidement le jean et le sweat-shirt qu'on lui tendait. Sa mère avait déjà préparé un sac de vêtements. Elle enfila son pantalon rouge fané et se leva, prit le sac d'une main et lui saisit la main de l'autre. Elle essaya de ramasser sa chemise de nuit, mais, déjà, sa mère l'entraînait vers la porte de la chambre. La flanelle à rayures rouges resta en tas sur le lit.

Assise à côté de sa mère dans le camping-car, elle la regarda allumer les phares qui taillèrent de blanches trouées fantomatiques dans la cour. Renee ne mit pas le moteur en marche; elle lâcha le frein à main et la petite pente de l'allée fut suffisante pour que le camping-car dévale doucement la rue. Dee regarda sa maman penchée sur le volant qu'elle tournait en silence.

Après la grille, elle mit le moteur en marche. Il cracha, toussa bruyamment dans l'air froid de la nuit. Elle jeta un regard derrière elle, aux fenêtres sombres de la maison, au moment où le moteur s'étouffa, cala, bourdonna de nouveau, redémarra en vrombissant. La maison disparut, remplacée par les silhouettes des maisons vides. Les phares de la voiture, dans les rues en lacet, faisaient surgir leurs poutres nues.

– Où on va ?

Une partie d'elle-même – la plus grande – aurait souhaité retrouver son lit, se blottir contre son oreiller jusqu'à ce que se fassent entendre, quand le jour paraîtrait, Carol, les bruits de Carol dans la cuisine. L'autre partie d'elle-même, penchée en avant, scrutait la route.

– Oh, bien loin, lui répondit sa mère en souriant. C'est pour ça que j'ai voulu partir tôt. Tu vas adorer ça – toutes sortes d'arbres et de trucs. Une vraie forêt. Et nous y pénétrerons profondément. Très, très profondément.

Un frisson, qui n'était pas d'excitation, lui parcourut le bras. Cette douceur traînante des derniers mots de sa mère l'effrayait. Elle lui rappela son regard, parfois, comme lorsqu'elle était sortie sur la véranda pour lui dire de venir dîner et que sa maman se tenait là, debout, la fixant comme si elle ne la reconnaissait pas. Ou comme la fois où maman était rentrée à la maison, laissant la voiture garée de travers dans l'allée, avant de monter s'allonger sur son lit, fixant le plafond, rien d'autre que le plafond, pendant plus de deux heures.

Elle garda le silence tandis qu'elles passaient devant les maisons fantômes, la lisière de San Aurelio, puis gagnaient l'autoroute où la circulation était encore dense malgré l'heure. Sa maman se dirigeait vers le nord, dans la même direction que son papa quand il venait la chercher le vendredi soir. Un instant, elle pensa que c'était peut-être là qu'elles allaient, que sa mère l'emmenait chez son père. Et puis elle se souvint qu'il était en Angleterre, bien loin d'ici. Elle remonta ses jambes sous elle et appuya sa tête sur le dossier du siège, observant le visage de sa maman qui conduisait; les feux arrière des autres voitures y faisaient passer des traînées rouges.

La lumière du soleil la réveilla. Elle cligna des yeux, les paupières collées, et vit que le siège avant du camping-car était envahi par une lumière orange vif. Elle leva la tête. De l'autre côté de la vitre, par la portière, de la verdure s'étendait de l'autoroute jusqu'aux collines que découpait le soleil. C'était la campagne. Jamais elle n'en avait vu autant. Les rangées d'arbres parallèles, bien nettes, courant devant elles, loin, le long de l'autoroute et – elle colla son visage à la vitre – aussi loin qu'elle pouvait voir. Les feuilles étincelaient et l'odeur de leur verdure, de leur humidité, lui emplit les narines.

– Où est-on ?

Sa maman sursauta derrière son volant. Puis elle sourit.

– Plus très loin maintenant, ma chérie.

– Ouais, mais où ?

– Tu as faim ?

– Ouais, je crois. Un peu.

D'un sac d'épicerie, sous le tableau de bord, sa mère tira une boîte de beignets et un carton de lait.

– Tiens. Voilà le petit déjeuner.

Elle ouvrit le papier et se mit à manger, le chocolat qui glaçait les beignets fondait et collait aux doigts, le lait était tiède. De nouveau, elle aurait voulu demander où elles étaient et où elles allaient mais elle devina que mieux valait ne pas insister. Sa maman ne disait rien, ne parlait pas de ce qu'elle faisait en week-end, quand Dee était chez son papa. La petite fille savait qu'elle s'absentait pendant les week-ends car elle l'avait appelée au téléphone plusieurs fois de chez son papa et n'avait jamais pu parler qu'à Carol. Carol non plus ne savait pas où allait sa mère, ou alors elle ne voulait pas répondre quand Dee posait la question. Mieux valait ne pas insister, se redit-elle – parfois sa maman devenait furieuse, la regardant sans un mot d'un regard qui la faisait fuir. Mais, cette fois, elle se trouvait coincée dans le camping-car avec elle. Sans pouvoir s'enfuir.

– J'ai envie d'aller aux toilettes.

– Okay. Il faut que je m'arrête pour prendre de l'essence dans un instant. Ça peut attendre jusque-là ?

– Oui, bien sûr.

Elles roulèrent et roulèrent encore. Des sandwiches et des boîtes de Pepsi pour le déjeuner, achetés dans un petit magasin, à côté d'une station-service. Sa maman lui avait donné de l'argent pour acheter quelque chose à lire mais elle n'avait pu trouver qu'un numéro de Newsweek *avec des photos de la nouvelle saison de l'American Ballet Theatre. Elle feuilleta une ou deux fois le magazine puis le laissa glisser de ses genoux par terre. L'air était lourd de soleil et de poussière. Les champs qui défilaient, une rangée après l'autre, la faisaient somnoler.*

Quand elle se réveilla, la campagne avait disparu. Le soleil glissait, oblique, à travers des masses d'arbres toutes proches, tandis que sa mère tournait son volant, à droite, à gauche, pour suivre les lacets de la route étroite. L'air, plus léger et plus frais maintenant, embaumait les pins.

– On y est presque, dit sa mère qui l'avait vue se réveiller et se pencher pour regarder par le pare-brise. Comme je te l'avais dit.

Elle se colla sur le bord de la route pour laisser passer une jeep avec une tente et un bateau gonflable attachés sur le toit.

– Euh-euh, opina Dee, jetant un coup d'œil dehors, tentant de voir le sommet des arbres.

Elle n'avait jamais vu une vraie forêt comme celle-ci. Une forêt différente de celle qu'on voyait dans les livres, à l'école. Les espaces entre les arbres étaient plus sombres, cachant les autres arbres derrière.

– Plus très loin. Plus très loin... du tout, dit sa mère d'une petite voix chantante.

La route continua à serpenter et à grimper. Elles croisèrent quelques autres véhicules de campeurs. Deux motos les doublèrent, vrombissantes, les pilotes penchés dans les virages. Le maigre soleil perçant entre les arbres se fit plus rare et plus rouge; sa maman alluma les phares du camping-car.

Puis elle quitta la route asphaltée pour un sentier de terre si étroit que Dee ne l'avait pas remarqué plus tôt; quand sa mère tourna le volant, on aurait dit qu'elle les lançait droit dans les arbres. Le camping-car cahotait si fort dans les ornières du sentier que Dee dut s'accrocher au siège à deux mains.

Le véhicule s'arrêta dans une secousse. Sa maman regarda dans le rétroviseur, comme si elle cherchait quelque chose, puis elle descendit, laissant tourner le moteur. À travers le pare-brise, Dee la vit soulever et ouvrir une barrière de bois. Sur une pancarte, on lisait à peine, à travers les trous brunâtres des balles de fusil : ROUTE PRIVÉE, DÉFENSE D'ENTRER. *Elle referma la barrière derrière elles après l'avoir franchie avec le camping-car. De chaque côté du sentier, Dee pouvait voir de grosses souches d'arbres, que l'on avait sciées, maintenant presque recouvertes de tout un enchevêtrement végétal.*

Lentement, le camping-car poursuivit son ascension, jusqu'à ce que le sentier s'élargisse en une petite clairière. Sa maman s'arrêta au milieu, serra le frein à main et coupa le contact. Un silence soudain, profond comme l'obscurité entre les arbres, s'abattit sur elles.

– Et voilà, dit sa mère.

Dee la regarda, la vit sourire. Mais le sourire lui parut taillé dans un autre visage et collé sous un regard aigu qui la jaugeait.

Un peu plus loin, une surface circulaire de cendre et de branches calcinées indiquait où on avait fait du feu. Sa maman ouvrit une boîte de soupe pour le dîner, qu'elle fit chauffer sur le petit fourneau, à l'intérieur du camping-car. Dee passa les deux pulls que sa mère avait pris pour elle mais sentit tout de même le froid de la nuit qui s'insinuait par les fenêtres aux rideaux tirés. Elle était rentrée après avoir contemplé, la tête levée, toutes les étoiles qu'elle pouvait distinguer à l'intérieur du cercle déchiqueté du sommet des arbres. Le soleil couché, la forêt était devenue complètement noire, mais pas aussi silencieuse qu'avant. Elle entendait, ou croyait entendre, des bruissements légers sur le tapis d'aiguilles de pin qui recouvraient le sol.

Sa mère laissa la casserole et les bols sales dans le petit évier.

– Il est l'heure d'aller dormir, ma chérie.

– Je n'ai pas sommeil. J'ai dormi toute la journée.

– Il est l'heure d'aller dormir, répéta sa mère, d'une voix douce mais insistante.

Elle tira un sac de couchage roulé de dessous l'un des bancs qui bordaient la table, défit les courroies et l'ouvrit. Un bruit métallique se fit entendre sur le sol.

Surprise, Dee regarda sa mère à genoux tâtonner rapidement dans l'étroit espace sous la table, et ramasser les objets brillants tombés du sac de couchage. Elle les aperçut tandis que sa mère les rangeait furtivement : c'étaient des couteaux, de grands couteaux qu'elle reconnut pour les avoir vus dans la cuisine de sa tante Carol, à la maison, et d'autres avec des lames de formes différentes qu'elle n'avait jamais vus. Sa maman se leva, les serrant contre sa poitrine, se tourna et les emporta à l'avant du camping-car.

Elle revint un instant plus tard sans les couteaux, son sourire ne dessinant plus qu'une mince ligne sur ses lèvres.

– Mais…

Soudain, elle se sentit soulevée, les pieds effleurant à peine le sol, le visage de sa mère tout contre le sien, le corps de Dee secoué par la main qui l'avait empoignée sous le bras, les doigts enfoncés dans sa chair.

– *Tout de suite, petite conne. Je t'ai dit* tout de suite, *nom de Dieu.*

Un filet de salive coulait des lèvres de sa mère.

Elle lâcha Dee, le creux des reins coincé contre le bord de la table. Elle suivit des yeux, la gorge nouée, sa mère qui jetait le sac sur l'une des couchettes. Dee se glissa entre la table et le corps rigide et tremblant de sa mère, s'insinua dans le sac tout habillée et le remonta jusque sous son menton.

– C'est bien… brave fille.

La voix de sa mère n'était plus qu'un murmure. Elle éteignit la lampe, au-dessus de Dee qui regardait, le sang revenant dans son bras engourdi. Sa mère gagna l'avant du véhicule et s'assit lourdement sur le siège du conducteur. Elle tira de sa poche un petit carré de papier d'aluminium écrasé qui brilla dans sa main lorsqu'elle le déplia. Elle porta la paume de sa main à sa bouche et rejeta la tête en arrière puis se tassa sur elle-même, ses mains agrippées au volant.

Dee écouta son cœur qui cognait dans sa poitrine. Une faible lumière argentée, celle du ciel au-dehors, se refléta sur quelque chose de métallique presque caché sous la couchette : l'un des couteaux tombés du sac de couchage et qui avait échappé à sa mère.

À l'avant, sa maman, penchée, fouillait le ciel des yeux, comme si elle cherchait quelque chose dans le halo de la lune. Avec précaution, sans la quitter du regard, Dee tendit la main, saisit le manche du couteau, le tira de dessous la couchette et le ramena dans le sac de couchage avec elle. C'était un grand couteau de cuisine, à la lame effilée et pointue.

Dans l'obscurité du sac, réchauffés par son souffle, ses doigts glissèrent le long de la lame, comme s'ils y suivaient un message, un message qu'elle ne pouvait encore déchiffrer…

... se mouvant dans l'obscurité. Au bruit de la respiration de sa mère, elle savait où celle-ci se trouvait. Une lente aspiration, un silence, et le sifflement de l'air exhalé.

Sa mère avait tiré le rideau séparant la banquette avant du reste du véhicule, de sorte que la seule lumière perceptible, pour Dee, était celle qui filtrait des bords du rideau au-dessus de la couchette. Dee remonta ses jambes pour demeurer en dehors des rais de lumière, pour que sa mère ne puisse pas déterminer avec précision où elle se trouvait.

– Ma chérie... viens, maintenant, mon chou... je ne vais pas te faire de mal.

La voix de sa mère, à peine plus audible que sa respiration.

Dee serra davantage encore le couteau dans sa main, la sueur poissait ses doigts sur le manche. Elle ne répondit pas, respirant doucement, en silence. Le liquide poisseux, à la pointe du couteau avec lequel elle avait piqué le bras de sa mère, avait séché, formant comme une croûte. Elle entendait encore, persistant quelque part au fond de son oreille, le halètement et le cri de douleur et de surprise, bien que cela fît plus de deux jours que sa mère avait tenté de la saisir, un autre des couteaux à la main.

L'air était confiné dans le camping-car, chargé de relents de sueur qui filtraient, malgré le froid, des vêtements de Dee. Elle n'avait pu maîtriser sa vessie et son urine avait coulé, tiède, dans son jean qui avait séché, raide contre sa peau. Ça sentait très fort l'urine à l'intérieur du camping-car et, par-dessus cette odeur, elle pouvait déceler celle de sa mère, âcre, comme si quelque drogue chimique perlait de ses pores.

– Dee... chantonna la voix avec une duplicité stupide... tu ne voudrais pas que ta maman meure,

hein, ma chérie ?... pas mourir, mon chou... pas mourir... peut vivre éternellement... viens, ma chérie...

Son estomac vide gargouilla. Elle se raidit et mit toutes ses forces pour étouffer ce bruit. La boîte de gâteaux salés qu'elle avait glissée dans le sac de couchage était finie – elle avait ramassé les dernières miettes hier, les avait avalées avec un peu de Pepsi tiède chipé dans le placard au-dessus du réchaud avant que sa mère ne l'eût coupée du reste du véhicule, la confinant à l'arrière, d'où elle ne pouvait sortir.

Sa mère – Dieu sait ce qu'elle était devenue ! Dee avait du mal à reconnaître la silhouette accroupie aux cheveux emmêlés comme un halo noir – s'était plantée, couteau en main, en plein milieu du camping-car, barrant à Dee la voie de la grande porte coulissante sur le côté du véhicule. Seul le couteau dans la main de Dee, frappant dans le noir, avait maintenu sa mère à une longueur de bras et l'avait empêchée d'arriver jusqu'au bout de sa reptation vers sa fille.

L'obscurité battait dans l'œil de Dee. Elle n'avait pas dormi pendant tout ce temps, depuis l'instant où elle avait lu cette étincelle dans le regard de sa mère. Un fragment de lune argentée inondait le camping-car et montrait ses yeux grands ouverts. La lune était pleine, et un rituel particulier se déroulait dans le cœur de sa mère, montant dans sa gorge comme un serpent. La lame du couteau brillait dans sa main.

Sans dormir, simplement blottie, elle restait recroquevillée à l'arrière du camping-car, son couteau prêt à frapper la main de sa mère si elle essayait de nouveau de s'approcher. Le monde s'était rétréci à cet espace sombre, elle à un bout, sa mère à l'autre. L'attente faisait trembler ses muscles.

– Dee… Dee chérie… Maman ne va pas te faire de mal…

Sa voix apaisante était lointaine, comme celle qui chantait pour elle quand elle était bébé. C'était le seul bruit dans le camping-car. Le seul bruit. Au-dehors, la forêt restait noire, loin de tous. Elle sentit ses paupières se fermer et, derrière ses paupières, l'obscurité la recouvrit comme de l'encre. Le froid s'infiltrait sous ses pull-overs, anesthésiant ses muscles. Réveille-toi, réveille-toi, elle vient t'attaquer; la dernière parcelle éveillée de son cerveau hurla contre ses bras qui se relâchaient, mais ils devinrent lourds, tombèrent et elle tomba avec eux.

Elle se réveilla en sursaut, quelques secondes plus tard à peine, le couteau toujours en main. Il jaillit dans l'obscurité devant elle. Sa lame ne rencontra que le vide. Elle se mit en boule et scruta l'obscurité pour déceler la présence de sa mère. Elle ne savait pas où elle se trouvait et la peur l'assaillit comme un poing.

Aucun souffle. Le camping-car était vide. Un rai de lumière apparut par l'entrebâillement de la porte puis disparut presque complètement.

Elle attendit, le temps de quelques battements de cœur, puis leva la main, écarta le coin de l'un des rideaux. Elle ne vit plus rien au-dehors, à part la silhouette des arbres, tout autour, noirs sur une obscurité plus profonde encore.

La main toujours crispée sur le couteau, elle glissa de la banquette. Elle avait des fourmis dans les jambes après sa longue immobilité.

Elle tâtonna dans l'obscurité du camping-car. Son coude effleura quelque chose sur la table pliante. L'objet tomba sur le sol où il tinta bruyamment avant qu'elle ait pu se baisser pour l'arrêter. Ce n'était que le porte-clés de sa mère. Elle poussa la porte de quelques centimètres. Un air froid, qui ne sentait pas la sueur et la peur, la frappa au visage. Le clair de lune argentait le sol. Ses chaussures crissèrent sur les aiguilles de pin sèches quand elle descendit.

Le silence régnait autour du camping-car. Elle distinguait à peine l'ouverture, entre les arbres, qui indiquait la route de terre par laquelle elles étaient arrivées. En bas, dans la plaine, il y avait des routes goudronnées et, au matin, d'autres voitures, d'autres gens. Son souffle forma une buée devant son visage lorsqu'elle tourna la tête, fouillant le silence et l'obscurité. Elle s'éloigna de la paroi métallique du camping-car et se dirigea vers la route de terre.

– Dee...

Elle se retourna, dérapant sur les aiguilles, et vit sa mère déboucher à l'avant du camping-car. Le clair de lune marquait d'une ligne d'argent la lame au bout de son bras levé.

Ses pieds se dérobèrent sous elle au moment où elle tenta de fuir. Elle tomba sur le côté, le souffle coupé; son couteau s'échappa de sa main et disparut dans les aiguilles de pins.

Elle roula sur le dos, haletante, et vit sa mère qui se penchait sur elle, son corps se tordant pour plonger le couteau, serré dans ses deux mains, dans la gorge pâle au-dessous d'elle.

Aucun cri, aucune supplication. Dee saisit les poignets de sa mère, mais elle était trop faible. La pointe de la lame descendit, appuya contre la chair tendre, sous son menton.

Sa mère approcha son visage tout contre le sien, comme si elle voulait boire son souffle.

– ... tu ne veux pas que maman meure... hein, chérie... maintenant elle va vivre à...

Le murmure se changea en un cri quand Dee planta ses dents dans la joue de sa mère.

Dans sa bouche, elle sentit un goût de sel tandis que sa mère rejetait la tête en arrière, le visage dans ses mains. Dee se dégagea, se leva et se mit à courir.

Elle ne put trouver la brèche dans le cercle, le bout du sentier de terre. À la limite de la clairière, elle s'enfonça dans l'épaisseur des arbres, les épaules heurtant douloureusement les troncs à l'écorce rude. Ses mains écartaient les branches qui lui griffaient le visage.

Derrière elle, sa mère hurlait son nom. Dee se retourna et la vit à travers l'enchevêtrement des branches, le sang marquait d'une tache sombre un côté de son visage éclairé par la lune. Elle fixait le couteau tombé à ses pieds. Et elle disparut à la vue de Dee qui continua sa course dans le noir sous les arbres.

6

– Et après, que s'est-il passé ? demanda le docteur.

Braemer s'enfonça dans son fauteuil et regarda par la fenêtre avant de répondre. Au-delà du parking de la clinique et de la circulation, dans la rue, se dressaient les poutrelles d'acier d'une nouvelle construction. Les étincelles d'un chalumeau cascadaient d'une poutrelle à l'autre. Il les suivit du regard pendant quelques instants puis se retourna.

– D'après ce que j'ai pu reconstituer, d'après ce que ma fille et sa tante m'ont appris, Dee a réussi à descendre jusqu'à la route. Le jour s'était levé, une voiture s'était arrêtée pour la prendre. Apparemment, elle ne souffrait que de faim et de froid. Les gardes forestiers ont découvert le camping-car et mon ex-femme.

Les ressorts du fauteuil du docteur grincèrent.

Sur le mur, derrière son bureau, s'étalaient ses diplômes dans des cadres : psychologue, psychanalyste, spécialiste des troubles affectifs de l'enfance. C'était un type maigre, avec des yeux d'épagneul et une vague moustache.

– Vous avez dit que sa mère avait été frappée d'une sorte d'attaque ?

– On a trouvé dans le camping-car des restes d'alcool et des traces de drogue. On en a trouvé dans son sang, à l'analyse faite à l'hôpital. On a identifié certaines drogues, d'autres pas. Après la fuite de Dee, elle a dû avaler tout ce qui restait. L'analyse révélait un véritable mélange. Certaines associations de drogues ont fait monter la tension à un niveau tel, dans son cerveau, qu'il y a eu rupture des gros vaisseaux. C'est ce qui est arrivé à une autre femme – comment s'appelle-t-elle ? Quinlan, c'est ça... Mais dans son cas la cause a été un simple tranquillisant et un verre de vin. Vu ce qu'a absorbé mon ex-femme, on peut s'étonner que sa tête n'ait pas éclaté.

Braemer retomba dans le silence, ruminant en regardant par la fenêtre sans rien voir, entendant la voix de sa fille qui lui racontait, entre ses sanglots, ce qui s'était passé, ce qu'on lui avait caché. L'histoire avait coulé, coulé de sa bouche comme si le couteau qu'elle avait apporté dans la chambre et tenté de lui plonger dans la poitrine avait rouvert quelque membrane qui retenait prisonnier le noir souvenir.

Il avait pénétré dans sa mémoire lui aussi. La tache de sang se faisait plus épaisse quand on la regardait de près. Il pouvait tout voir s'il fermait les yeux : les arbres dans la nuit, l'espace confiné du camping-car, son ex-femme tapie dans l'ombre avec un couteau, à quelques pas de sa fille...

– ... Monsieur Braemer ?

Il se retourna vers le docteur derrière son bureau. Il lui fallut un instant pour que redeviennent réels le cabinet de la clinique et le présent.

– Excusez-moi. Vous disiez... ?

Le docteur posa la pointe de son stylo sur le bloc-notes devant lui.

– L'histoire de votre fille vous a été confirmée par sa tante... (Il chercha le nom, dans ses notes.) Carol, Carol Feld.

– Dès que j'ai pu calmer Dee et qu'elle m'a eu tout raconté, je me suis rendu à San Aurelio, où habitent sa tante et... sa mère. J'ai dû emmener Dee avec moi; il n'y avait personne pour la garder. Et j'ai tout raconté à Carol. Tout, Dee entrant dans la chambre avec le couteau, son récit de ce qui s'était passé là-bas, avec sa mère, tout.

– Et Carol a confirmé l'exactitude du récit de votre fille ?

– Oui. Apparemment, Renee – mon ex-femme – avait préparé son coup depuis longtemps, c'est pourquoi elle avait acheté le camping-car. Et dès que j'ai quitté le pays, elle a filé avec Dee. Elle devait craindre que je les retrouve si je découvrais leur départ. (Il poussa un soupir.) Peut-être.

La plume tapota le bloc-notes.

– Étiez-vous conscient des problèmes de votre ex-femme ?

– Bon Dieu, dit Braemer en fixant le visage du docteur avec sa petite moustache blonde, vous croyez que je lui aurais laissé ma gosse si j'avais su qu'elle était dingue à ce point ? Écoutez, je n'avais pas très bonne opinion de mon ex-femme. Tant que je pouvais monter là-bas chaque week-end et prendre ma gosse sans jamais la voir, c'était parfait. La seule personne à laquelle je parlais, c'était Carol et elle ne m'a jamais rien dit de ce foutoir. Comment aurais-je pu savoir, nom de Dieu ?

Ses mains se crispèrent sur les accoudoirs du fauteuil comme s'il allait bondir et se lever.

Le visage du docteur demeura impassible.

– Mais Carol savait, dit-il. Elle aurait du moins pu soupçonner quelque chose. Est-ce qu'elle vous a dit pourquoi elle ne vous en avait jamais parlé, pourquoi elle ne vous avait pas dit la vérité sur ce qui s'était passé avec votre ex-femme et votre fille ?

– Elle avait peur de perdre Dee, peur que je sois horrifié de ce qui s'était passé et que je leur enlève Dee. Elle a attendu quelques jours après que la police eut ramené Dee et elle m'a envoyé un télégramme en Angleterre et, quand je suis rentré, elle m'a raconté que la mère de Dee avait eu une attaque, sans raison particulière, simplement un de ces accidents imprévus. Et je l'ai crue. Je veux dire que je ne suis pas allé à l'hôpital pour voir ces foutues analyses de sang. Personne n'est venu me dire : Hé, ton ex a perdu les pédales et s'est mise à poursuivre ta fille avec un couteau. On n'en a peut-être même pas parlé dans les journaux du coin où cela s'est passé. J'imagine que les services forestiers qui s'occupent du parc ne sont pas très enthousiastes pour faire de la publicité à des dingues qui courent la forêt, un couteau à la main. Si quelqu'un a jamais pensé à m'en aviser, moi, le père de l'enfant, il a probablement songé que Carol – adulte et responsable, n'est-ce pas ? – m'en parlerait. (Ses mains se détendirent sur les accoudoirs; sa colère refluait.) Donc, je n'étais pas au courant, voilà !

– Et votre fille a pu vivre avec cela ? Elle n'a rien dit, elle non plus.

Braemer rejeta la tête en arrière et laissa son regard errer sur le dessin des trous dans le plafond insonorisé.

– Oui, dit-il doucement. C'est ce que je ne

comprends pas. Pourquoi ne m'a-t-elle rien dit ?

– Votre fille avait sans doute ses raisons. Bonnes ou mauvaises, logiques ou pas, elle avait ses raisons. Peut-être a-t-elle réagi à la crainte de Carol de la perdre si vous étiez au courant, par une crainte tout aussi grande de perdre Carol – la personne adulte la plus stable de sa vie, celle qui, apparemment, a été une mère pour elle. Non qu'elle ne vous aime pas, mais peut-être ignorait-elle simplement ce qui *arriverait* si vous l'emmeniez. Et elle a connu une expérience bouleversante, pour employer un euphémisme. C'est peut-être une logique puérile que de vouloir s'accrocher à la sécurité que représente Carol et de se joindre à la conspiration du silence contre son propre père pour sauvegarder cette sécurité, mais c'est dans une certaine logique. (Il dessina un petit rond sur son bloc-notes et fronça les sourcils en le contemplant.) Il existe peut-être également des raisons plus profondes. Des raisons liées au... traumatisme.

– Quoi, par exemple ?

Le docteur lissa le papier du tranchant de la main.

– Votre fille a été agressée par sa propre mère, monsieur Braemer. Cela a peut-être provoqué une réaction chez elle. Un refus d'admettre ce qui est arrivé. Peut-être vous dissimulait-elle moins la vérité qu'elle ne désirait la supprimer de sa mémoire. Il existe encore d'autres possibilités. Votre fille s'est défendue contre l'agression de sa mère et, en un sens, sa mère en est *morte*. Peut-être existe-t-il un sentiment de culpabilité, un désir de dissimuler ce qu'elle a fait. Et un désir de ne pas abandonner sa mère. Le coma de votre ex-femme est une situation cruelle : tous les inconvénients de la mort sans l'avantage que votre fille puisse l'oublier. (Il haussa les épaules.) Mais tout cela n'est que supposition.

Ça ne vaut pas grand-chose tant que je ne pourrai pas m'entretenir avec votre fille.

– C'est bien ce que je pensais, dit Braemer, hochant la tête.

– Votre fille est toujours avec vous, je pense ?

– Oui. Quand je suis allé voir Carol, je lui ai dit que j'allais garder Dee et voir ce qu'on pouvait faire pour elle. Pour l'instant, une amie – ma compagne – s'occupe d'elle.

– Lorsque vous dites *garder*, vous voulez dire en permanence, obtenir sa garde légale, c'est cela ?

– Euh, nous avons laissé ça dans le vague. Il n'y a que de cette façon que j'ai pu amener Carol à consentir…

Le docteur griffonna un autre petit dessin sur son bloc.

– Eh bien, il faudrait en arriver rapidement à une décision. Cela constituerait un facteur d'équilibre dans la vie de votre fille. Et, franchement, je ne pense pas que le fait de vivre dans cet environnement plutôt… macabre, après tout ce qui s'est passé, puisse être bon pour elle. Peut-être devriez-vous faire le nécessaire pour obtenir la garde légale de l'enfant très vite.

– Oui, bien sûr.

Il y a longtemps que tu aurais dû le faire, espèce de connard, lui dit une petite voix en lui.

– La clinique peut délivrer des attestations légales dans les cas d'espèce.

Braemer secoua la tête.

– Mon patron m'a déjà recommandé un avocat. J'ai pris rendez-vous.

Il se leva de son fauteuil, le corps aussi lourd que s'il sortait d'une mare, englué par la vase. Le fait de raconter à un psy tout ce qu'il avait appris sur sa fille l'avait plongé dans un noir d'encre.

À la porte de son cabinet, le docteur posa la main sur l'épaule de Braemer.

– Ne vous inquiétez pas. Nous pouvons faire beaucoup.

– Vraiment ?

Braemer regarda le visage de l'homme de l'art. Passé la porte et le couloir de la clinique, il entendit la rumeur de la circulation. Le revêtement d'asphalte de la rue s'était cloqué, crevassé.

– Qu'est-ce que vous pouvez faire...

Sans finir sa phrase dans son esprit, il se rendit au guichet pour prendre un rendez-vous pour sa fille.

La pièce vide était éclairée par la lumière du jour. C'était la même pièce qu'auparavant : un linoléum craquelé sur le sol, une odeur de graisse rance. La lumière filtrait à travers le carreau cassé poussiéreux. Étendue sur le côté sur un mince matelas, elle regardait le rectangle brillant tombant de la fenêtre grimper vers sa main. Dans une heure ou deux, il atteindrait ses ongles déchiquetés, et puis toute sa main deviendrait aussi tiède que si elle l'avait plongée dans le sang qui coulait sous sa poitrine.

Ou encore, elle demeurerait étendue là, et glisserait dans le flou du sommeil, dans le rêve qui la tirait dans une réconfortante obscurité. Son père allait venir, passant à travers le mur, la prendre dans ses bras et la bercer jusqu'à ce que toutes les contusions, toutes les plaies soient guéries. Dans son rêve, elle savait que c'était son père, bien qu'elle ne puisse voir son visage. Elle ne trouvait, dans sa mémoire, aucun visage à lui donner – il était mort alors qu'elle était bébé, et sa mère l'avait fait disparaître de toutes les photos jaunies de la maison, une folie très ordonnée, avec une paire de ciseaux. Rien ne subsistait de lui que le vague souvenir d'être bercée dans des bras en toute sécurité.

S'éveiller signifiait abandonner la protection de ses bras dans son rêve. Son père l'appelait Kathy dans le rêve, et elle souriait et hochait la tête, sans aucune autre voix pour lui arracher de la bouche le nom de sa sœur Renee, dans un cri d'animal.

Le carré de lumière s'était rapproché de quelques centimètres, glissant sur le sol avec le mouvement du soleil. Le sommeil se trouvait bouclé quelque part, loin d'elle, et le souvenir d'avoir rêvé de son père n'apaisait pas la douleur qui se manifestait violemment sous sa peau. De vieilles blessures en voie de cicatrisation s'étaient rouvertes et suppuraient sous une croûte de sang noire; un cri assourdi monta sous la chair morte à tout ce qui n'était pas la petite morsure de l'aiguille, et la flamme qui allait jaillir, grimper dans son bras à la rencontre du flot de son sang.

La drogue avait reflué, la laissant dans la chambre vide avec des muscles qui n'obéissaient plus, à surveiller un carré de lumière qui rampait sur un linoléum sale.

Peut-être la porte allait-elle s'ouvrir et le soleil se refléter dans une paire de verres-miroirs qui la regarderaient. Il tirerait le drap taché qui la couvrait, le tissu collant aux endroits où il avait séché contre sa peau sanglante. Il l'examinerait froidement, la laverait avec quelque chose d'humide et froid, panserait les blessures qui saignaient encore, sortirait, pour la nourrir, quelque chose d'un sac de papier blanc devenu translucide à cause de la graisse, au fond.

Naguère, elle essayait de lui demander pourquoi, suppliait et sanglotait contre les bandelettes de tissu déchiré avec lesquelles il lui liait les poignets, mais la vue de ce visage souriant, de ce visage qu'elle connaissait aussi bien que le sien – Kathy Renee – Kathyrenee – et qui ne répondait pas tant que la voix de sa sœur ne parlait pas par sa bouche, avait tué ses nerfs, centimètre par centimètre. Elle ne posait plus de question. Seule subsistait la douleur qui la tenaillait.

C'était mieux lorsqu'il l'habillait, tirant les vêtements sur ses bras et ses jambes molles, et l'emmenait quelque part ailleurs. À ceux qui le payaient pour l'avoir. Ils s'excitaient, comme s'ils ne s'étaient jamais trouvés dans une chambre où l'on pouvait couper une femme en morceaux et la manger, comme un bonbon. C'en était vite terminé avec eux, leur appétit était vite rassasié; leurs mains pouvaient arracher des lambeaux de sa chair et les mettre dans leur bouche.

Mieux valait cela, ces mains et ces dents acérées, que le visage aux lunettes-miroirs qui se penchait sur elle quand elle était étendue, membres écartés, sur le sol. Aucune excitation ne faisait trembler le visage au-dessus d'elle. Simplement le lent et méthodique rituel de ses mains. Des mouvements tendres comme ceux d'un amant. Les petites coupures libérant des vagues de pulsations rouges sous la drogue qui l'enfiévrait, avec leur clapotis rouge dans ses yeux jusqu'à ce qu'elle se mette à hurler, avec sa propre voix et celle de sa sœur.

Calme, maintenant, le carré de lumière effleurait à peine son doigt. Elle se demanda jusqu'où la tiède lumière allait glisser sur sa main et son bras, si elle se poserait sur son visage au retour de l'homme qui occulterait la fenêtre en se baissant sur elle, les lunettes noires dans l'ombre de son corps. L'attente serait terminée, et sa vie – ce que sa vie était devenue – recommencerait.

Quelque chose s'agita dans sa mémoire. Tous ses souvenirs s'étaient fondus en une seule surface uniformément rouge, mais quelque chose tranchait maintenant, comme la lumière sur le lino-léum sale. Quelque chose de brillant. La pièce s'estompa et elle laissa l'image monter, sortir du noir.

Une fillette. C'était cela. Une petite fille. Elle la voyait maintenant, dans son esprit. De longs cheveux noirs tirés en arrière, des jambes maigres dans des collants de danseuse, un visage sérieux qui se reflétait dans un miroir courant le long d'un mur où était fixée une barre de bois. Elle la reconnaissait, bien que la fillette fût plus âgée que la dernière fois qu'elle l'avait vue, il y avait des années de cela. Dee – l'image, dans sa mémoire, était celle de sa nièce Dee. La fille de sa sœur. Elle sourit à l'image dans sa mémoire, le visage pressé contre le matelas gris sur le sol, et elle se demanda où elle avait pu voir la petite danseuse.

Et le reste apparut dans la lumière. Elle sut que le souvenir de la fillette ne lui appartenait pas, qu'il se trouvait dans son esprit comme la voix de sa sœur se trouvait dans sa bouche. L'image avait été laissée dans sa mémoire par le passage de la chose qui venait en elle et parlait et riait avec la voix de sa sœur.

Des souvenirs de cette voix arrivèrent, réson-nant dans sa tête. La voix du visage aux lunettes-miroirs s'y trouvait aussi. Elles parlaient de la petite Dee, tandis qu'elle écoutait, coincée dans son propre corps qui ne lui appartenait plus. Dans son souvenir, le bavardage et le rire conti-nuaient, ne cessaient pas, se poursuivaient jusqu'à ce qu'elle retire vivement la main du soleil brûlant sur le sol et se dresse, sous le drap chiffonné, ses poings essayant de chasser les bruits dans sa tête.

Les voix s'arrêtèrent. Même la mémoire rede-vint silencieuse. Du regard, elle fit le tour de la pièce vide. Des vêtements – une robe et une jaquette, assez propres pour qu'on l'amène chez un client, des chaussures – étaient en tas dans un coin. Le drap glissa quand elle se leva. L'air était frais sur sa peau pâle, marquée, tandis qu'elle avançait vers le coin.

Elle s'habilla aussi vite que ses doigts gourds pouvaient se saisir des vêtements. Le brouillard s'était dissipé et elle put se souvenir de tout ce qu'elle avait projeté de faire. Si elle faisait vite, elle aurait le temps, avant que la voix de sa sœur revienne en elle, tournant le dos à cette pièce où les yeux cachés derrière les miroirs attendraient patiemment son retour.

– Qu'est-ce que tu voulais faire aujourd'hui ? demanda Sarah, posant sa tasse de café.

– Je ne sais pas. (Dee haussa les épaules, fixant une moitié de sandwich dans une assiette en face d'elle.) Rien.

La fillette semblait malheureuse, le visage encore bouffi d'avoir pleuré. Sarah l'avait trouvée, au réveil ce matin, qui essayait d'étouffer ses sanglots dans son oreiller. S'ajoutait à cela le long siège du week-end : les longues discussions, avec Dee et sans elle, et puis Dave qui l'avait emmenée à San Aurelio pour parler à Carol, et leur retour, Dave arborant un visage encore plus sinistre qu'à l'aller, les coups de téléphone à son patron, à des cliniques psychiatriques et à un avocat pour prendre des rendez-vous. À ces seuls souvenirs, Sarah se sentait envahie par la lassitude.

Lorsqu'elle était rentrée de ses heures supplémentaires du samedi, elle avait cru tomber en plein ouragan, avec Dee au beau milieu. Ce lundi matin ressemblait davantage au calme après la tempête, avec Dee et elle, seules dans l'appartement; Dave était allé voir le psy et l'avocat pour la gosse. Elle avait appelé le cabinet d'avocats où elle travaillait pour dire qu'elle était malade, afin de pouvoir s'occuper de Dee.

– Eh bien, dit Sarah, j'ai appelé le studio de danse et il y a un cours de débutantes à deux heures. Veux-tu y aller ?

– Est-ce que... est-ce que je peux ? demanda Dee, levant les yeux de son sandwich.

– Bien sûr. Ton papa ne va pas rentrer tout de suite. Et je crois que nous avons besoin de sortir. Alors, ça te dit ?

– Bien sûr. Je crois.

– Eh bien, va chercher tes affaires. Je crois que tes collants sont encore pendus dans la salle de bains.

Dee avait filé. Seule dans la cuisine, Sarah débarrassa les assiettes et les laissa dans l'évier. Son regard se posa sur la petite marque, sur le mur, à côté du réfrigérateur, la cicatrice refermée laissée par le couteau, que David lui avait montrée. C'était samedi – le jour où elle avait été submergée par les explications et les bribes cachées du passé : tout cela à assimiler, et le souci de ce qui allait arriver ensuite. Plus les détails pratiques dont il fallait s'occuper. Que faire d'une gamine qui avait chaviré une fois (une fois, deux fois, combien de fois exactement ?) et qui jouait avec des couteaux ? Pour le moment, on n'en était qu'à un tablier déchiré et à une chaude alerte, mais que *faire* de la gosse ? La remettre aux mains de la police ? L'attacher à une chaise ?

Dave et elle s'étaient résolus à tirer le matelas du canapé dans leur chambre et à y installer Dee pour qu'ils puissent garder l'œil sur elle la nuit. Dave avait ramassé tous les couteaux de cuisine et autres objets à lame ou pointus – tournevis, ouvre-boîtes – et les avait bouclés dans la boîte à outils ramenée de la voiture. Elle finit de rincer le couteau de table avec lequel elle avait étalé le beurre de cacahuète sur le sandwich de Dee et le rangea dans la boîte à outils sur l'une des plus hautes étagères du buffet, la referma et remit la clé dans sa poche.

Alors elle sentit toute l'idiotie de la chose. Elle sentit que l'instant était passé, que la blessure, à l'intérieur de Dee, qui s'était frayé un chemin jusqu'à sa peau et avait conduit l'enfant à refermer la main sur le manche, à lever l'arme sur son père, avait disparu. Elle était redevenue une petite fille, la fille de son père, effrayée par quelque chose jailli des ténèbres glissées en elle par sa mère. Quelque chose qui l'avait trahie, comme si sa petite main avait appartenu à une autre. *À sa mère*, songea Sarah en rinçant les assiettes d'un geste mécanique. *Cette psycho.* Même presque morte, elle continuait à sortir du passé.

Même en surveillant Dee pendant cette nuit de samedi, sans que Dave ni elle ferment l'œil une minute, elle ne s'était pas inquiétée que Dee puisse trouver un autre couteau et vienne les frapper dans le noir. L'important, c'était Dee qui tournait et retournait sur son oreiller au paroxysme de ses cauchemars. Et Dave regardant par la fenêtre les lampadaires s'éteindre et virer au gris dans la lumière du jour, tandis que devenaient plus floues, une à une dans sa tête, toutes les erreurs qu'il avait pu commettre avec sa fille – erreurs que la lame tranchante du couteau avait libérées en masse.

– Je suis prête.

Sarah se retourna et vit Dee dans l'encadrement de la porte de la cuisine, la courroie de son sac Capezio à la main.

– Parfait, dit-elle, arrêtant l'eau. Je me maquille et on y va. D'accord ?

Dee hocha la tête, la regardant avec des yeux qui – Sarah pouvait le dire – seraient désormais toujours plus tristes que ceux d'une petite fille.

– D'accord, Braemer.

L'avocat s'appelait Layton. Il se redressa dans son fauteuil et écrasa une cigarette dans un cendrier déjà débordant de mégots. Il n'avait probablement que quelques années de plus que Braemer, mais ses cheveux qui s'éclaircissaient sur le crâne, et sa mine renfrognée, lui donnaient l'air d'un vieux.

– Et je suppose que vous voulez maintenant que l'on arrange tout cela parfaitement, c'est ça ?

– Que voulez-vous dire ?

L'un des accoudoirs du fauteuil branla sous le coude de Braemer lorsqu'il recula sous le grognement de l'homme assis derrière le bureau, en face de lui. Le siège délabré n'avait pas cessé de grincer pendant la demi-heure au cours de laquelle Braemer avait exposé la situation à l'avocat.

– Vous savez, j'aime bien Rawling, dit Layton en contemplant une tache brunâtre au plafond. Il règle ses notes d'honoraires.

– Je peux vous faire un chèque.

– Et ça arrangera tout, hein ? demanda Layton, son regard revenant à Braemer. Une situation comme neuve. C'est ce que vous croyez ?

– Vous savez, je ne vois pas après qui vous en avez.

– Les types comme vous, Braemer, ça fout un bordel royal et ça s'attend ensuite à voir quelqu'un comme moi arranger toute l'affaire. C'est beau, ça !

Braemer se raidit sur son siège, faillit se lever et se contraignit à ne pas bouger.

– Vous avez beaucoup de clients avec ces manières ?

Layton haussa les épaules.

– Il y a des gens qui aiment qu'on évite les conneries quand ils ont affaire à un avocat. Comme votre pote Rawling – il s'amène avec une affaire, un de ses clients qui s'est tiré sans payer, et si c'est un cas merdique, je le lui dis. Ça lui fait faire des économies. Franchement, Braemer, votre cas est merdique.

– Je suis le *père* de l'enfant, nom de Dieu. Sa mère est... frappée d'incapacité, pour ne pas dire plus. Vous ne croyez pas que je devrais avoir automatiquement la garde de ma fille ?

– Ce que je crois n'a pas d'importance. L'important, c'est ce que pense le juge. Nous sommes dans un État très éclairé, très progressiste et le rôle du tribunal ne consiste pas simplement à vous accorder la garde de votre fille. Le tribunal est censé voir où se trouve l'intérêt de l'enfant. Si la tante de votre fille, cette Carol Feld dont vous m'avez parlé, décide de plaider pour obtenir cette garde, elle aura probablement satisfaction – elle pourrait avoir d'excellents arguments.

– Mais je suis...

– Oui, d'accord, vous êtes le père. La belle affaire ! Vous êtes également resté tranquillement assis sur votre cul pendant toute une année alors que votre ex-femme était dans le coma et que la tante de votre gosse continuait à jouer les seuls adultes responsables dans l'affaire, s'occupant de votre enfant pendant que vous rédigiez vos misérables chèques de pension alimentaire et jouiez les papas du week-end. Vous savez, ça ne suffit pas. Notamment lorsque votre gosse souffre d'un traumatisme psychologique dû à la fugue de sa mère et à sa tentative de la tuer à coups de couteau.

– Mais je n'étais pas au courant...

– Oh, le bel argument ! Ça fera très bon effet devant le juge. Beau souci d'un père pour son enfant... (Layton secoua la tête, écœuré, tout en tripotant son paquet de cigarettes.) Vous allez faire joujou à Londres, Monsieur de la Jet-Set, pendant que votre ex traque votre fille dans la forêt avec un couteau de boucher, que la tante met de l'ordre dans le foutoir et que votre fille ne veut même pas vous en parler. Voilà un parfait exemple des liens étroits qui vous unissent. Le juge sera touché.

– Parfait, dit Braemer. Si vous ne voulez pas de l'affaire, je pourrai trouver un autre...

– Asseyez-vous. Je n'ai pas dit que je ne voulais pas de l'affaire, ni que vous ne pourriez pas obtenir la garde légitime de l'enfant. Même si cette dame Feld conteste, vous avez des droits. Je voulais seulement vous faire observer qu'il ne s'agissait pas d'un processus automatique où l'on se présente devant le tribunal, on appuie sur quelques boutons et votre gosse vous tombe dans les bras. Ça ne se passera pas comme ça. Il nous faudra être prêts à soutenir qu'il est de l'intérêt de votre fille que vous en ayez la garde. Il va vous falloir mettre de l'ordre dans votre vie pour obtenir l'approbation du tribunal. Vous m'avez dit que vous viviez avec quelqu'un ?

– C'est exact.

– Une femme ?

– Oui, bien sûr.

– Nous sommes à Los Angeles, il vaut mieux s'assurer de ce genre de choses. Vous allez l'épouser ?

– Nous avons décidé de ne pas nous marier.

– Hmm. Comme d'habitude : il décide, elle accepte. À moins d'être plus futée. Quoi qu'il en soit, si vous voulez augmenter vos chances d'obtenir la garde de l'enfant, il faudra changer d'avis. Il faut montrer à la cour que vous pouvez offrir un foyer stable à l'enfant, pas un collage. Oui, je sais, on est au vingtième siècle, ça n'en est que plus triste – imaginez que le juge en soit resté au dix-neuvième. Et si votre droit légal sur votre enfant, ou la qualité du foyer que vous pouvez lui offrir, ne dépend pas uniquement du fait que vous soyez marié, c'est quand même une bonne idée si vous voulez montrer au tribunal le bon papa que vous êtes. C'est comme porter une veste et une cravate à l'audience – l'apparence compte beaucoup.

– C'est bon, acquiesça Braemer. Je vais lui en parler.

– C'est cela. Et moi je commence à m'occuper de l'affaire. Il me faut une copie de votre jugement de divorce, de l'accord relatif à la garde de l'enfant, une preuve quelconque que vous avez payé la pension alimentaire, relevés bancaires ou autres. Ça suffira pour commencer. Quant à ce que ça va vous coûter...

Ils parlèrent argent pendant quelques minutes et Braemer signa le premier chèque.

7

Le cours de danse, même s'il n'était destiné qu'à des débutantes, avait été assez dur pour leur faire prendre une bonne suée. Simple routine que les exercices à la barre et au sol avec Dee : Sarah avait pu s'y livrer sans y penser et c'était exactement ce qu'il lui fallait. Une gamme apprise il y avait des années, quand elle avait l'âge de Dee, et que les mouvements avaient gravée dans ses muscles. Elle pouvait se borner à déconnecter son cerveau surmené, écouter la musique et la voix du professeur.

– Est-ce que tu l'as préférée à celle qui donne les cours du samedi ? demanda Sarah quand elles furent sur le trottoir devant le studio, à l'arrêt d'autobus, le soleil séchant la sueur sur leur nuque.

– Elle est bien.

Dee cligna des yeux sous la lumière vive, tenant à deux mains devant elle la courroie de son sac de danse. Pendant toute la durée du cours, on aurait dit qu'un masque dissimulait ses pensées.

Sarah remonta la courroie de son sac sur son épaule.

– Tu sais, il y a une chose que je n'ai jamais comprise. Pourquoi les studios de danse doivent-ils obligatoirement se trouver en haut d'un escalier stupide ? Ça doit être une tradi... Dee !

Elle tenta de la retenir mais sa main ne rencontra que le vide, le sac de Dee était tombé aux pieds de Sarah. Dee se trouvait déjà à plusieurs mètres de là, courant, les cheveux au vent. Un instant plus tôt, elle était là, à côté de Sarah et, soudain, elle avait filé sans un mot.

Le sac de Sarah tomba à côté de celui de Dee quand elle se lança à sa poursuite.

– Dee ! cria-t-elle de nouveau.

La petite fille continuait à courir, sans se retourner. Quelques passants, sur le trottoir en face, s'arrêtèrent pour regarder puis poursuivirent leur chemin.

Dee arriva au coin de la rue en pleine folie de circulation. Une voiture pila quand Dee lui coupa la route, se retenant des deux mains sur son aile avant pour éviter de tomber. D'autres pneus crissèrent, un avertisseur hurla : elle était enfin de l'autre côté.

– Dee !

Le feu changea juste comme Sarah arrivait à l'angle de la rue. Haletante, elle se faufila entre les voitures qui bloquaient le croisement. Elle apercevait encore Dee qui filait en courant, droit vers une rampe d'accès à l'autoroute où le flot des voitures était plus rapide.

Sorti de chez le psy, sorti de chez l'avocat, Braemer fila à son bureau. À quatre heures moins le quart environ, il pensait pouvoir encore travailler un peu à quelque projet en cours qui distrairait son esprit de sa fille et de tout le reste.

Il s'arrêta sur le parking de Rawling Graphics et regarda le bâtiment au-dessus de ses mains crispées sur le volant. L'idée qu'il n'avait pas envie d'y entrer le frappa. Il ne voulait pas entrer et entendre Rawling lui demander comment ça s'était passé, ce qu'avaient dit le docteur et l'avocat, quelle était la prochaine étape. Il ne voulait pas en parler, il n'avait pas la force d'inventer quelque chose d'apaisant à livrer à l'inquiétude de Rawling. Ce que je veux, se dit Braemer, c'est boire un coup. Un petit bar tranquille, une porte capitonnée et des vitres diamants pour empêcher la lumière d'entrer. Il n'y aurait personne de chez Rawling à celui du bas de la rue à cette heure. Il sortit en marche arrière du parking et fit demi-tour dans la rue.

Il faisait frais dans le bar. Le bruit d'une queue de billard contre des boules : c'était un gamin à la barbe rare qui jouait tout seul dans un coin. Personne. Braemer laissa la monnaie sur le comptoir et emporta sa bière vers l'un des box, loin du miroir tapissé de verres.

Il perçut vaguement le rai de lumière qui tomba dans le bar, de l'extérieur, quand un homme ouvrit et referma la porte. Il ne leva pas les yeux, fixant son index qui traçait lentement une croix au travers du rond humide laissé par son verre sur la table.

Des bruits de pas s'arrêtèrent un instant puis se rapprochèrent. L'individu se glissa sur la banquette, de l'autre côté du box.

Il leva les yeux, vit que c'était une femme et retint un soupir. L'instant était choisi.

– Ça ne m'intéresse pas, dit-il, levant son verre.

– Il faut que je vous parle, dit une voix grinçante dans l'ombre projetée par la haute banquette du box.

Merveilleux, songea Braemer. Pas même une pute en bonne santé. Une odeur de sueur lui monta aux narines.

– Écoute, je sais qu'une fille doit payer son loyer et le reste, mais je ne suis pas dans le coup, c'est tout. Tu perds ton temps. O.K. ? Je n'ai rien contre.

Les mains de la femme tremblaient et s'agrippaient à la table.

– Il faut m'écouter...

– Sûrement pas. « Il faut » rien du tout. Je ne voudrais pas me montrer grossier, mais pourquoi ne pas aller faire un tour sur Hollywood Boulevard et tenter ta chance là-bas ? Tu ne feras pas beaucoup d'affaires dans un coin comme ici.

– David, vous ne me reconnaissez pas ?

Putain, c'est une blague, pensa-t-il, je vais tuer Stennis et tous les autres connards.

– Comment sais-tu mon nom ?

– Vous étiez le mari de ma sœur.

– Quoi ! ?...

Il se pencha en avant juste comme la femme avançait le visage dans la faible lueur du bar.

La dernière fois qu'il avait vu Kathy, la sœur de Renee, c'était aux obsèques de leur mère.

Arrivée en retard pour le service, elle s'était assise au dernier banc de l'église jusqu'à la fin. Pimpante, en chemisier à jabot et tailleur, un sac à main avec les initiales d'une quelconque grande marque en guise de fermoir, des cheveux éclatants tirés en un chignon de femme d'affaires. Dehors, elle n'avait rien dit à Renee, se bornant à un salut de la tête. Leur haine familiale était demeurée intacte et sans faille, une querelle qui remontait assez loin dans le temps pour être devenue éternelle. Kathy s'était cependant avancée vers lui, qui avait au bras une Dee de quatre ans, la tête dodelinant sur son épaule. Elle avait regardé cette nièce qu'elle n'avait jamais vue, avait souri et lui avait dit quelques mots avant de regagner sa voiture sans se retourner, ses talons claquant sur l'allée de ciment de l'église.

Mais ce ne pouvait être la même femme. Impossible, songea-t-il, stupéfait. Ses cheveux, couleur de paille sale, tombaient sur une joue, cachant un hématome qui s'estompait. L'os semblait prêt à percer la chair, et les orbites étaient deux grands creux vides.

C'était bien elle. Il demeurait assez de traits communs à cette femme et à celle de son souvenir pour qu'il la reconnaisse. Six ans, songea-t-il. Bien des choses pouvaient arriver en six ans. À L.A., cela pouvait être l'équivalent de soixante ans. La drogue, les trucs pour trouver de quoi en acheter davantage, les petits amis dont les besoins allaient bien au-delà du simple plaisir : tout était possible.

– Seigneur !

Il avala une longue gorgée de bière.

Kathy afficha un sourire lugubre sur des lèvres pâles et crevassées. De ses doigts maladroits elle dégrafa les poignets de sa robe, remonta les manches au-dessus du coude et tourna lentement les bras à la lumière.

– Bon Dieu, dit Braemer devant les brûlures et les cicatrices qui se chevauchaient, certaines anciennes, d'autres à peine refermées.

À la saignée du coude, des points rouges révélateurs s'accumulaient autour des veines. Un vrai film d'horreur gravé dans la peau. Elle redescendit ses manches et son sourire s'effaça.

– C'est vraiment vous ? demanda Braemer

avec un hochement de tête. Qu'est-ce qui a bien pu vous arriver, bordel – vous avez l'air lessivée. Comment m'avez-vous trouvé ici ?

– Je savais où vous travailliez. Je surveillais, sur le trottoir d'en face, et je vous ai vu arriver au parking et descendre ici. Je vous ai suivi. J'attendais pour vous parler.

– Je pense... que vous avez besoin d'argent.

C'est ce qu'il croyait. Quand on en arrive là, on finit par se griller auprès de ses proches, après quoi on tente de retrouver n'importe qui parmi ses connaissances. C'était, en pire, comme un ancien élève du lycée dont on se souvient à peine, surgissant soudain sous la forme d'un assureur qui vous passe un coup de téléphone pour vous refiler une police.

Dans des circonstances ordinaires, Braemer aurait battu froid quiconque eût tenté de le taper – il vivait à Los Angeles depuis assez longtemps pour s'être blindé contre ce genre de choses – mais il était encore dérouté par les événements de ces derniers jours. C'était dans l'ordre normal d'un enchaînement tragiquement comique que l'apparition soudaine d'un tel personnage pour couronner le tout. Il mit la main à sa poche de derrière pour en tirer son portefeuille. Ce ne serait pas cher payé que quelques dollars pour couper court.

Kathy secoua la tête, ses cheveux emmêlés balayant l'ecchymose de sa joue.

– Je ne veux pas d'argent. Je ne veux rien. Je veux vous parler.

Braemer saisit son verre entre ses deux mains. Quel que soit son truc, c'était plus compliqué – et ennuyeux – qu'il ne l'avait cru.

– De quoi ?

– De votre fille. Dee.

Deuxième surprise. Il se raidit et faillit renverser la bière.

– À quel propos ?

– Je sais beaucoup de choses sur elle, David. Plus que vous.

Folie sur folie. Braemer regarda les yeux cernés, en face de lui. C'était exactement ce que souhaitait entendre un père : une piquée quelconque, complètement grillée et qui entendait peut-être des voix, avec un cerveau malade, faisait une fixation sur votre gosse. Merveilleux.

– Kathy, dit-il doucement, tristement, vous n'avez pas vu ma fille depuis six ans...

– Je n'ai pas beaucoup de temps. Écoutez-moi.

Il ne perdrait qu'un peu de temps à s'y plier. Peut-être fallait-il qu'elle se débarrasse d'un poids, dans sa tête. En tout cas, il voulait éviter les coups de fil au milieu de la nuit et n'avait aucune envie de la voir traîner sa silhouette décharnée à la sortie de l'école de Dee.

– D'accord. Je vous écoute.

– Votre fille a tenté de vous tuer. Elle a tenté de vous poignarder pendant que vous dormiez. Mais vous vous êtes réveillé, ou vous ne dormiez pas. Et vous avez arrêté son bras.

– Qui... qui vous a raconté ça ?

– Personne. Je l'ai vu.

– C'est Carol qui vous l'a dit. C'est comme ça que vous le savez.

– Voilà six ans que je n'ai pas vu ma famille. *Je l'ai vue.* J'ai vu votre fille brandir le couteau, droit sur votre cœur.

– Je me fiche de savoir qui vous a dit ça, ou pourquoi on vous l'a dit. Dites-moi simplement ce que vous voulez...

– David, c'est vrai. (Ses doigts s'agrippèrent à la table, comme des griffes, et elle se pencha vers lui.) Je l'ai vu par les yeux de votre fille. Voilà comment je le sais.

Braemer ne dit rien. Que répondre à ça ? Il

avala une petite gorgée de bière, sachant que les choses n'allaient faire qu'empirer.

À bout de souffle, Sarah n'avait même plus la force d'appeler Dee. La poitrine en feu, elle se fraya un chemin au milieu de la masse des passants sur le trottoir. Elle entendit d'autres hurlements de freins plus loin, mais nulle part elle ne vit Dee, déjà disparue de l'autre côté. La courbe de la rampe d'accès à l'autoroute n'était pas visible de la rue.

Au coin, un vendeur ambulant remontait lentement le long de la rampe, proposant des filets d'oranges à la file de voitures arrêtées au stop à l'extrémité de la rampe. Il les échangeait contre des billets passés par les vitres baissées. Au loin, il paraissait regarder quelque chose sur l'autoroute. Sarah suivit la direction de son regard et aperçut fugitivement le jean de Dee et son chemisier rouge vif.

Le vendeur cria quelque chose en espagnol à Sarah au moment où elle passa devant lui en courant, remontant la courbe sous l'œil des automobilistes. Le bruit de l'autoroute déferla sur elle comme une vague.

Un flot ininterrompu de voitures défilait à vive allure. On n'en était pas encore au ralentissement des heures de pointe.

Pas trace de Dee en sens inverse de la circulation. Sarah se retourna et la vit qui courait le long de l'accotement jonché d'ordures de l'autoroute. Dee aussi aperçut Sarah, juste avant de buter sur une grille d'écoulement. Sarah la vit tomber sur le talus parsemé de plantes grasses, laissant une traînée verte sur le ciment lorsqu'elle glissa sur les mains et les genoux.

Dee se redressa en trébuchant et regarda Sarah qui arrivait en courant. Après un coup d'œil rapide sur l'accotement étroit interrompu à quelques mètres par le pilier d'une rampe en surplomb et qui coupait l'autoroute, Dee fonça droit dans le flot de voitures.

Une brèche se fit quand un véhicule passa de la file de droite dans celle du milieu. Les cheveux emmêlés et plaqués sur son visage exsangue, la bouche ouverte, Dee restait silencieuse dans le grondement des moteurs. Mi-sautant, mi-tombant de l'accotement elle prit son élan devant un camion qui arrivait. La main de Sarah avait presque pu la saisir, ses doigts étaient passés à quelques centimètres de la manche du chemisier rouge.

Le bar était plongé dans une pénombre figée. Braemer, les yeux clos, écoutait Kathy poursuivre de sa voix impatiente.

– Lorsque votre fille est venue vous assaillir avec ce couteau, ce n'était pas elle. Croyez-moi, David, ce n'était pas elle. C'était son corps, mais habité par un autre, par quelque chose d'autre, par un autre esprit en elle-même qui la poussait.

– Et... pour vous, c'est une certitude ?

Il ne voulait pas paraître trop incrédule. Il ne voulait pas provoquer une crise chez elle. Épuisé comme il l'était – un épuisement rendu plus grand encore par la vue du visage ravagé devant lui – il était plus simple de la laisser en finir avec ses élucubrations. Les murs du bar lui pesaient sur les épaules. Il aurait souhaité se retrouver dehors, au soleil, en plein air.

– Je le sais, poursuivit Kathy, parce que la même chose vient en moi. (Une main frappa la saignée de l'autre bras.) C'est pourquoi... (la voix ne fut plus qu'un murmure)... je suis ainsi. C'et ça qu'*elle* veut.

– Elle ? La chose qui... vient en vous ?

– C'est ma sœur. Votre ex-femme. Renee.

Ça ne sortait pas de la famille. Braemer soupira

et hocha la tête. La haine qu'une sœur vouait à l'autre. Ça arrive parfois, dans des familles moins bordéliques que les Feld. Semée dans de petites jalousies d'adolescentes, dans des querelles et des disputes, et fleurissant dans un cerveau dérangé qui fantasmait sur un corps plongé dans le coma. Peut-être ne sait-elle même pas ce qui est arrivé à sa sœur, se dit Braemer. On se serait cru dans la version série B d'une tragédie grecque.

– Renee... en quelque sorte, vient dans votre esprit, dit-il, surveillant son regard. Et elle s'empare de vous. Elle vous fait faire des choses. Un genre de télépathie ?

Kathy acquiesça.

– Et elle vient aussi dans l'esprit de Dee ? Et elle fait les mêmes choses ? Elle la conduit à m'agresser avec un couteau ?

– Oui.

– Pour votre gouverne, votre sœur est dans le coma depuis un an. Il n'en subsiste rien qu'un corps que Carol nourrit par un tuyau et lave chaque jour. Le cerveau de Renee est *mort*. Il n'y a plus personne. Vous saisissez ? demanda-t-il. (Sa colère perçait sous ses efforts pour se maîtriser.) Elle ne peut pas aller se balader dans la tête des autres, parce qu'elle *n'est pas là*.

– Elle n'est pas morte, dit Kathy. Pas son esprit. Quelque chose, en elle, demeure vivant. Quelque chose qui *pense* toujours, quelque chose qui *veut* toujours.

– Et que veut-elle exactement, cette chose à l'intérieur de Renee ?

– Elle veut continuer à vivre. Dans votre fille.

La dernière gorgée de bière n'avait plus de goût.

– Je suppose qu'elle... vous raconte tout ça. On bavarde entre frangines.

– Quand Renee arrive en moi, je peux voir certains de ses... souvenirs. Des choses qu'elle fait quand elle est dans Dee. C'est comme ça que j'ai su, pour le couteau. Quand elle est venue en moi, après, j'ai vu ce qu'elle avait vu à travers les yeux de votre fille, ce qu'elle lui avait fait faire. (Kathy demeura un instant silencieuse, le regard sur quelque vision intérieure.) Elle parle, également, quand elle est en moi. Il y a... un homme. Ils parlent et rient ensemble. Et je suis dedans, quelque part, et j'entends tout. Ils parlent... de ce qu'ils veulent. Et de la façon de l'obtenir. De la façon dont... elle vit.

– Et comment continue-t-elle à vivre ?

– Je ne sais pas. Tout est confus. Ils savent de quoi ils parlent, moi pas. Ce qu'ils disent a un certain rapport avec un homme du nom de Pedersen. Il a fait quelque chose qui a rendu cela possible. Et il y en avait d'autres comme lui, un groupe ou je ne sais quoi. Mais, maintenant, ils le haïssent. Ils veulent lui faire quelque chose, à lui aussi. Et ils en rient. Ils rient.

– Et qu'est-ce que je suis censé faire exactement ? demanda Braemer dont la voix laissait percer son agacement.

Elle lui saisit le bras, ses ongles rongés s'accrochaient à la manche de Braemer.

– Il faut faire *quelque chose !* Il faut l'arrêter sans quoi elle va faire à votre fille ce qu'elle a fait...

– C'est bon. Ça suffit !

Il dégagea son bras d'un mouvement vif et se glissa hors du box. Tremblant, il se pencha, lui crachant presque au visage :

– Écoutez, je ne veux plus rien entendre de ces conneries. Jamais !

Le joueur de billard solitaire s'arrêta, dans son coin, et derrière lui Braemer entendit le patron du bar soulever la partie amovible de son comptoir pour venir voir la cause de ces éclats de voix soudains.

– Ne m'approchez pas, n'approchez pas ma fille. Retournez dans votre trou et fichez-nous la paix. Compris ?

Il aperçut une larme qui brillait au coin de l'œil de Kathy avant de tourner les talons et de sortir du bar. Elle ne le rappela pas.

Le camion pila et fit un écart. Dee, la semelle de ses chaussures de tennis encore glissante à cause des plantes grasses écrasées, tomba de l'accotement, à quatre pattes, à dix centimètres du camion. Les bandes de plastique marquant la séparation des files de l'autoroute crissèrent sous les pneus du véhicule dont le pare-chocs manqua de peu une voiture de la file centrale. Le déplacement d'air souleva les cheveux de Dee jusqu'au pare-chocs du camion.

Et elle fut dans les bras de Sarah. Le béton égratigna ses poings quand la jeune femme souleva le petit corps et trébucha, tombant presque en regagnant l'accotement.

Elle s'agenouilla à côté de la rangée de plantes grasses, serrant Dee contre elle, sans prêter aucune attention au grondement de la circulation.

– Pourquoi, ma chérie... pourquoi as-tu...

Les larmes de Dee coulaient dans le cou de Sarah.

– Je ne voulais pas qu'*elle* revienne, sanglota Dee. Je ne voulais pas faire du mal à papa et à toi.

– Chérie, dit Sarah. (Elle sentait un gouffre en elle et entre elles tandis qu'elle serrait la gamine, tremblante.) Elle ne reviendra pas. Tout ira bien. (Elle ne voyait pas quoi lui dire d'autre.) Tout ira bien. Mais ne te sauve pas comme ça. Je t'en prie. Reste avec nous, tu veux ?

Dee acquiesça, la joue pressée contre l'épaule de Sarah.

– Hé, dit celle-ci, se dégageant et essayant de

sourire, sentant le sel de ses propres larmes au coin de sa bouche, nous ferions mieux de filer d'ici avant l'arrivée de la police de la route. Ils vont croire qu'on fait du stop.

De nouveau, Dee acquiesça, s'essuyant le nez sur la manche de son sweat-shirt.

– Tu peux marcher ? demanda Sarah dans l'odeur de l'essence et du béton chaud.

Le jean de Dee était déchiré au genou, mais la peau, dessous, n'était que rose vif et ne saignait pas.

– Oui.

De retour sur le trottoir, devant le studio de danse, elles retrouvèrent le sac Capezio qu'un pied avait rejeté contre le mur de l'immeuble. Le sac de Sarah avait disparu.

– Splendide, dit-elle. J'espère que celui qui l'a pris aime les collants trempés de sueur. C'est tout ce qu'il y trouvera.

Dee s'accrocha au bras de Sarah et lui fit un petit sourire.

– C'est peut-être une ballerine qui l'a fauché.

– Très drôle. Dieu merci, voilà le bus.

Elle ramassa l'autre sac et passa la courroie à l'épaule de Dee.

Les rues et les voitures défilaient comme un film derrière le pare-brise de Braemer. Un film qui ne l'intéressait pas. Il était plongé dans ses pensées, qui montaient et retombaient, formant des cercles rigides, passant de la colère à la culpabilité. Ses mains manœuvraient mécaniquement le volant et le levier de vitesses.

Lorsque, de nouveau, il prit conscience de l'heure, il se rendit compte qu'il était sorti des embouteillages et retournait vers son bureau. Il avait fait le tour, plusieurs fois peut-être, de l'immeuble de Rawling Graphics.

Le parking était vide. Il se gara, coupa le

contact de la Datsun et resta un moment immobile. Le soleil couchant tachait de rouge les fenêtres du bâtiment. Il descendit de la voiture et ouvrit la porte du couloir avec sa clé. À l'intérieur, le tube fluorescent du plafond bourdonnait doucement. Il l'éteignit après s'être orienté et fut plongé dans le noir.

Dans le bureau de Rawling, où se trouvaient les seuls fauteuils confortables, il s'assit et fuma une cigarette prise dans un paquet laissé par Stennis à côté de sa machine à calculer. Il faudrait que je rentre à la maison, se dit Braemer. Mais il restait à regarder le bout de sa cigarette se faire plus brillant au fur et à mesure que baissait la lumière du jour, dehors. Sarah et Dee devaient l'attendre.

Un effleurement sur sa main. La cendre de la cigarette lui tomba sur les genoux. Bientôt, songea-t-il. Il avait besoin de respirer. Il sentit la brûlure incandescente de la cigarette tout près de ses lèvres en tirant la dernière bouffée. Encore quelques minutes et je vais rentrer.

Le bus les laissa en haut de la rue. Sarah et Dee, qui portait son sac de danse, longèrent les trois ou quatre pâtés de maisons jusqu'à leur immeuble. La rumeur de la circulation s'estompait derrière elles et l'aspect des rues changeait à chaque pâté de maisons, se transformant en un quartier résidentiel. Les arbres et l'herbe remplaçaient l'asphalte et le béton de la ville.

– Ton papa est peut-être à la maison, dit Sarah, s'abritant les yeux du soleil qui virait à l'orange derrière les maisons.

Elle ne vit pas la voiture de Dave garée devant l'immeuble. Sur les marches de l'entrée, elle fouilla dans sa poche à la recherche de ses clés. À côté d'elle, Dee se raidit soudain. Sarah se retourna et vit un homme qui descendait d'une camionnette garée le long du trottoir. Il claqua la portière et traversa à grands pas la pelouse, se dirigeant droit sur elles.

– Jess, dit la voix surprise de Dee.

– Salut, Dee.

L'homme était déjà à côté d'elles, regardant Sarah de ses yeux pâles. Il saisit fermement le bras de Dee et annonça :

– Maintenant, tu rentres à la maison.

– Quoi ? dit Sarah qui essaya de retenir Dee que son oncle tira derrière lui. Qu'est-ce que vous vous imaginez ?

– Elle vient avec moi, dit Jess. Je la ramène à la maison, c'est là qu'est sa place.

– Vous croyez !

Sarah s'accrocha à son blouson, tirant pour se rapprocher de Dee. La fillette, stupéfaite, regardait le visage de l'homme.

Il repoussa Sarah de son bras libre. Elle tomba en arrière, se rattrapant au bord du trottoir. L'homme entraîna Dee vers la camionnette.

Sarah se redressa d'un bond et lui sauta sur le dos, essayant de l'atteindre au visage.

– Espèce de salopard, lâchez-la !

De nouveau, il se libéra d'une secousse, saisit Dee et la poussa dans la cabine de la camionnette.

Sarah empoigna la poignée de la portière; le moteur démarrait et le véhicule quittait le bord du trottoir. Elle tira, poussant de son autre main le montant de la vitre, mais sans parvenir à ouvrir. Dee, le visage contre la vitre, la regardait, sous le choc. La poignée de la portière s'arracha de l'emprise de Sarah lorsque le véhicule prit de la vitesse. Elle le suivit un instant en courant, sentant la chaleur du tuyau d'échappement. La bretelle d'accès la plus proche, vers l'autoroute, se trouvait à quelques pâtés de maisons à peine.

– Merde.

Elle repoussa ses cheveux sur son visage. L'adrénaline reflua dans ses membres et elle resta plantée là, les poings serrés, les mains tremblantes.

– Allons, dit Jess, lâchant le volant d'une main pour caresser l'épaule de Dee, blottie contre la portière. Tout va bien, maintenant. Tu n'as pas eu de mal, non ?

Dee demeura un instant le regard fixe puis secoua la tête.

– Tu veux voir Carol ? Si je n'étais pas venu te chercher, jamais tu nc l'aurais revue. C'est bien ce que tu veux, hein ?

Un silence, puis un nouveau signe de tête : non.

– C'est seulement pour quelque temps. Bientôt tu reverras ton papa, dès que nous aurons réglé quelques questions. Alors, tout sera comme avant. D'accord ?

Elle hocha la tête, toujours sans un mot.

Jess reposa les deux mains sur le volant, guidant la camionnette au milieu de la circulation de l'autoroute. Le soleil couchant se reflétait dans les vitres arrière et les chromes des voitures qui les précédaient, aveuglant. Il tira de la poche de sa chemise une paire de lunettes de soleil, les déplia et les chaussa. Le soleil se réfléchit, rouge, dans les verres-miroirs quand Jess se tourna vers Dee.

– Tout se passera très bien, dit-il d'une voix douce, le regard dissimulé derrière les miroirs. Tout se passera très bien, maintenant.

8

Dans le parking souterrain des tours de Century City, un homme en costume gris traversa les allées et places vides. À cette heure – cinq heures bien sonnées – sa Mercedes 280 était la seule voiture qui restait.

Lorsqu'il se pencha pour ouvrir la portière, il sentit une main sur son avant-bras, des doigts solides s'enfoncèrent dans la flanelle de sa manche. Il tourna vivement la tête, stupéfait lorsqu'il reconnut l'homme.

– Pedersen, parvint-il à dire.

– Salut, Evans.

L'homme ne relâcha pas son étreinte. Juste au-dessus du poignet, une surface de peau plus pâle apparaissait, là où on avait enlevé une Rolex pour la mettre au clou.

– Ça fait longtemps que j'essaie de te voir, poursuivit l'homme. Tu es devenu insaisissable.

Les deux hommes, seuls dans le décor de ciment des rampes du garage et des places de parking, offraient un curieux contraste : l'un, mince et bien habillé, l'autre corpulent, le visage large, buriné, vêtu d'une chemise de coton grossière qui serrait son torse et ses bras épais. Un pilier de béton dissimulait presque complètement une fourgonnette garée à quelques mètres de là.

L'homme à l'allure de jeune cadre haussa les épaules, le coin de la bouche marqué par un rictus nerveux.

– Je... je ne vois pas ce que j'ai à te dire, Pedersen.

– Tu peux me dire que tu n'as plus rien à

faire avec Jess Feld, répondit l'autre, dont la main calleuse resserra sa prise.

– Hé, dit Evans avec un geste apaisant de sa main libre. C'est fini, ça. Depuis des semaines. J'avais... un peu trop la trouille.

– Sage décision. La plus sage que tu aies prise depuis longtemps, dit Pedersen, lâchant l'autre qui hocha la tête, se frottant le bras pour y activer la circulation.

– Ouais, bon... je ne savais pas. Je ne savais pas ce que signifiait vraiment ce que disait Jess.

– Maintenant, tu le sais, dit Pedersen en se tournant pour repartir. Et ne change pas d'avis. Je te retrouverai toujours.

– Pedersen ! appela Evans dans le parking vide. (Sa voix se répercuta, caverneuse, contre les murs de béton nus.) Est-ce que je pourrais... revenir dans le groupe ? Tu vois, reprendre où je me suis arrêté.

– Non, dit Pedersen après un regard froid. Le mal est fait. Et mon enseignement commence plus haut que l'endroit où tu l'as laissé. Il faudra que tu te débrouilles pour retrouver ton chemin.

La silhouette en costume trois-pièces regarda claquer la porte de la fourgonnette puis s'appuya contre l'aile de sa voiture, écoutant le bruit du moteur s'éloigner le long de la rampe de sortie du parking.

Quand Braemer rentra chez lui, il trouva deux agents de la police de Los Angeles debout dans le séjour. Leurs insignes brillaient sur des uniformes noirs.

La clé encore en main, comprenant aussitôt de quoi il s'agissait, Braemer se tourna vers Sarah et demanda :

– Où est Dee ?

– On l'a emmenée, répondit-elle, debout sur le seuil de la cuisine, les bras croisés sur la poitrine. L'oncle de Dee – Jess – est venu et l'a emmenée. J'ai essayé de l'en empêcher, mais je n'ai pas réussi.

– C'est bon, dit-il avec un signe de tête.

Il sentit les muscles de ses épaules se contracter. Il s'y attendait, en un sens. Ou il aurait dû s'y attendre. Carol était tombée d'accord trop vite. Il n'aurait pas dû lui faire confiance.

– Désolé, Dave, dit Sarah, les yeux rouges.

– C'est bon. Je vais m'en occuper.

– Monsieur Braemer... (L'un des agents se tourna vers lui, un bloc-notes rigide à la main. Un rouquin au teint clair. Son acolyte avait le teint olivâtre.) Saviez-vous que la famille de votre ex-femme essaierait de reprendre votre fille ?

– Non, bien sûr que non.

Il voulait qu'ils s'en aillent, qu'ils sortent de chez lui. Il avait des choses à faire.

– Miss Aceves nous a dit que vous n'aviez pas la garde légale de votre fille. Est-ce exact ?

– Mon ex-femme est incapable au sens juridique du terme. Elle est plongée dans un putain de coma depuis un an. Vous pigez ? Elle est incapable de s'occuper de notre fille. Je suis le père de l'enfant, j'ai le droit de l'avoir et de m'en occuper.

L'agent arbora un air contrit, les sourcils froncés. Il était du même âge que Braemer, peut-être un peu plus jeune.

– Miss Aceves nous a déjà dit tout ça, monsieur Braemer. Et vous aurez probablement le droit à la garde légale de votre fille. Mais il faudra que le tribunal en décide.

– Merde, oui, grommela Braemer qui avait déjà entendu ça. Et vous voulez que je reste là, les bras croisés ?

– Nous avons appelé le shérif du comté d'Orange et nous lui avons demandé d'envoyer une voiture faire un tour chez les Feld pour s'assurer que votre fille va bien. À part ça, il n'y a rien d'autre à faire pour l'instant.

– Vous avez des gosses ?

– Je ne pense pas que cela présente un intérêt quelconque, monsieur Braemer.

– Qu'est-ce que vous feriez si on vous en enlevait un ?

– Ce que je ferais ou ne ferais pas n'a rien à voir. J'essaie seulement de vous mettre en garde contre tout acte inconsidéré. Il y a d'autres moyens – meilleurs – de traiter cette affaire. Pour l'instant, votre fille va bien. On s'occupe d'elle, la même personne qui s'est occupée d'elle depuis un an. Si vous y allez et si vous essayez de la ramener, vous ne ferez qu'envenimer les choses. C'est un conseil gratuit qui ne nécessite pas la consultation de votre avocat. Vous risqueriez de réduire vos chances de voir le tribunal vous accorder la garde permanente de l'enfant. Vous pourriez vous retrouver accusé de graves délits – car ce peut être un délit, pour un parent, de tenter de récupérer son enfant, selon les circonstances.

– Ouais, dit Braemer qui sentait les vaisseaux de ses tempes se gonfler.

– Et vous devriez songer au bien de l'enfant, monsieur Braemer.

– C'est à ça que je pense.

– Ce n'est pas bon pour votre gosse d'être tiraillée entre des adultes qui se battent pour l'avoir. Qu'il s'agisse de son père ou de quelqu'un d'autre, ça ne peut que l'effrayer et provoquer des troubles psychologiques graves chez un enfant.

– Des troubles, hein ? dit Braemer, hochant la tête, le visage crispé. Voyez-vous, si vous en saviez davantage vous trouveriez ça très drôle.

L'agent referma son bloc-notes.

– Monsieur Braemer, le mieux que vous puissiez faire est de laisser le tribunal et nous-mêmes nous en occuper. Allez consulter votre avocat. Ces choses-là sont généralement compliquées et nécessitent du temps, mais si vous voulez avoir la garde de votre fille, c'est la seule solution.

– Oui. Comme vous dites.

– Je sais ce que vous ressentez, dit le flic avec le regard de sympathie de quelqu'un qui est lié par les mêmes sentiments. Mon ex-femme est rentrée chez elle avec mes gosses. Dans le Delaware. Il y a plusieurs étés que je ne les ai pas vus.

– Ouais. Bon... (Braemer détourna les yeux, regarda par la fenêtre les lumières de la ville.) Merci du conseil.

L'agent se tourna vers Sarah.

– Si vous voulez déposer une plainte pour brutalités contre ce Jess Feld, passez au commissariat, sur Wilcox Avenue.

Elle hocha la tête et laissa retomber un bras.

Les agents quittèrent les lieux. L'appartement redevint une série de pièces vides et silencieuses.

– Je suis désolée, dit Sarah, la tête appuyée contre le chambranle de la cuisine. J'ai vraiment essayé d'empêcher ça. Mais il a fait si vite...

– C'est bon, dit-il, l'attirant à lui et la prenant dans ses bras. Ce n'est pas de ta faute. Et je vais la récupérer.

– Qu'est-ce que tu vas faire ? demanda Sarah, la tête contre sa poitrine.

– Je vais y aller et la ramener avec moi.

– Veux-tu que je vienne avec toi ?

– Non. Je peux me débrouiller. (Il la prit par les épaules et recula d'un pas pour voir son visage.) Ne t'inquiète pas.

– Qu'est-ce... qu'est-ce qui va se passer ensuite ? Que t'a dit l'avocat ?

– Il va s'occuper de l'affaire. Il pense que je pourrais obtenir la garde légale de Dee. Mais il m'a dit que si Carol veut plaider, son affaire pourrait aussi se présenter fort bien, compte tenu qu'elle s'est occupée de Dee pendant si longtemps. Il m'a donné un conseil, à propos de ce que je devrais faire pour rendre mon cas plus solide. Et je voulais t'en parler.

– Qu'est-ce qu'il a dit ?

– Il pense qu'il est important de montrer au tribunal que je peux offrir à Dee un foyer stable, dit-il en fixant son regard. Et le plus stable sera le mieux. Il pense que nous devrions nous marier.

– Oh !

– Je connais nos accords à ce sujet.

– Mais c'est ce que je souhaitais. Depuis longtemps, dit-elle, ses yeux dans ceux de Braemer. Vraiment. (Après un silence, elle ajouta :) Mais qu'est-ce que tu veux, toi ?

– Toi. Et ma gosse.

– Notre gosse.

– Okay. Dans ce cas nous commencerons à nous en occuper demain. La licence et le reste. (Il la lâcha et se dirigea vers la porte.) Je reviens dans deux heures.

– Sois prudent.

– Ne t'inquiète pas.

Il serra le poing sur ses clés et sentit les dents de métal qui mordaient dans sa paume.

Dehors, Braemer tomba sur le clochard en blouson de base-ball. Avant d'arriver à sa voiture, il se sentit tiré par la manche, baissa les yeux et vit la silhouette courbée qui trottinait à côté de lui, comme un chien. Le visage maigre grimaça un sourire extatique.

– Je les ai vus ! L'ange a châtié la putain ! (Les doigts noirs se plantèrent dans le coude de Braemer.) Et... *a pris* la bête ! Enchaînée dans le puits !

Braemer le repoussa, assez violemment pour rejeter sur le trottoir la silhouette bégayante.

– Tire-toi de là, bordel ! dit-il, maîtrisant à peine sa colère.

Toujours grimaçant, l'autre pointa un index sur sa poitrine décharnée.

– J'ai *vu* ! Je suis témoin ! (La main tremblante s'écarta en un grand geste, montrant l'autre côté de la rue.) Et *lui aussi* a vu ! Il a vu l'ange enchaîner la bête !

Braemer jeta un coup d'œil machinal en face et vit une fourgonnette garée de l'autre côté. Il distingua à peine, dans l'obscurité de la cabine, le visage d'un homme, large et marqué par l'âge et le travail. Leurs regards se croisèrent – les yeux de l'homme étaient de petits points vifs sous l'arc des sourcils – avant que le conducteur mette la voiture en marche et démarre.

Le regard de Braemer revint à la silhouette voûtée, devant lui.

– Tire-toi de là ! répéta-t-il, la voix tremblante. Je ne veux plus te voir dans le coin.

Il dépassa le clochard et se dirigea vers sa voiture.

Ça sentait la friture dans la cuisine. Le hamburger, peut-être. Dee avalait, sans en sentir le goût, le dîner que lui avait préparé Carol. Tandis qu'elle poussait de sa fourchette les dernières bouchées de son assiette, on frappa à la porte de devant.

Carol revint avec deux policiers. Le regard de l'un des deux hommes se riva sur Jess, appuyé contre la porte de la cuisine comme s'il montait la garde. L'autre, les bras constellés de taches de rousseur sous les manches courtes bleu foncé de son uniforme, se pencha pour parler à Dee. Elle répondit brièvement, quelques mots qu'elle ne put entendre et moins encore se rappeler. L'autre voix, qui murmurait dans sa tête, était plus forte.

Une fois les policiers partis, leur mission accomplie, Dee se leva de table et sortit de la cuisine. Derrière elle, elle entendit Jess tirer une autre bière du frigo et sentit sur elle son regard et celui de Carol.

– Dee...

Elle se retourna, à mi-chemin des escaliers, et vit Carol qui la regardait, sur le seuil de la cuisine, le sourire aux lèvres tandis qu'elle s'essuyait les mains sur un tablier maculé de taches de graisse.

– Je... je suis contente que tu sois à la maison. J'aurais...

– Je sais.. *oui.* (L'odeur des pins se mêlait aux mots qui chantaient en elle.) *Maintenant tu es à la maison...* J'ai sommeil. Je vais me coucher.

– Bonne nuit.

Les mots de Carol lui parvinrent comme un vague murmure. L'autre voix chantonnait, comme si les mains douces de sa mère lui caressaient l'oreille. Des petits mots, des phrases chuchotées, la voix soupirant pour elle-même.

Et la main de Dee se posa sur la poignée de la porte, sur le cuivre froid, non pas de la porte de sa chambre mais de l'autre, au bout du couloir. La lumière qui ne s'éteignait jamais l'éclaboussa lorsqu'elle l'ouvrit.

Elle aperçut sa mère; le léger mouvement de son souffle rauque faisait bouger le drap tiré sur elle. Le visage – une peau livide tendue sur les os, le long ver transparent du tube d'alimentation collé sur le nez – fixait le plafond.

Soudain, sa vision fut troublée par une surface blanche dont les bords ondulaient. Le plafond – elle fixait le plafond et ne pouvait en détacher son regard. Des points de feu brûlaient et chantaient dans son corps; la chaleur passait du rouge au blanc sous le lent tonnerre de son pouls. Un filet d'acide creusait profondément son visage.

Elle voulut tendre la main pour arracher le tube, mais cette main demeura, griffe recroquevillée, collée à sa hanche.

Dee s'allongea sur le lit avec ses trous d'aiguilles perçant les draps brûlants. Elle regarda le corps tordu et figé de sa mère depuis le seuil de la porte, la main toujours serrée sur la froide poignée de cuivre. La forme, sur le lit, se fondit dans le blanc flou du plafond, cadavre dans un océan de lait. Elle le vit, et l'autre derrière ses yeux le vit aussi.

Maintenant, la voix, dans sa tête, ne lui murmurait plus des mots doux. Maintenant elle riait.

Braemer stoppa dans l'allée de chez les Feld, comme d'habitude, et coupa le moteur. Il demeura quelques secondes les mains crispées sur le volant, essayant de laisser l'air nocturne le rafraîchir de quelques degrés avant de pénétrer dans la maison. Du calme, se dit-il, en sortant du rectangle de lumière qui tombait de la fenêtre de l'étage.

Jess l'attendait sur la véranda. La porte à treillis grinça puis se referma derrière lui. Une seule lampe éclairait la salle de séjour. Braemer crut voir Carol qui les regardait.

Il s'arrêta en haut des marches de la véranda. Jess mesurait quelques centimètres de moins que lui et leurs regards se trouvaient maintenant au même niveau. Jess attendait, les bras croisés sur sa poitrine.

– Va chercher Dee, ordonna Braemer d'une voix égale, calme. Je la ramène chez elle.

– Elle est chez elle.

Braemer soupira et rejeta la tête en arrière, comme pour voir les étoiles masquées par l'auvent de la véranda. La colère monta en lui.

– Allons, Jess. Je suis son père.

– Et après ? Qu'est-ce que ça veut dire ? demanda Jess qui se souleva sur la pointe des pieds.

– Allons, allons. (La chaleur de la colère monta encore, le système de refroidissement lui échappant.) Je n'ai pas envie de parler, je n'ai pas envie de discuter avec toi, je veux seulement reprendre Dee. D'accord ? Alors va la chercher, toi ou Carol, amenez-la ici et nous partirons. Ensuite la question sera réglée comme elle est censée l'être.

– Va te faire foutre.

À travers la porte à treillis, derrière Jess, Braemer aperçut une silhouette qui se déplaçait. Carol se dirigeait vers les escaliers au bout de la pièce. Dee devait être en haut dans sa chambre, écoutant les adultes qui discutaient au-dessous.

– Écoute, je ne tiens pas à entrer ni à me disputer avec vous. Mais si je dois entrer pour la prendre, je le ferai.

– Tu ne feras rien du tout, dit Jess dont l'haleine tiède sentait la bière. Fous le camp d'ici.

La colère de Braemer monta soudain en lui comme un incendie, gagnant sa poitrine, ses bras, dévorant tout ce qui lui conseillait de garder son calme. Il monta la dernière marche de la véranda, repoussant Jess du plat de sa main droite posée sur l'épaule de l'autre, s'apprêtant à ouvrir la porte de sa main gauche. Il sentait son pouls se répercuter dans sa poitrine qui se serrait. Une bonne et saine colère. La meilleure chose qu'il eût ressentie depuis des années.

Jess se dégagea du bras de Braemer en reculant d'un pas. Ses deux mains l'agrippèrent à hauteur de la poitrine, empoignant la veste et la chemise à la fois, les tirant vers le haut, arrachant les doigts de Braemer de la porte.

Braemer baissa les yeux sur le sommet du

crâne de Jess. On aurait dit que l'autre s'enfonçait dans un trou à ses pieds. Et il comprit que c'étaient ses pieds qui ne touchaient plus le sol. Et il tomba, projeté par les mains de Jess.

Son dos heurta le pilier près des escaliers; sa tête cogna contre le bois. Ses genoux se dérobèrent et il glissa, manqua de tomber, se rattrapa au pilier derrière lui.

De nouveau, Jess saisit Braemer par la chemise, le releva et le renvoya contre le pilier. Le bois craqua, des débris de peinture sèche tombèrent dans les cheveux de Braemer. Il parvint à reprendre sa respiration, une bouffée de feu dans ses poumons, et leva les mains pour essayer d'atteindre Jess au visage.

Et il se retrouva étendu dans la poussière, au pied de la véranda, les côtes douloureuses d'avoir heurté les marches. Il roula sur le dos et vit Jess penché sur lui, le visage éclairé par la lumière de la fenêtre, les dents découvertes sur ce qui n'était pas un sourire. Un genou en terre, il prit le cou de Braemer dans son avant-bras, lui serrant la gorge au creux du coude.

Les doigts de Braemer tâtonnèrent sur le ventre de Jess, mais les muscles étaient durs sous la chemise, comme du métal que n'adoucissait qu'une pellicule de peau. La sueur des bras de Jess était forte, comme chimique, aux narines de Braemer lorsqu'il lui souffla à l'oreille :

– C'était tout à fait mignon. Tu es vraiment mignon. Petit connard.

Une nouvelle couche d'obscurité descendit sur la nuit, occultant les étoiles tandis que Braemer luttait pour reprendre son souffle, ses mains tirant en vain pour se libérer de l'étau du bras de Jess.

– Dee est une jolie petite fille, murmura Jess. Trop jolie pour toi. (Son étreinte se renforça, le bras serrant davantage encore le cou de Braemer.) Je ne vais pas te laisser poser tes sales pattes sur elle.

Il pouvait sentir, sur son oreille, les crachotis des mots de Jess.

– Je ne crois pas que ce soit ta fille. Elle est trop mignonne. C'est la gosse de qui, hein ? La gosse de qui ?

Ses doigts ne parvenaient plus à sentir le bras de Jess. Seule demeurait sa voix, qui s'insinuait dans la tête de Braemer. Elle s'arrêta soudain et, dans le silence, l'air revint en trombe dans sa poitrine. Il eut un haut-le-cœur et, libre maintenant, se tourna sur son épaule, crachant un filet de salive blanche dans la poussière.

– Fous le camp d'ici.

Braemer s'essuya d'un revers de manche et leva le regard sur les yeux brillants de Jess.

– Et ne reviens plus.

Haletant, Braemer se releva. La maison des Feld lui était interdite par Jess, minable forteresse et son dragon. Il se dirigea vers sa voiture.

– C'est bon, dit-il, les mots se répercutant douloureusement dans sa poitrine. Je la reprendrai. Attends un peu. (Il se rendit compte que ses paroles sonnaient comme une colère puérile.) Je reviendrai.

– Reviens maintenant, connard, dit Jess avec un coup de menton, les épaules voûtées et les bras écartés.

Dans sa voiture, Braemer tira ses clés de sa poche. Les phares balayèrent la façade de la maison, puis Jess, tout blanc dans le faisceau des projecteurs. La voiture vira, ses roues crachant du gravier, et fonça vers la rue.

– La question est réglée.

Carol regarda Jess traverser la cuisine, ouvrir le frigo et en tirer une autre bière. Ses bras brillaient d'une légère sueur. Il s'arrêta entre deux gorgées pour reprendre son souffle.

– Tu... tu lui as fait mal ?

Après être montée s'assurer que Dee était dans sa chambre, où elle ne pourrait voir ce qu'on faisait à son père, Carol avait regardé par la fenêtre de l'autre pièce. La respiration inégale de Renee avait constitué un bizarre accompagnement à la brève lutte qui s'était déroulée devant la maison.

– Non, répondit Jess en s'essuyant la bouche d'un revers de main. Je l'ai un peu secoué, c'est tout.

Le visage de Jess parut refléter un mépris menaçant, comme si la bière s'était changée, sous sa peau, en du sang noir.

Parfois, il faisait peur à Carol. D'autres fois, ils étaient comme de vrais frère et sœur et le lien de l'adoption devenait aussi fort que celui du sang. Là, ils étaient très proches. Elle lui faisait la cuisine et il réparait ce qui tombait lentement en ruine dans la maison. Frère et sœur, songea-t-elle, en le regardant siroter sa bière. Les choses s'étaient arrangées après que la vieille femme acariâtre et malade – la vraie mère de Jess, la mère adoptive de Carol – fut finalement allée rejoindre son mari, ce mari dont elle avait méthodiquement fait disparaître le visage à coups de ciseaux de toutes les photos de la maison et des mémoires mêmes.

Parfois, elle rêvait de lui, de l'homme qui l'avait adoptée – son idée à lui sans doute, pas celle de sa femme – mais, dans son rêve, il était dépourvu de visage.

D'autres fois, Jess lui paraissait être un étranger. Il s'absentait longtemps, plusieurs jours d'affilée, sans qu'elle sût jamais où il allait. Il disait qu'il allait à Los Angeles sans jamais préciser pourquoi. Parfois il revenait changé, ne disait mot, demeurait allongé à rêver dans une chaise longue délabrée, dehors, gardant sur les yeux ses lunettes aux verres réfléchissants, même après le coucher du soleil. Il ne rentrait pas à la maison sans ses lunettes, se plaignant de ce que la lumière lui donnait la migraine. Un jour qu'il se trouvait dans cet état, et après avoir largement entamé son deuxième pack de six bières, il avait accidentellement retiré ses lunettes, et elle avait vu ses yeux, ses yeux où le blanc virait au rouge comme si toutes les veinules s'étaient rompues.

Et cette violence soudaine qui éclatait en lui – sa façon de jeter David dehors ne l'avait pas surprise. Elle l'avait vu dégonder une porte qui avait osé lui résister. Plus tard, une fois sa colère apaisée, elle l'avait vu aussi raboter soigneusement l'arête de la porte avant de la remonter.

– Tu ne crois pas qu'il va revenir ?

Carol regarda Jess, debout près de la porte de derrière, fixant l'obscurité et faisant paresseusement tourner la dernière gorgée de bière dans sa boîte.

– Sûrement pas. Je lui ai collé la peur de Dieu.

Jess continua à fixer la nuit, reparti dans son monde à lui où jamais elle n'avait pu le suivre. Seule Renee avait pu le faire, la vraie sœur de son vrai frère. Avec leurs petites conspirations et chuchotements, quand ils étaient gosses d'abord, puis devenus adultes. Avant son attaque, qui l'avait laissée là-haut, plongée dans un sommeil qui se nourrissait de lui-même comme un ver s'avalant de sa bouche aveugle, Renee disparaissait fréquemment avec son frère, dans la nuit, vers la ville, tandis que Carol restait à la maison avec Dee. Toutes les questions concernant le lieu où ils se rendaient et pour quoi y faire étaient demeurées sans réponse. Mais elle avait vu dans le visage de Renee les mêmes yeux rougis qui craignaient la lumière.

– Ne t'inquiète pas, dit Jess. Il va falloir que je m'absente, mais pas pour longtemps.

Il ouvrit la porte et sortit dans l'obscurité de la véranda.

Carol ne dit rien, regardant la silhouette plus sombre de son dos. Elle essaya de distinguer le bruit d'une respiration enfantine sous celle, plus rauque, qui émanait de l'étage de la maison silencieuse.

Dee, couchée dans son lit, écoutait. Elle savait, sans avoir vu la scène, que son père était venu la chercher et que Jess l'avait chassé. Elle avait voulu se précipiter hors de sa chambre, passer devant Carol, filer jusqu'à la voiture et rentrer à la maison avec lui. Mais c'était mieux ainsi, elle le savait. Si elle restait ici, dans cette maison, peut-être ne lui ferait-on pas de mal. La voix qui venait en elle, dans ses bras, dans ses mains, ne pourrait rien lui faire.

C'est mieux, c'est mieux. Elle continua à tenter de s'en persuader, étendue dans le noir, la couverture tirée jusqu'au menton, même lorsque la voix se mit à rire en elle et continua à rire sans s'arrêter.

Il ne remonta pas sur l'autoroute. Arrivé à la bretelle d'accès qui ramenait à la maison silencieuse – et à sa fille captive comme une princesse de conte de fées – il aperçut l'enseigne jaune lumineuse du café, de l'autre côté du passage supérieur. L'enseigne de plastique noir éclairée tournait lentement au sommet de son poteau métallique, rivalisant avec les lampadaires qui marquaient la limite de San Aurelio.

Il dépassa la rampe et s'arrêta au parking, à côté d'un énorme camion Peterbilt dont le moteur Diesel murmurait encore doucement. La lumière jaune de l'enseigne baignait ses mains posées sur le volant. Il ne voulait pas rentrer à Los Angeles – pas encore. Le souvenir de son éviction de la maison était, dans sa gorge, comme un caillou qu'il ne pouvait avaler. Son cœur battait toujours à un rythme accéléré, l'adrénaline de la frustration alimentant ce que sa colère avait déclenché. Il voulait rester là, respirer le même air que sa fille, encore un moment, ruminer, aviver la blessure ouverte avec des pensées rendues plus incisives par la proximité de sa fille. Dans le bar, il le savait, le café serait amer sur sa langue, rendu plus noir par les heures passées à le réchauffer.

Le conducteur du camion était au comptoir, avalant un hamburger graisseux. Braemer se glissa dans un box et acquiesça quand la serveuse vint lui demander s'il voulait du café. Dès que la tasse de liquide boueux fut devant lui, il se leva et se rendit au téléphone, à côté des toilettes des hommes.

Il écouta la sonnerie résonner dans son appartement. Il n'avait pas envie de parler à quiconque, pour le moment, et surtout pas à Sarah. Un mélange de honte et de colère lui faisait ravaler sa langue. Mais les explications seraient plus difficiles encore que maintenant s'il attendait, il le savait. Plus difficiles car elle se serait inquiétée pendant des heures pour lui. Débarrasse-toi de ça, se dit-il.

– Allô ? dit la voix essoufflée de Sarah qui venait de décrocher le téléphone au milieu de la deuxième sonnerie.

– Je ne l'ai pas ramenée, annonça-t-il d'une voix qui lui parut sans timbre, dure.

– Qu'est-ce qui s'est passé ?

– Eh bien... elle est là, à la maison, mais je n'ai pas pu la ramener. O.K. ? (Il cracha le dernier mot avec une colère qu'il n'avait pas voulue; il respira profondément et bloqua son souffle un instant.) Je te raconterai quand je rentrerai.

– Oh ! Est-ce... est-ce qu'elle va bien ?

– Je ne l'ai pas vue. Mais je crois qu'elle va bien. Écoute, je ne serai pas de retour avant quelques heures. Je vais prendre un café et réfléchir un peu. D'accord ?

– Qu'est-ce que tu vas faire ?

– Rien d'autre. Simplement... rester là un instant.

– D'accord, dit Sarah. Je te verrai à ton retour.

Sur la table, son café avait refroidi. La crème forma une étoile inégale sur le fond noir quand il la versa. Il remua le tout, promenant le regard sur le menu de plastique brillant que la serveuse avait déposé sur la table.

Une silhouette se glissa dans le box en face de lui. Sans lever les yeux, Braemer vit se poser une main d'homme, à la peau rude, aux ongles en deuil au bout de doigts carrés.

Il leva sa tasse, avala une gorgée, le regard toujours fixé sur le menu. Deux fois dans la même journée, c'était beaucoup pour ce genre de chose.

– Pourquoi n'allez-vous pas vous asseoir ailleurs ? Je n'ai pas envie de parler.

– Aucune importance. (L'une des mains se leva pour faire signe à la serveuse.) Il faut que vous m'écoutiez. Café, s'il vous plaît.

Braemer leva les yeux, ses épaules s'affaissaient sous la lassitude. D'abord cette cinglée de Kathy, et maintenant ça. Il avait assez vécu en ville pour avoir été accroché par ceux de Moon et autres vendeurs d'évangiles, et il avait appris à s'en débarrasser avant même de les laisser débiter leur baratin fumeux. Celui-ci était différent des gamins de vingt ans au regard vitreux, amaigris par leurs rations de flocons d'avoine froids et par les chants de groupes. Plus costaud, les cheveux gris coupés court, le visage marqué par des rides, les manches de sa chemise de travail marron fané remontées sur des avant-bras poilus, un étui en plastique avec plusieurs stylos à bille glissé dans l'une des poches. Ses yeux aussi étaient différents : des points et non pas de grands yeux glauques.

Ce furent justement les yeux qui éveillèrent un souvenir. Il avait déjà vu cet homme – le soir même, dans sa voiture, garé en face de chez lui, Braemer, et qui le regardait chasser le clochard et ses versets de la Bible.

– Vous m'avez suivi, dit Braemer, reposant sa tasse. Écoutez, je ne sais pas ce que vous voulez, mais vous perdez votre temps.

– On perd toujours son temps, Braemer, dit l'autre d'une voix grave et triste. Pourquoi ne pas m'écouter ?

Une grosse main se replia sur la tasse posée devant l'homme.

– C'est fantastique, dit Braemer, irrité. Tout le monde connaît mon nom. Je dois figurer sur une liste. Est-ce qu'on vous la remet à votre sortie de l'hôpital ou quoi ?

– Ce n'est pas le moment de plaisanter, Braemer. (Les points se firent plus aigus sous les sourcils épais.) Je m'appelle Pedersen.

– Et alors ? Je n'ai jamais... Un instant. (Il se souvint du nom prononcé dans l'obscurité d'un bar.) Vous êtes le type... le type dont a parlé Kathy. Elle a dit que... que vous connaissiez mon ex-femme, quelque chose comme ça.

– Je connais Renee.

– Vraiment ? C'est charmant. On pourrait peut-être se voir, un jour, et échanger nos impressions. (La première surprise du nom associé au curieux monologue de Kathy s'était estompée.) Mais, pour l'instant, j'ai des choses plus importantes à faire. Pourquoi ne pas vous tirer ?

Pedersen l'observa en silence un instant.

– Pourquoi pensez-vous que votre fille a tenté de vous tuer, Braemer ?

Le silence s'installa, meublant l'espace entre les deux hommes.

– Écoutez. Je ne sais pas comment vous et Kathy – et Dieu sait qui d'autre – êtes au courant de ça. Et je m'en fous. Mais je n'aime pas les gens qui viennent m'espionner, bordel. Je veux que vous et les autres, vous laissiez tomber et ne tourniez plus autour de ma fille et de moi. Compris ?

Apparemment, l'autre ne se départit pas de son calme.

– Jess s'est montré plus coriace que vous ne le pensiez, hein ?

– Quoi ? Vous étiez là-bas ? Vous étiez caché dans les buissons et vous m'avez vu atterrir sur le cul ? (Du coin de l'œil il vit la serveuse jeter un regard vers eux à cause de ses éclats de voix, mais il décida que peu lui importait.) C'est bien. Vous vous cachez, comme un détective. Mais fichez-moi la paix.

– Avez-vous pensé que Jess était fou, demanda Pedersen après avoir lentement avalé une gorgée de café, lorsqu'il vous a soufflé à l'oreille que Dee n'était peut-être pas votre fille ?

La colère d'abord, puis un frisson lui parcourut le dos.

– Comment savez-vous ce qu'il m'a dit ? Il vous l'a raconté ?

– Jess est fou. En un sens. Tout ce qu'il a dit n'était destiné qu'à vous – vous le savez, n'est-ce pas ?

– Il a dû vous le répéter.

– Jess ne m'a rien dit. Je l'ai entendu quand il vous l'a murmuré dans l'oreille.

La nuit enveloppa le bar et son intérieur chromé, de plastique et de lumière.

– Qu'est-ce que vous voulez ?

– Je veux vous aider. Et aider votre fille.

– Comment ça ?

– Je sais pas mal de choses sur vous, Braemer. Et sur votre fille et sur votre ex-femme. Et je sais ce qu'il faut faire.

– Quoi ?

– Je ne vais pas vous le dire ici, où n'importe qui peut entendre ce qu'on raconte. Vous êtes très sourcilleux quant à votre vie privée. J'habite à Los Angeles.

Il sortit un des stylos de l'étui en plastique de la poche de sa chemise, griffonna quelque chose sur le coin de sa nappe en papier, le déchira et le tendit à Braemer.

– Vous pouvez me joindre ici. Mais vous aurez peut-être du mal à trouver. Il serait préférable que vous partiez tout de suite et que vous me suiviez avec votre voiture.

Je n'ai pas de temps à perdre avec vos conneries, songea Braemer. Il avait bien trop de choses à faire pour aller s'amuser à suivre tous les cinglés qui venaient l'ennuyer. Peu importait ce qu'ils savaient ou prétendaient savoir. Il jeta un coup d'œil sur l'adresse griffonnée sur le morceau de la nappe. Et puis, qu'est-ce que ce type pourrait bien lui dire ?

– Je peux aider votre fille. Ses ennuis sont plus graves que vous ne le pensez.

Il leva les yeux et fut saisi par les points acérés du regard de l'autre. Le petit monde que constituait l'intérieur du café disparut, remplacé par un autre monde, plus noir. Un monde souterrain, une grotte, avec sa fille quelque part, dans ses profondeurs. Et s'il y pénétrait pour aller la chercher...

– Nous n'avons pas beaucoup de temps, dit Pedersen qui se leva, jetant quelques pièces sur la table. Suivez-moi ou ne me suivez pas. Comme vous voudrez.

La serveuse, qui arriva pour ramasser la note et la monnaie, masqua un instant Pedersen à la vue de Braemer. Après quoi il l'aperçut qui passait la porte de verre et se dirigeait vers le parking.

La tasse trembla dans sa main. Il regarda le fond, qui brillait en cercles concentriques. Il soupira, se leva et se dirigea vers la porte, courant presque.

9

La fourgonnette de Pedersen, la même qu'il avait vue garée devant chez lui, le conduisit, par l'autoroute de Santa Ana, jusque dans l'un des quartiers industriels de Los Angeles : des entrepôts et des docks le long de la voie ferrée. Les phares de la Datsun révélaient les yeux brillants des chiens de garde derrière les grilles cadenassées surmontées de barbelés. Pedersen poursuivait sa route.

Il s'arrêta enfin. Braemer le vit descendre, laissant tourner le moteur, ouvrir la grille. De l'autre côté, sous un projecteur jaune, étaient garés plusieurs véhicules dont certains sur cales de ciment ou sur des rampes métalliques basses.

Pedersen remonta dans sa fourgonnette et la rangea dans le seul espace libre.

– Laissez votre voiture ici, dit-il à Braemer, montrant le trottoir. Ça ira.

Braemer boucla la Datsun et revint à la grille. Il remarqua que l'enseigne, sur le côté de la fourgonnette, était la même que celle qui surmontait le bâtiment. PACIFIC AUTO RESTAURATEURS DE VOITURES. Les mains dans les poches, les épaules voûtées pour se protéger de l'air nocturne frisquet chargé d'effluves de diesel, il regarda Pedersen ouvrir la porte marquée BUREAUX et allumer les lumières.

– Entrez.

Le bureau était encombré de papiers – factures, listes de pièces détachées –, d'outils de chrome brillants, d'une machine à calculer dont le rouleau de papier plein de chiffres cascadait jusqu'au sol, d'un enjoliveur de Rolls-Royce débordant de mégots. Des photos Polaroïd de voitures défoncées puis transformées, prises devant le bâtiment. Un calendrier de nus des pneus Pirelli, d'une année passée. À travers l'une des vitres de la cloison séparant le bureau de l'atelier, Braemer distingua une vieille Jaguar, sans pare-brise, les ailes maculées de peinture d'apprêt.

Pedersen se retourna et indiqua une chaise. Sur l'étagère derrière le bureau, une cafetière commençait déjà à siffler.

– Asseyez-vous.

Il passa derrière le bureau et installa sa carcasse. Le fauteuil pivotant grinça quand il s'y adossa.

– Et si vous me disiez... ce que vous avez à me dire.

– Ça prendra un moment. Asseyez-vous.

Pedersen croisa les mains sur son ventre et regarda Braemer tirer l'autre chaise près du bureau.

– Kathy vous a parlé. Qu'est-ce qu'elle vous a dit de moi ?

– Je croyais que c'était vous, l'homme qui lisait dans les pensées.

– Je sais ce qu'elle vous a dit. Mais je ne sais pas ce que vous en avez retenu.

Braemer haussa les épaules.

– Quelque chose concernant... une sorte de groupe. Dont vous êtes le chef, ou le professeur, ou Dieu sait quoi. Je n'ai pas fait attention. Elle était assez sonnée. Accrochée à quelque chose. C'est à peu près tout.

Pedersen hocha la tête, le regard perdu dans l'obscurité de l'atelier.

– Il y a des choses qui n'ont pas de nom, Braemer. Des sortes de connaissances. On les connaît ou on ne les connaît pas, c'est tout. Et si on ne les connaît pas, ces choses-là n'existent pas. Donc, si je vous dis des choses dont vous n'avez jamais entendu parler, ça ne signifie pas qu'elles n'existent pas, qu'elles n'ont pas existé depuis des milliers d'années.

– Quoi, par exemple ?

La voix de Pedersen baissa d'un ton, comme si elle surgissait de quelque profondeur à l'intérieur de lui-même.

– Les choses que nous étudions ici – les choses que j'ai pu connaître et que l'on vient apprendre de moi – traitent de l'âme. Une substance si subtile qu'on ne peut la détecter. Et de... *la préservation* de cette substance. Contre la mort.

Braemer hocha la tête, les yeux clos. C'est quelque chose dans ce genre qu'il avait craint.

– Bon. Grand bien vous fasse. Je ne vois pas en quoi ça me regarde.

Pedersen prit la cafetière, remplit deux tasses sur le bureau. Il en poussa une vers Braemer.

– Votre fille est en danger. Il y a un mal en elle. Un mal que j'ai contribué à faire naître. C'est pourquoi je suis allé vous chercher. Pour me racheter.

Le café était épais, amer.

– Je ne comprends rien à ce que vous racontez.

– La mère de l'enfant est vivante.

– Oui, on peut dire ça, si vous qualifiez de vivant ce corps comateux. Elle est aussi vivante que n'importe quel autre légume.

– Elle vit dans votre fille, dit Pedersen avec, dans le ton, une certaine colère refrénée.

Braemer soupira.

– Écoutez. Dites-moi simplement ce que vous voulez. D'accord ? Je n'ai pas tellement de temps pour ce genre de truc.

– Vous n'avez plus de temps du tout, dit Pedersen, le regard rivé dans celui de Braemer. Votre ex-femme est allée trop loin sur la *via sinistra* pour que vous puissiez différer davantage ce que vous devez faire.

– Sur la quoi ? Je n'ai pas compris.

Le regard se fixa sur un point, au-delà de Braemer.

– Le chemin de gauche, murmura Pedersen. J'aurais dû m'en douter quand Renee est venue me trouver, la première fois... Elle et son frère Jess avaient des dents d'animal, des dents qui mordent et ne lâchent pas. Une faim insatiable. Mais je pensais qu'on pouvait dompter l'animal en eux. Ils avaient l'un et l'autre des qualités qui leur ont conféré... une *grande compétence* dans l'étude. Mais tout le reste était faible en eux. Les tentations de la voie la plus courte ont été trop grandes. J'aurais dû le deviner.

– Qu'est-ce que c'est que ces conneries ? demanda Braemer, laissant percer son irritation.

– Renee étudiait avec moi, dit Perdersen dont le regard revint sur Braemer. C'est Jess qui m'a trouvé et, plus tard, il a amené Renee dans le groupe. Après votre divorce. Ce fut là l'origine du mal qui est entré dans votre fille.

Braemer scruta le visage en face de lui, un visage marqué par l'âge et la tristesse, qu'animait maintenant une rage à peine visible, comme de l'électricité dans une atmosphère lourde de nuages. Il ne s'agissait pas là d'un de ces habituels hallucinés en robes safran et porteurs de cymbales, que l'on rencontre au coin des rues, ni de ces messies aux yeux exorbités et évangile télévisé, en somptueux costume trois-pièces – responsables de tous les trucs que l'on ignorait, à peine conscients des rouages qui foiraient dans leurs petits Jonestown et leurs ashrams. Si ce Pedersen était fêlé, du moins les morceaux tenaient-ils parfaitement, donnant toute l'apparence du bon sens. Même si Braemer ne gobait rien de cette histoire, sa première impulsion, son envie de sortir de là, de grimper dans sa voiture et de filer était passée, remplacée par quelque chose de plus profond que la simple curiosité.

– D'accord, dit-il. Allez-y. Qu'est-ce qui s'est passé ?

– L'âme, dit lentement Pedersen, fixant le plafond comme pour chercher les mots qui traduiraient une autre langue, l'âme telle qu'on la trouve en l'homme est une substance très subtilement divisée. Comme un nuage de lumière, avec des particules grouillant tout autour. Il n'y a en elle rien de solide ni de permanent, de même que chez la plupart des gens, il n'existe rien de permanent dans la personnalité qui reflète l'âme. La plupart des gens sont comme ci ou comme ça, gais ou tristes, furieux ou calmes; les circonstances de la vie les poussent comme le vent pousse un nuage de moucherons. Le corps physique contient les éléments de l'âme, comme un bocal contient un fourmillement d'insectes. Quand le corps meurt, le contenant est brisé, les éléments se dispersent dans le néant. C'est la dispersion qui est la vraie mort. L'âme est éparpillée, chaque particule emportée dans l'obscurité. Alors, l'individu n'est plus.

– J'ai déjà entendu ça, dit Braemer, haussant les épaules.

– Certainement. Cette connaissance de la nature de l'âme a existé en bien des lieux et à bien des époques. Ce n'est pas un secret. Ce qui demeure caché, c'est la connaissance de ce qu'il convient de faire à propos de cette condition, ce sont les techniques – les exercices spirituels et psychologiques – pour, si l'on peut dire, *cristalliser* l'âme et la préserver de la dispersion au moment de la mort.

– Et c'est pour ça que Renee et Jess sont venus s'accrocher à vous ?

– Le corps de diamant. Il peut être créé en soi. La voie est possible. Mais il existe plus d'une sorte de permanence que l'âme peut atteindre. L'immortalité de la lumière et de l'air – et de la sombre terre. La première voie est longue; il faut une vie entière pour la suivre, et elle ne continue qu'au moment de la mort physique. Alors, l'âme devient transparente et cristalline, et elle vit. L'autre voie – la *via sinistra* – est plus rapide mais, au bout, c'est l'obscurité. L'âme atteint sa permanence, mais c'est celle de la pierre froide, lourde, qui s'enfonce au cœur de la terre. Loin de la lumière. Et pour ceux qui suivent cette voie, le dommage commence bien avant d'atteindre la fin. La personnalité devient trouble, perverse. Les méthodes de la *via sinistra* sont cruelles. La souffrance, celle de soi et celle des autres, est avivée par certaines drogues. L'âme produit une nourriture qui, consommée, accélère le processus de cristallisation.

Il demeura un instant silencieux, un coin de sa bouche se retroussant sous quelque pensée secrète. Puis il leva les yeux sur Braemer et poursuivit.

– C'est ce qui est arrivé à Renee. Elle a suivi la voie de gauche.

Braemer demeurait paralysé par la véhémence que révélaient les mâchoires serrées de l'autre. Au-delà de la flaque de lumière, autour du bureau, il pouvait sentir le calme du bâtiment et la nuit, au-delà de ses murs. Il se dégagea du regard de Pedersen comme du bord d'une falaise.

– Vous ne le savez peut-être pas, dit-il, circonspect, mais ma femme est plongée dans le coma depuis plus d'un an maintenant.

Le regard de Pedersen revint se fixer sur lui, abandonnant sa vision intérieure.

– Je le sais. Je sais – et je vois – beaucoup de choses qui arrivent à Renee et à Jess. Ils ont étudié avec moi pendant deux ans. Les qualités naturelles qu'ils possèdent, et qui ont rendu si facile pour eux l'assimilation de ce que j'enseigne, ont également rendu possible l'existence d'un canal entre leurs pensées et les miennes. Lorsqu'ils sont excités, stimulés, la liaison devient plus précise, je vois ce qu'ils voient, j'entends ce qu'ils entendent. Les mots de la bouche de Jess – c'est comme ça que j'ai su ce qu'il vous avait dit ce soir. C'est ainsi que j'ai retrouvé – et dispersé – les membres de mon groupe qui l'ont suivi après que j'eus découvert qu'il avait choisi la *via sinistra*. Perdu à la lumière. Il en est de même avec les pensées de Renee. Je sais ce qu'elle est devenue et ce qui lui est arrivé. Là-bas dans la forêt, avec l'enfant terrorisée. Les drogues que Jess a appris à Renee à utiliser – des amphétamines combinées avec un solvant industriel allemand qui provoque la réduction de l'écart des synapses dans le système nerveux central –, l'overdose qu'elle a prise lors de sa tentative de suicide et qui a provoqué l'attaque, les lésions du cerveau et le coma. Je l'ai vu. J'ai senti le sang éclater dans son crâne.

– Un suicide ?

– Ses pensées étaient si confuses que je n'ai pu en déterminer la raison. Peut-être un ultime éclair de contrition pour ce qu'elle avait tenté de faire à son enfant. Peut-être le désespoir d'être parvenue si près de ce qu'elle pensait nécessaire pour arriver au couronnement de la *via sinistra* – le sacrifice de l'innocent – pour voir l'agneau s'enfuir. Même maintenant, quand ses pensées me parviennent, cette partie du passé demeure obscure.

Braemer posa sa tasse, cherchant dans l'œil de l'autre cette étincelle de folie qui lui aurait permis de se lever et de sortir sans en entendre davantage.

– Mais c'est fini, maintenant, dit-il. Elle est dans le coma. Il n'y a plus le moindre cerveau que vous puissiez... écouter ou Dieu sait quoi.

– Quelque chose demeure, Braemer. L'âme noire que Renee a créée pour elle avec la voie de gauche, cette âme a survécu. Le processus était fondamentalement achevé quand elle a provoqué cette attaque qui l'a plongée dans le coma. L'âme est séparée du cerveau et la sienne vit toujours, non dispersée, à l'intérieur d'elle-même. Et c'est là la source du mal qui affecte votre fille.

Lève-toi, se dit Braemer et file d'ici tout de suite. Folies que tout cela. Un petit courant lui parcourut les bras, véhiculant une autre pensée. Et s'il n'était pas fou, et si c'était vrai ? Dans ce cas, c'est là que commence le merdier, quel qu'il soit, et tous les psy et les avocats du monde ne seront d'aucune aide à ton enfant maintenant. Il agrippa les accoudoirs du fauteuil, sentit la sueur entre ses paumes et le bois.

– D'accord, dit-il. En quoi cela affecte Dee ?

– L'âme de votre ex-femme, expliqua lentement Pedersen, se trouve dans le même état de non-dispersion que si elle était morte. Mais, du fait que son corps vit toujours, cette âme existe toujours ici, dans la sphère des vivants. L'âme est malade, torturée – elle veut continuer à vivre dans ce monde, au-delà du jour où le corps comateux qui l'abrite finira par mourir. Et cela, l'âme peut le faire, en pénétrant dans les esprits et les corps de ceux qui lui sont le plus proches, de ceux avec qui existent des liens de sang, en s'en emparant. L'âme de Renee est devenue comme un virus qui peut se propager à travers le lien d'un sang commun et s'emparer de quiconque lui est assez proche. Vous avez vu Kathy, la sœur de Renee. C'est son frère Jess le responsable de sa souffrance et de sa dégradation. Son corps s'y est soumis parce que Renee en a pris le contrôle.

– C'est ce qu'elle m'a dit, murmura Braemer qui pensait que toutes les pièces, avec leur logique particulière, s'assemblaient parfaitement. Elle m'a dit que sa sœur était toujours vivante. Qu'elle était comme une voix qui pénétrait en elle.

– C'est exact. J'ai vu certaines des choses que Jess, toujours suivant la voie de gauche, a faites à Kathy – des fragments de ce que Renee voit à travers les yeux de Kathy lorsqu'elle est en elle. Et j'ai vu des choses par les yeux de votre fille, également. Des choses qui sont arrivées alors que l'âme de Renee avait pris possession de son corps. J'ai vu, de l'intérieur de Dee, sa main poignarder le tablier et le mur, et essayer, plus tard, de vous plonger le couteau dans la poitrine. L'âme de Renee a atteint un point de dérangement tel qu'elle cherche à détruire tout ce qu'elle ne peut pas contrôler. Et elle craint vos contacts avec Dee. Elle craint que vous ne découvriez ce qui arrive à votre fille, que vous ne trouviez un moyen d'y mettre un terme.

– Une minute. Attendez. Et Carol ? Comment se fait-il que Renee ne s'empare pas d'elle ?

– Carol a été adoptée par la famille Feld. Il n'existe aucun lien de sang entre elle et Renee.

– Je ne sais pas, c'est... dit Braemer, hochant la tête. Écoutez, je ne sais même pas de quoi vous parlez. Vous avez bâti toute cette explication et vous savez tout ce qui s'est passé. C'est peut-être vrai, peut-être pas. Mais, même si j'y crois – et ce n'est pas le cas, je ne sais pas ce que je fais ici –, qu'est-ce que je suis censé y faire ?

– Son pouvoir devient plus fort, dit Pedersen. (Il semblait maîtriser sa colère pour s'empêcher de cingler Braemer avec ses paroles.) Chaque jour, il augmente. D'abord à l'intérieur de Kathy et, maintenant, en Dee également, sortant de son corps – puis y revenant quand sa force décline. Mais plus puissant la fois suivante. Jusqu'à ce qu'elle n'ait plus besoin de quitter le corps de votre fille. Une sorte d'immortalité, un cadavre dans un enfant vivant. D'un corps ruiné dans un corps jeune, celui d'un enfant – de votre enfant, Braemer.

Pedersen repoussa son fauteuil et ouvrit le tiroir central. Il en tira un objet enveloppé dans un chiffon blanc et le tendit à Braemer.

Braemer le prit. Au poids de l'objet, au froid du métal à travers le chiffon, il sut ce que c'était. La seule arme qu'il eût jamais eue en main avant cela était une vieille carabine calibre 22 avec laquelle un de ses cousins et lui avaient tiré sur des boîtes et des bouteilles, il y avait bien des années de cela, quand il n'était guère plus âgé que Dee aujourd'hui. Il posa le paquet sur le bureau et déplia le chiffon : sur un fond blanc, un objet métallique d'un noir bleuté, brillant sous une fine pellicule d'huile. Au-dessus de la crosse, gravé, un cheval dressé sur les jambes de derrière. L'emblème de Colt. Il l'avait déjà vu mais ignorait ce qu'il signifiait, quelle marque il symbolisait.

Une boîte d'un jaune vif, avec un bruit de métal heurtant du métal, à l'intérieur, tomba à côté de l'arme.

– Ce sont des balles à ogive creuse, dit Pedersen. Elles feront l'affaire. Il faut viser la tête.

Braemer effleura l'arme du doigt et sentit son

sang se glacer, comme si le froid de l'acier avait mordu sa chair. Un instant plus tôt, à peine, il était assis dans une pièce, sans arme. Maintenant, tout tournait, transformé, autour de l'objet qui absorbait en lui tout l'espace, toute la lumière du bureau. Il regarda Pedersen.

– De quoi parlez-vous ? demanda-t-il.

Une partie de lui-même connaissait déjà la réponse.

– L'âme de Renee est enracinée dans son corps. Elle peut atteindre votre fille et s'emparer d'elle pendant un temps, mais elle n'a pas encore achevé le processus de transfert total dans le corps de Dee. Je ne sais pas combien de temps ça prendra, mais ça ne tardera pas. Peut-être est-ce même une question de jours. Quand cela se produira, la personnalité de votre fille disparaîtra, dévorée par celle de sa mère. Il ne restera plus que Renee qui verra par les yeux de Dee.

L'arme, sur le bureau, avait tout fait monter d'un cran. Braemer regarda la lumière reflétée sur le barillet. Tout était devenu sérieux. Jusque-là, on pouvait jouer à *et si* : et si toutes ces folies étaient vraies, est-ce que ce ne serait pas dingue ? C'est certainement très drôle d'écouter discourir ces cinglés – cela vous distrayait des psychiatres ennuyeux, des avocats et du reste. On pouvait rester assis là, dans une pièce, à boire du café au milieu de la nuit, et se distraire. Et puis le revolver tombait devant vous, et voil` que la rigolade était terminée.

De nouveau, il leva les yeux sur Pedersen.

– Vous croyez vraiment à tout ça, hein ?

– Vous aussi, Braemer, lui répondit tranquillement Pedersen, immobile.

– C'est là que vous vous trompez.

Il s'appuya sur les accoudoirs et commença à se lever.

– Prenez l'arme, Braemer. Vous savez ce que vous avez à faire.

– Et comment ! Voilà une merveilleuse idée, hein ? dit-il, regardant Pedersen. Vous voulez que j'aille abattre mon ex-femme et je me retrouverai en prison. Ou à la potence, plus vraisemblablement. C'est merveilleux. Même si je croyais à toutes ces conneries et que j'aille le faire, qui s'occuperait de ma gosse pendant que je serais bouclé ?

– Il y a des personnes qui s'occuperont d'elle. Vous le savez. Carol le ferait. Et mieux vaudrait pour elle avoir son père en prison que de subir ce qui arrivera si vous ne le faites pas. (Il haussa ses larges épaules.) En outre, l'arme ne permettrait pas de remonter jusqu'à vous. Il y a une chance, si vous êtes assez malin, pour qu'on ne puisse rien prouver.

– Écoutez, si ça vous démange tant d'abattre une femme dans le coma, allez-y vous-même.

– C'est à vous qu'incombe la responsabilité du sort de votre enfant, Braemer. La mienne est de guider ceux qui dépendent de moi pour cela. Je ne peux risquer de les abandonner pour me retrouver impliqué dans ce que la loi considérerait comme un meurtre. Le mal est le fait de Jess et de Renee; ils sont allés au-delà des limites où je pouvais les conseiller. Nous connaîtrons plus de mal encore si je permets que cela se renouvelle.

– C'est très commode pour vous.

– J'ai fait ce que j'ai pu. Prenez l'arme.

Braemer ramassa le revolver, le soupesant dans sa main. Si ce que lui avait dit Pedersen était vrai, la réponse était là. Aussi simple que ça. Il s'imaginait dans la chambre où gisait Renee, toute la maison Feld silencieuse autour d'eux. Debout à côté du lit, regardant ce corps émacié, les cheveux coupés court, le visage de peau et d'os.

Levant l'arme, la tenant à deux mains pour assurer sa visée...

Et la détente pliant lentement sous son doigt, le barillet tournant, amenant le projectile en face du mécanisme de l'arme.

Et partout, le silence, dehors, dans les rues vides, dans le squelette des maisons.

Et puis le non-silence, éclatant, se répercutant depuis ses mains crispées, une brève langue de feu dardée vers le visage, sur l'oreiller.

Oui. Le murmure de ses pensées avait un goût de sel. Fais-le, tu sais que c'est vrai. Fais-le. Prends l'arme et...

Ses yeux étaient fermés. Il les rouvrit et, pendant un instant, il ne vit pas autour de lui le bureau de Pedersen, mais une autre pièce, une autre pièce laissée derrière lui dans le passé, bien qu'elle ne l'eût jamais quitté. Au milieu d'outils de dessinateur brisés gisait le corps émacié d'une femme. Renee le regardait à travers le sang qui lui éclaboussait le visage. L'arme tremblait dans sa main, encore pointée sur elle.

Et cette pièce se fondit en une autre où, par-dessus le bureau, il braquait l'arme sur la poitrine de Pedersen.

– Il ne vous reste pas beaucoup de temps, lui dit Pedersen qui le fixait.

Le poids fit baisser les bras à Braemer. Un instant, il garda l'arme contre lui puis la glissa dans la poche de sa veste. Sa main alla ramasser la boîte jaune et le chiffon sur le bureau et il les fourra dans sa poche avec le revolver.

Dans l'air nocturne, marchant vers sa voiture, il sentait le poids du métal contre sa hanche, à travers le tissu. Il l'attirait vers le sol, vers les courants qu'il sentait, invisibles, dans la terre. Avant cela, la folie était extérieure à lui. Maintenant, il savait qu'elle se trouvait également en lui. Il y avait cru, il avait tout gobé.

Maintenant je sais ce que ressent Dee. Voir ses mains faire quelque chose qu'on ne veut pas qu'elles fassent, et regarder, simplement regarder.

Pedersen saisit le montant chromé de la portière et se pencha à l'intérieur, tandis que Braemer glissait la clé de contact dans son logement.

– Je suis désolé, dit-il. Il y a des choses qui doivent être faites, c'est tout. Je ne m'adresserais pas à vous s'il en était autrement.

– Je pense que non, dit Braemer au moment où le moteur démarrait.

Machinalement, il se demanda comment regagner l'autoroute et son domicile. Il ne distinguait pas l'extrémité non éclairée de la rue devant lui. Il vit Pedersen faire le tour de sa voiture et retourner dans le bâtiment, derrière les grilles cadenassées.

Alors il démarra.

Sarah attendait son retour, toutes lumières allumées, la télé ronronnait dans un coin, sans personne pour la regarder. Quand elle entendit la clé de Dave dans la serrure, elle courut à la porte et le serra dans ses bras, les amples manches de sa robe de chambre en éponge retombaient en plis dans le dos de Braemer.

– J'étais si inquiète pour toi, dit-elle, levant les yeux. Que s'est-il passé ? Est-ce que ça va ?

Il la prit par les épaules.

– Je vais bien. Je suis fatigué, c'est tout.

C'était facile à voir, avec ces paupières sombres, lourdes, comme si la fatigue y avait accumulé le sang. Elle pouvait sentir le tremblement de ses mains à travers la robe de chambre, sur ses bras.

– Tu ne veux pas de café, non ? Je veux dire qu'il y en a, tout prêt, mais si tu en as bu toute la nuit…

– Un peu. Pendant que nous parlerons.

Ils s'assirent dans la cuisine, Dave penché sur ses bras croisés, fixant sa tasse pendant qu'il expliquait. Elle écoutait, serrant plus étroitement sa robe de chambre autour d'elle.

Il n'y avait pas grand-chose à raconter – simplement qu'il y était allé en voiture et s'était fait malmener par Jess.

– Et tu es resté simplement assis pendant tout ce temps ?

Des heures et des heures d'attente après son coup de fil, depuis le bar.

– J'ai roulé un peu. Pour réfléchir. Je ne voulais pas rentrer tout de suite. C'est... un peu embarrassant, je crois. Je me précipite là-bas, tu vois, et je me fais jeter. Et après qu'il t'a bousculée...

– Ça va, dit-elle en lui caressant la main. Je veux dire que nous allons la récupérer. Nous avons l'avocat et tout, et nous savons où elle est. Ça va s'arranger.

– Je l'espère.

– Tu as pensé à autre chose à propos de ce que tu vas faire ?

Il regarda par la fenêtre. Ainsi, elle ne pouvait pas voir ses yeux.

– Non, pas vraiment.

– Qu'est-ce que tu veux faire maintenant ?

– Dormir un peu.

Dans le lit, elle le regarda, allongé sur le dos. À la lumière de la rue, elle voyait ses yeux fermés, mais elle savait qu'il ne dormait pas. Elle aussi ferma les yeux et posa sa tête sur le bras de Braemer, attendant que le matin apporte sa lumière dans la chambre.

Elle l'attendait. Elle l'attendait toujours, blottie dans le nid des draps crasseux et du matelas gris, sur le sol de linoléum craquelé. Le bruit de la clé dans la serrure lui fit ouvrir tout grands les yeux dans le noir. Quelques nerfs, pas encore émoussés à la douleur, durcirent ses muscles pour essayer de se réduire au néant et disparaître.

C'était son corps qui agissait, un repli involontaire sur lui-même, loin du bruit de la porte qui s'ouvrait et se refermait. Son esprit – le sien, sans que la voix de sa sœur vienne s'y glisser et descendre dans ses bras et ses jambes – la maintenait allongée sur le matelas, attendait, écoutait, le bruit des pas qui approchaient et s'arrêtaient à côté d'elle. La pointe d'une des chaussures de l'homme lui frappa les côtes.

– Bonjour, Kathy.

Il y avait un sourire dans sa voix. Il savait quand c'était à elle et pas à Renee qu'il s'adressait.

Elle se tourna sur le côté et regarda le visage de son frère. Ce n'était pas une hallucination : elle savait maintenant que c'était Jess, que depuis toujours c'était Jess. Ses mains sur son corps, sa voix dans la pièce et dans toutes les autres chambres où il l'avait emmenée, où d'autres mains attendaient pour la toucher. Même avant que le dernier brouillard de la drogue ait reflué de son sang, elle l'avait senti : son esprit était devenu tout à fait clair, au-delà de l'épuisement consécutif à la drogue. Et puis elle avait su que son espoir n'était qu'illusion et qu'était bien réelle la part de folie dans laquelle elle sombrait. Le visage, derrière les lunettes-miroirs, et la voix étaient bien le visage et la voix de son frère.

Cela la réconfortait de le savoir. Ce n'était pas une hallucination mais la réalité. Son seul regret, à présent, était de ne plus pouvoir aller retrouver Braemer, de ne plus pouvoir le mettre en garde contre Jess. Lorsqu'elle lui avait parlé, au bar, tout était encore confus entre la réalité et le rêve. Maintenant, elle savait. Si seulement elle disposait d'assez de temps, mais cela aussi elle le savait : il ne restait pratiquement plus de temps.

Jess entreprit de retirer sa chemise. Elle observa, découvrant des choses qu'elle n'avait pu voir dans l'obscurité. Il était plus musclé que quand il était gosse. Les masses noueuses des muscles ressortaient nettement sous la peau pâle. Il paraissait content de lui en dégageant ses bras des manches, comme s'il lui arrivait quelque chose de particulièrement heureux ce soir-là.

Il s'allongea à côté d'elle et la prit dans ses bras, son souffle contre le visage de Kathy. Cette fois, il n'y eut aucun des petits rituels qui se terminaient par la pointe de l'aiguille enfoncée dans ses veines profondément marquées. Elle lui en fut reconnaissante. Peut-être qu'il sait, pensa-t-elle. Tout était si clair maintenant. Elle ne voulait pas que quelque chose vienne obscurcir sa découverte.

Les mains de Jess se promenèrent sur la peau marquée, sur la couche de chair recouvrant les os pointus. Là où il appuyait, le feu se répercutait dans le dos de Kathy. Il souriait, le visage près du sien. Sa main descendit, l'ouvrit, mais avant qu'il entre en elle elle demanda :

– Pourquoi ?

Le calme de sa voix parut le surprendre. Il se retira un peu; les poils de sa poitrine se redressaient là où son poids les avaient aplatis.

– Pourquoi pas ? demanda-t-il.

– Je sais ce qu'*elle* veut. Mais qu'est-ce que tu veux, toi ? dit-elle en lui caressant le bras.

Il la regarda et il redevint un instant celui dont elle se souvenait, il y avait si longtemps, quand il n'était que son frère.

– Tu dois comprendre, dit-il d'une voix douce. Tu ne comprends pas ?

– Presque. Dis-moi, avant qu'elle revienne en moi.

Un nouveau sourire.

– Alors tu en saurais plus qu'elle. Ce ne serait pas drôle.

– Dis-moi pourquoi. Vite.

Elle savait que si la voix de Renee venait en elle, jamais plus Jess ne pourrait lui dire pourquoi il lui avait fait tout cela.

La main de Jess était tiède sur sa joue, douce.

– Comment aurais-je pu continuer à l'aimer sans cela, après ce qui lui est arrivé, le coma et le reste – sinon à travers toi ?

– Ça, je le savais, murmura-t-elle en fermant les yeux. (Elle le savait depuis le début.) Mais le reste…

– Le reste ? Elle a quelque chose que je veux. C'est tout. Elle a réussi à avoir quelque chose que je n'ai pas. Son âme est comme… un cristal maintenant. Dure, un diamant. Jamais elle ne mourra – son âme ne mourra pas. Mais, à travers toi, je peux lui imposer ma volonté. La souffrance que tu ressens est la sienne, quand je brise ton esprit, c'est mon emprise sur elle. Je peux devenir elle, devenir cette chose qu'elle est devenue. Alors, je ne mourrai pas. Tu comprends ? Elle a consumé ton âme, mais elle ne sait pas que j'ai mes dents plantées dans la sienne. Alors elle partira, et il n'y aura plus que moi, en toi, dans sa fille. Il n'y aura plus que moi – éternellement.

– Rien que toi.

Elle se laissa retomber sur le matelas sale, les muscles détendus, sans volonté. Il pouvait faire n'importe quoi maintenant, tout ce qu'il avait déjà fait et davantage encore. Maintenant qu'elle savait pourquoi. C'était tout ce qu'elle voulait.

Il la tenait comme il l'avait déjà tenue, comme s'ils n'étaient que frère et sœur, sa chaleur la réchauffant. Dans le même temps, il était à des kilomètres de là, tombant dans la pièce qui s'élargissait. Il ne restait plus beaucoup de temps. La clarté qui était tombée sur tout, sur la chambre et sur ses pensées, était celle de la glace. Un coin de glace, qui grossissait à chaque respiration, s'était planté sous ses côtes. Elle le reconnut, bien que ne l'ayant jamais ressenti. Toutes les petites morts de sa chair en avaient été les signes précurseurs.

Sous la chaleur du corps de Jess et le froid du sien, elle songea que c'était là quelque chose que même lui ne savait pas encore.

LA MAISON DU RÊVE

Les dernières heures de la nuit. C'est ce que lui indiquait la mince lumière grise qui bordait le noir. Dee était dans son lit, réveillée maintenant, le visage tourné sur le côté, regardant chaque forme sombre – noire sur fond noir – devenir plus claire. Les feuilles de la branche qui grimpait devant la fenêtre caressèrent l'écran anti-moustiques, murmure sur le treillis rouillé. Elle écouta mais ne put entendre d'autre bruit; le silence de la maison pesait comme une lourde tenture sur la porte de la chambre.

Blottie dans le lit, jambes remontées, elle gardait pour elle sa propre chaleur. Si elle allongeait davantage les jambes sous les couvertures, le froid allait lui saisir les chevilles comme des mains (les mains de qui ? mais elle le savait) et serrer jusqu'à arrêter le sang, à l'amener à la même température. Mieux valait rester toute petite, les genoux remontés sous la chemise de nuit de flanelle, les bras serrés autour des jambes, pour abriter les battements rapides du cœur. Si le jour arrivait, elle pourrait attendre que son papa vienne la chercher, sa peur disparaîtrait sous la tiédeur du soleil et de ses bras.

Immobile, silencieuse, si tranquille que, si elle

ne faisait rien, étouffait son souffle dans le drap tiré tout contre sa bouche, rien ne pourrait la trouver, aucune autre voix ne pourrait venir en elle. Elle écoutait, attendait, surveillait l'obscurité.

Quelqu'un souffla son nom.

Tendue, elle remonta ses genoux davantage encore.

– Dee...

La voix ne se trouvait pas dans la chambre avec elle, ni dans le couloir devant la porte. Elle demeura silencieuse au point de percevoir le murmure, en bas dans la cuisine.

Un petit bruit, de nouveau, comme une feuille sur l'écran, le vent agitant la branche. Mais c'était dans la maison, au-dessous d'elle.

Un nœud se défit tandis qu'elle écoutait; ses genoux quittèrent sa poitrine. C'était peut-être lui, son père, dans la maison. Peut-être s'était-il glissé à l'intérieur pendant que Jess n'était pas là et que Carol dormait et, maintenant, il voulait qu'elle descende. En bas, puis dehors dans l'obscurité et, ensuite, ils fileraient en voiture, n'importe où, loin d'ici.

(Va-t'en, je t'en prie va-t'en, je t'en prie.)

C'était sa voix, en elle, qui suppliait en silence, parce qu'elle avait peur de lui. Tout était silencieux maintenant, mais quand l'autre voix arrivait en elle...

(Ne pars pas, viens me chercher, ne la laisse pas.)

Parce qu'elle avait peur.

Dee sortit ses jambes de sous les couvertures, les pieds nus se posèrent sur le tapis. L'ourlet de la chemise de nuit caressa la chair de poule, sur sa peau, au-dessus des genoux, quand elle se leva. Elle connaissait le chemin jusqu'à l'autre chambre, dans le noir.

La lumière nimbait le couloir, émanant du rez-de-chaussée. Elle passa devant la porte de

Carol, devant celle de sa mère sous laquelle filtrait la lumière, puis elle s'arrêta, la main posée sur la boule de bois polie en haut de la rampe.

La lumière venait de la cuisine, éclairant les premières marches. Elle attendit, espérant entendre de nouveau son nom, mais tout demeura silencieux. Agrippée des deux mains à la rampe, elle posa un pied nu sur l'escalier.

Quand il ne resta plus que deux marches avant d'atteindre la porte de la cuisine, elle se pencha autant qu'elle le put mais ne vit personne.

(Va-t'en, ne pars pas.)

Elle avait maintenant sous les mains l'autre boule de bois, celle du bas de la rampe, qu'elle ne pouvait lâcher. L'obscurité silencieuse qui emplissait les chambres au-dessus d'elle s'écoula dans les escaliers, en une vague qui, frappant son dos, libéra ses mains. Elle faillit tomber, se rattrapa, étendit le bras, saisit l'encadrement de la porte de la cuisine et se propulsa dans la lumière.

La lumière était si vive, dans la cuisine, que ses yeux s'embuèrent et qu'elle en fut aveuglée.

– Papa ?

Quelqu'un était assis à la table, les mains croisées à côté d'un objet brillant.

De nouveau elle put voir.

De l'autre côté de la table, dans la cuisine vide, la mère de Dee lui souriait.

Il se trouvait dans la maison, le revolver à la main. Lorsque Braemer était rentré chez lui, il avait laissé l'arme, soigneusement enveloppée dans le chiffon blanc, sous la roue de secours dans le coffre de la Datsun : Sarah ne devait pas la voir. Et ainsi, elle serait prête quand il retournerait à San Aurelio, chez les Feld.

Maintenant il était là, debout au milieu de la salle de séjour, toutes les lumières de la maison éteintes sauf celle du premier étage qui ne s'étei-

gnait jamais. Grâce à elle, il pouvait distinguer les objets familiers de la pièce, le canapé et les fauteuils fanés, la photo coupée en deux dans son cadre sur la cheminée, l'escalier au bout de la pièce. Il se dirigea vers les marches, se faufilant entre les meubles; les napperons au crochet des accoudoirs des fauteuils formaient de blanches excroissances sur des troncs polis par la pluie. L'arme, lourde au bout de son bras, effleurait au passage les housses usées.

Il ne se souvenait pas d'être arrivé jusqu'ici en voiture. On aurait dit qu'il était passé de son lit, avec Sarah endormie à côté de lui, directement dans cette pièce; tous les espaces se confondaient dans le silence et l'obscurité.

Sa main libre se posa sur la rampe tandis qu'il regardait à l'étage. La lumière qui filtrait sous la porte de la chambre permettait de distinguer les dernières marches, laissant les autres dans l'ombre. Il écouta mais n'entendit rien, pas même la lente et rauque respiration de Renee sur ses lèvres crevassées, ce petit bruit qui, sans cesse, murmurait derrière chaque parole prononcée ou entendue dans cette maison. On aurait cru qu'elle savait qu'il se trouvait là, en bas, le revolver à la main, et qu'elle retenait son souffle, tentant de se cacher à sa vue.

Il monta la première marche, puis la suivante, grimpant vers la pâle lumière. Chacun de ses pas était lent, précautionneux, silencieux, pour ne pas réveiller les autres. Bientôt, le silence allait cesser et alors il n'y aurait plus de sommeil pour personne.

Carol savait qu'elle rêvait. Elle ouvrit les yeux et vit, dans l'obscurité de sa chambre, quelque chose qui se penchait sur elle. C'était son père, celui qui l'avait adoptée. Elle savait que c'était lui – elle savait qu'elle rêvait mais peu importait.

Elle souleva la tête de l'oreiller mais, avant qu'elle ait pu dire un mot, il avait posé un doigt sur ses lèvres, l'empêchant de parler.

– Il ne faut pas que les autres le sachent, murmura-t-il.

Elle secoua la tête. Il faisait trop noir pour voir son visage; elle ne distinguait que la forme de sa tête et de ses larges épaules, contre la fenêtre éclairée par la lune. Quand il se pencha sur elle, elle put voir qu'il était très grand. Elle s'était toujours demandé quelle taille il pouvait avoir. Maintenant, on aurait dit qu'il pouvait la soulever facilement dans ses bras, comme un enfant.

– Viens, dit-il à voix basse. Tu n'as pas encore regardé partout.

Ses paroles lui firent penser à la course aux œufs, pour Pâques. Elle s'en souvenait à peine. Elle était trop petite – trois ans ? – pour trouver tous les œufs qu'on avait cachés. Elle se souvenait d'avoir été juchée sur des épaules – les siennes ? – pour regarder au creux d'une branche, une grosse main écartant les feuilles juste assez pour qu'apparaisse l'œuf rouge et brillant niché contre l'écorce.

– Pour trouver quoi ? Regarder où ?

Mais, déjà, il reculait, lui tendant la main, l'invitant à le suivre.

– Viens.

Elle avait peur que le rêve ne s'évanouisse si elle sortait de sous la couverture. Elle allait se réveiller dans les limites étroites du lit, dans une des pièces vides d'une maison où, au bout du couloir, gisait une sœur à demi morte (il n'est pas revenu pour elle, il est revenu pour moi; cette pensée la réchauffa) et où, dans une autre chambre, dormait une nièce kidnappée. Elle ne voulait pas se réveiller. Elle voulait rester ici, la tête appuyée sur le bras solide de son père pendant toute la nuit. (Mon vrai père, celui qui m'a voulue.)

Mais, déjà, il était sur le pas de la porte, lui faisant signe. Derrière lui, le couloir était plus sombre encore. Elle ne voyait toujours pas son visage.

Le sol était froid sous ses pieds nus lorsqu'elle rejeta les couvertures. Elle s'élança après lui, les chambres du rêve ne vacillaient pas.

La main de son père la saisit, les grands doigts rugueux se repliant sur les siens, l'entraînant dans le couloir obscur.

– Où allons-nous ? demanda Carol, le souffle court.

– Chut ! Tu vas réveiller tout le monde.

Même en rêve, elle ne voulait pas de cela. C'était quelque chose de personnel, qui ne concernait qu'elle. Elle ne voulait pas partager cela avec sa sœur, ni avec Dee, ni avec quiconque. Il était venu pour elle toute seule.

Il la conduisit en bas; ses pieds nus frappaient les escaliers derrière lui, jusqu'à la cuisine. Il ouvrit la porte de derrière et ils sortirent dans la nuit sans étoiles.

Le vent faisait voleter sa chemise de nuit autour de ses chevilles. Elle s'approcha tout contre lui et leva les yeux sur sa silhouette sombre.

– Qu'est-ce que c'est, là-bas ?

Silencieusement, il arriva aux portes de la cave tombant obliquement au pied de la maison. La serrure s'ouvrit sous sa main sans le moindre bruit. Il tira les portes et les rabattit doucement dans l'herbe haute, humide de rosée.

– Viens.

Elle le suivit dans l'escalier de bois, l'odeur de moisi de la cave lui montant aux narines. Elle voyait à peine, juste assez pour distinguer la chaudière, les tuyaux qui couraient sous la maison, les boîtes de carton empilées, s'affaissant sous l'humidité et leur propre poids, une bicyclette à laquelle manquait une roue, un barbecue plein de cendres grises sous un couvercle de métal. Le dos de son père se frayait un chemin dans ce fouillis.

Elle fut déçue de le voir s'arrêter et s'agenouiller près d'une vieille malle aux courroies de cuir mitées. Il n'y avait là-dedans rien de secret. Carol l'avait elle-même rangée après la mort de sa mère – ou, tout au moins, de la vieille dame qui, des années plus tôt, avait consenti à l'adopter. Toutes les affaires de la vieille femme – surtout des vêtements et quelques objets divers : des sachets qui avaient depuis longtemps perdu leur parfum, un nécessaire de couture où manquaient des aiguilles et un dé – avaient été rangées dans cette malle et dans deux ou trois vieilles valises. Il avait été plus facile de fourrer tout cela ici que d'en faire un tri et d'essayer de décider ce qui avait une quelconque valeur. Là, dans la cave, les affaires de la vieille femme pouvaient disparaître des mémoires, rouiller ou moisir jusqu'à ce qu'un jour on puisse tout jeter sans aucun regret pour personne.

Son cœur se serra davantage encore quand son père en tira le vieil album de photos aux lettres ternies sur la couverture. Elle savait ce qu'il cherchait, elle savait qu'il ne trouverait rien. Que des photos mutilées, jaunies et racornies sur les pages raides et noires; toute trace de son existence avait été déchirée ou découpée aux ciseaux. Carol avait feuilleté tant de fois les albums, étant enfant, cherchant ne fût-ce qu'une seule photo qui eût échappé et qu'elle pourrait maintenant reconnaître : une photo qui révélerait le visage de son père. Quelque chose qui puisse donner forme à ces vagues souvenirs – une caresse de sa main, une promenade sur ses épaules – qui avaient sombré dans une nuit d'où elle ne pourrait jamais faire surgir son visage.

– Mais j'ai déjà regardé là, dit-elle. J'ai regardé plusieurs fois.

Il se tourna vers elle, le visage toujours dans le noir, et lui tendit l'album de photos. L'un de ses ongles s'enfonça sous le coin de l'intérieur de la couverture, arrachant la doublure de la couche de carton, dessous.

Là, elle distingua quelque chose, blanc sur fond noir, qui changea quand céda la doublure avec un bruit de papier déchiré. Elle s'agenouilla à côté de son père pour voir ce qui lui était révélé.

Le sourire de sa mère était celui qu'elle gardait enfoui dans son souvenir. Dee, debout sur le seuil de la cuisine, regardait ce visage bien plus familier à ses yeux que celui du cadavre endormi, là-haut.

– Bonjour, Dee, prononça une voix douce. (Une voix empreinte de ces petits secrets qui existent entre une mère et sa fille.) Viens t'asseoir à côté de moi.

Elle sentit ses doigts lâcher l'encadrement de la porte. L'obscurité de la maison la poussait dans le dos, la poussait vers le cercle de lumière devant elle. Quelques pas sur le sol glacé de la cuisine et elle se retrouva sur une chaise, en face de sa mère, ses jambes repliées sous elle. La chose brillante, un couteau à la lame éclatante, était posée sur la table.

Sa mère étendit la main et écarta doucement les cheveux du front de Dee.

– C'est bon, n'est-ce pas, d'être avec moi ? Il y a si longtemps que je voulais être avec toi. Mais je ne pouvais pas.

– Tu es endormie, murmura Dee. Là-haut. Tu dors toujours.

Elle se sentit bercée par la douceur des doigts de sa mère, plume blanche sur sa peau.

– Mais ce n'est pas moi, chérie. Tu le sais, n'est-ce pas ? Et tu sais qu'elle ne dort pas vraiment, hein ?

– Mais... ils ont dit que c'était toi.

Elle fronça le front, perplexe, la peau se tendant sous la légère caresse de sa mère.

– Et... et cette voix à l'intérieur et tout...

– Ce n'est pas moi, chérie. Ce n'est pas moi. Je suis ici. Maintenant. Et tu es avec moi, non ?

– Oui.

Ses paupières se fermaient, sa tête se blottissait contre le bras tiède, elle sombrait dans le sommeil.

– Ne t'endors pas, chérie. Tu as quelque chose à faire, n'est-ce pas ?

– Quoi ?

Elle s'efforça d'ouvrir les yeux et fixa les pupilles sombres de sa mère.

– Tu le sais, dit sa mère, son regard passant rapidement sur le couteau avant de revenir sur le visage de Dee.

La complicité se fit plus grande, entre elles.

– Oh... mais...

– Il le faut, chérie. Cela fait trop mal. Il le faut.

Dee acquiesça, silencieuse, et tendit la main pour prendre le couteau. Sa main ne rencontra que le vide, sur la table.

– Prends-en un dans le tiroir. Tu sais où ils sont.

Elle savait, avec toutes ces nuits où elle s'était glissée hors du lit pour descendre doucement dans le noir et voler un des couteaux de cuisine de Carol pour le cacher sous son oreiller. Elle alla prendre dans le tiroir le couteau le plus grand. Sa lame brillait comme avait brillé celle qui se trouvait sur la table.

– Vas-y, chérie. Comme cela nous pourrons être tout le temps ensemble, ton papa, toi et moi. Comme avant. Et elle ne sera pas là.

De la cuisine éclairée jusqu'à l'obscurité de l'escalier, elle avança doucement, le couteau devant elle. Et puis elle grimpa, marche après marche, vers la chambre où gisait sa mère. L'autre.

Braemer était devant la chambre. Le rai de lumière, sous la porte, tombait sur ses chaussures. Le profond silence de la maison régnait également de l'autre côté de la porte, mais il savait qu'elle était là, qu'elle l'attendait.

L'arme se faisait pesante dans sa main, la tirant vers le sol comme un pendule immobile. Il lui faudrait ses deux mains pour la soulever et viser, ses deux mains pour presser la détente et libérer le feu.

La porte s'entrebâilla sous la poussée de sa main. Éclairé en plein par la lumière, il avança au centre de la pièce et s'arrêta à quelques pas du lit et de la silhouette allongée. Le drap était tiré jusqu'aux cheveux noirs.

Le revolver se leva, léger dans ses mains soudain. Entre lui et le lit, le reflet de la pellicule d'huile sur le noir du métal voila tout le reste.

Carol leva les yeux du vieil album de photos dans les mains de son père et regarda la masse sombre de son visage.

– Merci, murmura-t-elle. (L'obscurité se mit à chatoyer dans ses larmes.) Maintenant je sais.

Chacun se retrouvait dans le même silence et la même obscurité de la même nuit, séparé des autres par le mur de son propre rêve, fantômes ne pouvant s'apercevoir.

Tout alla s'accélérant, comme si elle regardait un de ces vieux films drôles et muets. Dee poussa la porte et avança dans la pièce, le couteau levé au-dessus de sa tête tandis que le lit semblait se précipiter sur elle.

Au bord du matelas, le drap pendant contre

ses jambes, Dee resta une seconde à regarder le visage émacié de sa mère, la bulle de salive qui tremblait sur ses lèvres sèches, le tube d'alimentation serpentant sous les bandes de sparadrap pour pénétrer dans le nez. Elle se dressa sur la pointe des pieds pour lever le couteau plus haut encore, ses bras douloureux sous l'élan pris pour le plonger dans la poitrine, sous elle.

Et tout s'arrêta. On aurait dit qu'elle ne tenait pas le couteau mais se trouvait suspendue à son manche, ses pieds touchant à peine le sol. Lentement, le couteau descendit, sa pointe se détournant de la silhouette sur le lit. Ses mains suivirent malgré elle, ses coudes ployant, dirigeant le métal brillant contre sa propre poitrine.

La pointe se posa sur la chemise de nuit de Dee, pressa plus fort, coupant déjà les fils du tissu. Elle recula, regardant le couteau dans ses mains, la petite marque froide se faisant plus grosse sur sa peau, devenant tiède du sang qui affluait.

Alors elle entendit le rire.

Son regard sauta du couteau au lit. La silhouette bougea, le drap tomba.

Sa mère se dressa. Elle riait. Pas celle qui se trouvait en bas dans la cuisine et qu'elle avait connue jadis. L'autre, le squelette revêtu de chair qu'était devenue sa mère.

Elle ne cessait de rire, son rire emplissait la chambre; l'air cognait contre les murs comme des poings.

Sa mère se pencha en avant, s'agenouilla sur le matelas dont elle agrippait les bords, tout excitée. La poitrine plate, les côtes pareilles à des pattes d'araignée, tendues au-dessus du ventre creux. Le tube d'alimentation fut arraché, la bouche s'ouvrit toute grande sur les dents jaunes qui riaient.

Ses jambes cédèrent sous elle et Dee tomba en

arrière. Le couteau, dans sa main, suivit, plongeant dans la chair sous la gorge.

Le rire l'engloutit dans sa propre obscurité, dans l'odeur des pins et de l'humidité de la forêt tandis qu'elle tombait, tombait.

L'arme tonna dans les poings de Braemer, le bruit et le projectile jaillirent du canon, dans un ralenti presque figé.

Il sentit l'air devenir solide, plein du grondement de la détonation. Pendant un instant, il n'y eut plus que son cœur qui s'enflait dans sa poitrine. Et puis une fleur rouge s'épanouit au milieu du drap blanc sur le lit.

Il s'avança vers le lit et la silhouette qui y reposait. Le sang collait le drap sur les côtes. Sa main saisit le drap taché et le tira.

Le visage, avec ses yeux grands ouverts qui le fixaient, le sang s'écoulant doucement d'entre les dents serrées, était celui de Dee.

Elle s'éveilla, ouvrit tout grands les yeux sur l'obscurité de sa chambre. Dans la gorge de Dee, son souffle était un poing, un cri trop grand pour franchir ses lèvres.

L'aube était proche. Il filtrait assez de lumière grise à travers les rideaux pour que Dee puisse distinguer les coutures des raccommodages du couvre-lit fripé, la petite table de nuit, les autres objets de la pièce. Elle alluma la lampe.

Ses yeux scrutèrent tout ce que révéla le cercle de lumière. Rien n'avait bougé. Elle était seule derrière la porte close.

Quelque chose de brillant luisait sur le sol.

Dee repoussa les couvertures, rampa jusqu'au pied du lit, regarda.

Un couteau de cuisine gisait sur le tapis.

Sa main monta jusqu'au col de sa chemise de nuit, l'atteignit, toucha. Lorsqu'elle retira sa main, une minuscule traînée de sang maculait son doigt.

Il fixa l'obscurité du plafond de sa chambre, son cœur cognait dans sa poitrine. Il se sentit soulagé que le rêve ait pris fin. Il ne se trouvait pas chez les Féld, grimpant les escaliers dans le silence étouffant, pointant son arme dans la chambre où était son ex-femme. Il était là, allongé à côté de Sarah. La lumière du petit matin qui filtrait par la fenêtre la nimbait d'argent.

L'arme se trouvait toujours dans la voiture où il l'avait laissée. Braemer avait les mains douloureuses de l'étreinte épuisante sur la crosse, dans son rêve. Il les plia et les déplia sous la couverture, ramenant le sang dans ses doigts.

Il ferma les yeux mais il savait que le sommeil serait long à revenir. Celui dont il venait d'être tiré planait encore tout autour de lui.

Carol se croyait dans son lit, l'épaule appuyée contre le mur derrière son oreiller. Elle ouvrit les yeux, réveillée maintenant, toute la chaleur du rêve évanouie.

Elle vit qu'elle n'était pas dans sa chambre. Un instant, elle regarda, surprise, les formes sombres qui l'entouraient. Puis elle leva les yeux sur les portes ouvertes de la cave et la faible lueur qui tombait vers elle, et elle sut où elle se trouvait. Le froid qui s'infiltrait à travers le ciment nu glaçait ses jambes repliées sous elle; c'était le froid de la terre sous la maison.

Ankylosée, elle se leva, les jambes engourdies par l'immobilité. Quelque chose de lourd tomba de ses genoux avec un bruit sourd sur le ciment poussiéreux.

Elle se baissa et ramassa le vieil album de photos. Titubant dans l'obscurité de la cave, elle serra contre elle l'album, essayant de conserver dans sa mémoire les images du rêve avant qu'elles disparaissent dans le néant, comme les détails de la silhouette de son père.

La lumière se fit plus vive. Elle se retourna et grimpa les marches de bois vers le jour.

10

Lorsqu'il se réveilla la seconde fois, il était seul et la lumière inondait le lit. Braemer se tourna sur le côté, abritant ses yeux collés contre le jour qui entrait par la fenêtre. Les couvertures, à la place de Sarah, étaient encore toutes chiffonnées.

Il jeta un coup d'œil sur le réveil. Onze heures et demie. Sarah devait être au bureau. Elle avait probablement pensé qu'elle ne pouvait faire grand-chose d'autre pour le moment. Il se rallongea, se frottant l'arête du nez, essayant de dégager son cerveau des dernières heures du sommeil.

Les images du rêve demeuraient vives dans son esprit : le revolver éclatant à la vie dans ses mains, le drap maculé de sang, le visage de Dee figé dans son ultime douleur, une mousse rouge aux lèvres – cela ne semblait guère différent de tout ce qui avait pu se passer au cours de cette longue nuit. Un passage du film, le rêve se fondant dans la confusion du réveil, les limites entre l'un et l'autre estompées par la nuit. Son arrivée chez lui pour trouver Dee partie et les policiers dans l'appartement, le retour chez les Feld pour récupérer sa fille, son éjection brutale par Jess qui l'avait jeté dehors comme une poupée de chiffon...

Les scènes défilaient contre le dos de sa main pressé sur ses yeux.

Et puis toute cette histoire avec ce cinglé de Pedersen. La tête de Braemer roula sur l'oreiller; sa main frottait ses yeux. Rêve ou pas, c'était là que s'était rompue la barrière qui retenait la folie. Toute cette histoire sur la cristallisation des âmes, sur Renee qui dévorait de l'intérieur ceux qui lui étaient liés par le sang. Longue phrase noire ponctuée par le revolver tombant sur le bureau, entre eux. Même maintenant, il le revoyait derrière ses paupières, comme un trou en forme de revolver percé dans le noyau de la terre, sans aucun reflet au fond du trou.

Et ce serait si facile. Si facile. Braemer le savait. Le poids de l'arme lui pesait encore sur la poitrine comme une pierre, gênant sa respiration. Ce qu'il y avait de séduisant, dans la folie, c'est qu'elle rendait tout plus facile, les faisait passer de l'habituelle confusion à quelque chose de parfaitement clair, taillant tout droit dans les indécisions où on se trouvait habituellement empêtré.

Tu as gobé ça, songea Braemer, stupéfié par la précision du mécanisme, et maintenant tu sais exactement comment les choses se présentent. Et quoi faire. Soudain, il eut envie de rire. Ainsi, c'est donc cela – ce n'est pas si moche, après tout. C'est comme franchir une porte, passer de l'extérieur à l'intérieur.

Et il ne serait pas seul. Plus jamais seul, moins seul qu'il l'était maintenant avec Sarah. Il se retrouverait dans ce nouveau monde avec Dee, Kathy, Pedersen, avec Renee même – avec tous ceux qui, depuis si longtemps, lui faisaient signe de les suivre. C'était aussi facile que ça.

Le poids qui pesait sur sa poitrine disparut. Un instant, il se sentit plein de lumière, flottant au-dessus du lit. S'il se tournait, il allait se voir, au-dessous, voir l'autre Braemer qui le navrait, qui depuis si longtemps vivait aveuglé par le bon sens. Alors que, depuis tout ce temps, il pouvait avoir les réponses, enveloppées dans le même chiffon blanc que le revolver.

Il ouvrit les yeux. Le réveil annonçait onze heures trente passées. Il repoussa la couverture, s'assit sur le lit, s'étirant pour libérer son dos de l'engourdissement du sommeil.

Il était l'heure de se lever. Il avait beaucoup à faire encore, avant d'être prêt.

Sarah écouta la sonnerie résonner au bout du fil. Elle compta douze sonneries avant de raccrocher. Entre chaque sonnerie, elle avait eu l'impression d'entendre l'appartement vide en répercuter l'écho.

À l'autre bureau, Linda, avec qui elle partageait la petite pièce, sortit son sac de son tiroir du bas. Des voix, dans le couloir : celles des autres secrétaires qui sortaient déjeuner.

– Quelque chose ne va pas ? demanda-t-elle, levant les yeux.

– Hmm... non. Rien, répondit Sarah qui parvint à afficher un sourire. J'essayais de joindre Dave, c'est tout.

– Hé, il a besoin de déjeuner, lui aussi. Il est en train de faire la queue chez Pink. (Elle posa le sac sur la machine à écrire et le ferma.) Je crois que tout le monde va déjeuner en bas – au restaurant qui fait des salades. Tu viens ?

– Je suis arrivée en retard ce matin. Je vais me mettre à jour pour pouvoir partir à l'heure.

Son regard se posa un instant sur le téléphone puis elle se recoiffa du casque de l'enregistreur et fit pivoter son fauteuil face à la machine à écrire. Elle ne savait même pas ce qu'elle voulait lui dire. Simplement bonjour, peut-être, est-ce que ça va, tu es toujours avec nous ?...

Ce matin, en émergeant des quelques heures de sommeil entrecoupé qu'elle avait pu prendre après le retour de Dave, et le récit de ce qui s'était passé, elle s'était demandé si elle irait travailler ou pas. Elle aurait préféré rester avec lui, mais il avait eu ce regard, pendant qu'ils parlaient. Un regard qui, par-dessus la tête de Sarah, était fixé sur quelque point lointain, se retirant dans un monde à lui, où elle n'avait pas sa place. Il en sortirait plus tôt, et reviendrait dans son monde à elle, si elle le laissait seul. Elle le savait à cause des nombreuses fois où, déjà, il n'avait eu pour toute réponse, quand elle lui parlait, que des mots qu'il semblait lire sur un tableau.

Je me demande ce qui se passe, là-dedans. Dee avait le même regard, parfois, fugitivement. Tel père, telle fille : ils transportaient leurs pensées secrètes dans de petits sacs noirs pendus près du cœur. Même lorsqu'on pouvait deviner ce qui s'y trouvait – la perte de Dee, toutes ces histoires avec les psychiatres et les avocats, ce qu'il convenait de faire, ce qu'on avait fait alors qu'on aurait dû s'en abstenir – on ne savait pas tout. On attendait simplement que le sac se referme et que Dave revienne du même côté du mur que soi. Et on espérait que jamais le mur ne se refermerait pour de bon avec lui de l'autre côté, ce qui vous obligerait à vivre, le reste de votre vie, avec ces yeux qui ne vous voyaient pas.

Elle mit en marche l'appareil à dicter et écouta la lettre qui se déroulait sur la bande. Le temps finirait par passer si elle se bornait à travailler et ne pensait pas.

Le parking de Rawling Graphics était vide quand Braemer s'y arrêta. Il jeta un coup d'œil à sa montre. Midi passé, tout le monde était parti déjeuner.

Il entra et suivit le couloir jusqu'à son bureau. Dans le tiroir supérieur à côté de la table à dessin, il y avait le livret d'épargne que Sarah ne pourrait trouver. Un souvenir de l'époque où ils ne vivaient pas encore ensemble – il ne lui en avait jamais parlé, avec la vague idée de le remplir peu à peu et de lui faire une surprise : quelque chose de beau et qu'elle aurait cru trop cher pour eux, un bracelet en or, comme un lingot avec un trou au milieu pour y passer le poignet. À l'origine, c'était ça, son idée. Maintenant, il avait besoin de l'argent pour tout autre chose.

Il se redressa, ferma le tiroir et feuilleta le livret pour en arriver au dernier chiffre. Six cent cinquante dollars. Cela ne fait pas épais, nom de Dieu, se dit-il, grattant du pouce le bord des pages. Il n'irait pas loin avec ça. Plus deux cents dollars environ qu'il pourrait retirer du compte courant sans laisser Sarah complètement fauchée. Il faudrait s'en contenter. Il glissa le livret dans sa poche et se tourna vers la porte.

– Salut, David, dit Rawling qui le regardait, l'épaule appuyée au chambranle, manches retroussées, bras croisés sur sa chemise froissée. J'espérais que vous alliez vous montrer enfin.

– Eh bien, je suis simplement passé prendre quelques bricoles. Je crains de ne pas pouvoir venir travailler... pendant un certain temps. Navré de vous l'annoncer aussi brutalement.

– Je m'en doutais, dit Rawling, haussant les épaules. Sarah m'a appelé ce matin pour me dire que vous pourriez être en retard aujourd'hui. Elle m'a vaguement parlé de ce qui s'était passé, avec Machin qui avait emmené Dee. Elle a pensé que vous souhaiteriez que je sois au courant.

– Ouais, eh bien... je vais avoir des tas de choses à faire, avec l'avocat et le reste, préparer l'audience, des trucs comme ça. Aussi, je ne voudrais pas que vous comptiez sur moi car je n'aurai guère le temps de travailler sur un projet.

– Vous vous préparez à une audience du tribunal en laissant tomber votre boulot ? Allons, David, ne me racontez pas d'histoires.

Braemer ne répondit rien, tripotant le livret dans sa poche.

– Ça fait un moment qu'on est amis, dit Rawling. Je commence à savoir ce que vous avez dans le crâne.

– Vraiment ? Et qu'est-ce que vous vous imaginez que je vais faire ?

– Probablement ce que je ferais si j'étais à votre place. Peut-être ce que j'aurais dû faire deux ou trois fois. Prendre votre gosse et filer où on ne pourra pas vous trouver.

Braemer hocha la tête. Même cette solution appartenait à l'autre monde, un monde où des gens que vous n'aviez jamais vus ne vous tendaient pas de gros revolvers noirs avec pour instruction de tuer votre ex-femme. Il se sentit navré de la distance qui s'était creusée entre lui et Rawling. Le cœur même de leur amitié s'était brisé : ils n'étaient plus désormais des frères dans cette sinistre famille où les hommes comme les femmes portaient le fardeau des ruines de leur mariage, continuaient à payer les factures, à s'occuper des gosses et à faire toutes les autres choses sensées qu'on attendait d'eux. En le regardant, Braemer se rendit compte que Rawling n'était pas très loin de l'habituelle porte de sortie. Une fois franchie, les factures sont payées par la succession et par l'assurance sur la vie qu'on a laissée derrière soi, si on en a une.

Il aurait voulu pouvoir emmener Rawling à la voiture, ouvrir la malle, lui montrer le revolver et l'inviter à venir le rejoindre dans ce monde confiné qui sortait des yeux fous de Pedersen. Mais il savait qu'il était déjà trop tard.

Il regarda par la fenêtre, revint à Rawling.

– Peut-être bien, dit-il. Ce ne serait probablement pas une bonne idée que je vous dise exactement ce que j'ai l'intention de faire.

– Non, je pense que non. Je ne sais pas mentir, notamment à la police, quand on vient me poser des questions. Mais je comprends quand même certaines choses. (Il montra, d'un signe de tête, l'autre bout du couloir.) Si vous veniez dans mon bureau. J'ai quelque chose pour vous.

Arrivé derrière son bureau, Rawling tira le carnet de chèques de la société.

– Voilà pour vos dix derniers jours de travail ici, dit-il en remplissant un chèque qu'il déchira et tendit à Braemer. Plus un mois d'avance.

Braemer regarda le chèque, leva les yeux.

– Vous n'êtes pas obligé.

– Oh, merde. Vous allez en avoir besoin et je peux me le permettre. Je réduirai les frais en laissant tomber ce rigolo de Stennis – il n'a pas fait grand-chose, de toute façon. En outre, vous allez peut-être revenir.

– Peut-être pas. Pendant un certain temps, du moins.

– Eh bien, vous me renverrez ça quand vous pourrez. Ou ne me le renvoyez pas. Ça n'a pas d'importance. Je vais appeler la banque pour m'assurer que vous n'aurez aucune difficulté à l'encaisser.

Ils se serrèrent la main à la porte du bâtiment.

– Vous aurez besoin d'autre chose ? demanda Rawling. Je veux dire à part l'argent.

– Non, répondit Braemer en souriant. J'ai prévu mon coup.

Le revolver était toujours là, dans la malle de la voiture.

– Eh bien, à bientôt.

Pendant quelques secondes, Braemer regarda la silhouette aux épaules tombantes qui traînait les pieds dans le couloir. Puis il poussa la porte et regagna sa voiture.

Carol entendit le bruit d'une voiture qui tournait dans l'allée. Avec un sentiment de soulagement elle reconnut la camionnette de Jess. Elle reposa la poêle dans l'évier et sortit par la porte de derrière en s'essuyant les mains avec un torchon.

Jess avait garé la voiture sous l'arbre où il la bricolait d'habitude. Tandis que le moteur claquait en refroidissant, il fouillait derrière la banquette, un pied sur le marchepied, pour y prendre sa boîte à outils.

– Salut, lança-t-il par-dessus l'épaule, son visage pâle brillant de sueur, la peau tendue sur les os. Où est Dee ?

– En haut. Elle dort, je crois. (Le torchon se noua dans sa main.) Seigneur, je me suis inquiétée – où es-tu allé ?

Il déverrouilla le capot et le souleva.

– J'avais des trucs à faire, répondit-il, ses lunettes renvoyant le soleil sur le moteur.

– Et si David était revenu ?

– Ce connard ? Sûrement pas, dit-il en montant une douille sur une clé à pipe.

– Et s'il était revenu *quand même* ? Qu'est-ce que tu aurais voulu que je fasse ?

– Que tu cognes dessus. Il aurait plié, dit Jess qui se retourna, se penchant sur le moteur. Allons, je ne peux pas traîner ici nuit et jour comme un garde du corps.

– Merveilleux, dit sèchement Carol. J'espère que tu seras content quand tu te débrouilleras pour revenir ici et que Dee sera partie.

Elle tourna les talons et se dirigea vers la maison.

– Je pourrai arranger ça. Il me suffira d'aller la reprendre.

Dans la cuisine, elle jeta par terre le torchon chiffonné.

– Merde, murmura-t-elle, les dents serrées, au bord des larmes.

Elle était proche de souhaiter que tout continue comme avant – que Jess ne soit jamais allé récupérer Dee à Los Angeles d'abord, et que David ait pu la récupérer jusqu'à ce qu'une décision soit prise par le tribunal en ce qui concernait sa garde. Le peu qu'elle avait vu, la veille, de la lutte entre les deux hommes, l'avait effrayée. Un masque avait fini par tomber, révélant le courant de violence demeuré caché pendant des années, comme un câble électrique enterré à une profondeur de bêche et que l'outil aurait touché.

Toutes les politesses, le rituel rationnellement mis en place pendant les visites du week-end, les tasses de café dans la cuisine, n'avaient pu que masquer mais non changer la véritable nature des rapports qui les liaient – elle, David, Jess, Dee, et même Renee pourrissant dans son sommeil là-haut.

Carol se laissa tomber sur une chaise, à la table, la tête dans ses bras croisés. Même si Renee devait enfin mourir – et comme elle le désirait en silence, pendant qu'elle lavait et nourrissait ce corps décharné au visage méconnaissable, pour que s'éteigne cette étincelle inconsciente de vie – la guerre entre David et le souvenir de Renee ne cesserait pas. Dee était l'enfant d'un mariage qui s'était terminé dans la haine et le dégoût. Pour Carol, c'était une sorte de miracle qu'un enfant aussi charmant que Dee – et elle était charmante : Carol ne l'avait jamais vue à l'un de ses cours de danse, mais elle imaginait son visage attentif, ses petites dents mordant sa lèvre, image réfléchie par les miroirs du mur –, qu'un tel enfant puisse être issu de deux êtres déjà corrompus par leur dégoût réciproque.

(Mais si c'était un miracle, il se renouvelait sans cesse, elle le savait. Chaque fois qu'elle allait chercher Dee à l'école, la moitié des enfants qu'elle voyait courir dans la cour, tous aussi charmants que Dee, sortaient de foyers qui avaient éclaté de façon aussi moche que celui de Dee, car on était en Californie du Sud, à la fin du vingtième siècle.)

Tous ces dimanches soir, où David avait ramené Dee après le week-end passé à Los Angeles, lorsqu'il était monté dans la chambre de Renee pour voir ce corps comateux, Carol s'était doutée de ce qui se passait dans sa tête. On aurait dit le regard de quelque bête se déplaçant lentement au fond d'une mare stagnante, à peine visible dans l'eau boueuse. Lorsqu'elle le voyait, depuis l'obscurité du couloir, debout sur le pas de la porte, les bras croisés, le menton baissé, regarder la silhouette sur le lit, c'était comme si elle voyait la corde dans laquelle ils étaient l'un et l'autre empêtrés leur arracher du sang. Elle pouvait presque imaginer que Renee était clouée au lit par la pointe acérée de son regard, comme si ce qui lui était arrivé était le résultat de ce qu'avait ruminé David.

C'est pourquoi cela ne pouvait que finir ainsi. Tôt ou tard. Il était insensé de croire qu'aurait pu durer éternellement cette navette de Dee entre eux, de cette maison à l'appartement de son père à L.A. Elle avait espéré, mais en sachant depuis toujours que c'était un mensonge. Un mensonge que toutes les discussions amicales et toutes les tasses de café ne transformeraient jamais en vérité.

Le jour viendrait – il était venu –, poussé par la pointe du couteau dans les mains d'une Dee somnambule, où David réclamerait sa fille. Les dépouilles au vainqueur. Le mariage s'était désintégré comme un ballon enflammé, et Renee n'avait pas survécu à la chute; son crâne s'était brisé comme une coquille d'œuf sur une pierre, son cerveau confus s'était répandu dans la poussière. Pourquoi, dans ce cas, n'aurait-il pas son enfant ? Il était le père, non ? Et maman n'était-elle pas partie pour de bon sans espoir de retour ? N'était-ce pas ainsi que les choses devaient être ?

Si Jess n'était pas allé chercher Dee... Et qui avait eu cette idée ? Carol se souvenait seulement de s'être retrouvée assise à table avec lui, après lui avoir parlé au téléphone, et du visage sombre de Jess pendant qu'elle pleurait parce que David gardait Dee à L.A. Et puis elle avait essayé de retenir Jess par le bras tandis qu'il se levait, repoussait violemment sa chaise... S'il n'avait pas fait ça, s'il n'avait pas ramené Dee à la maison où elle avait pu serrer l'enfant contre elle, sentant ses omoplates sous son tee-shirt, elle aurait pu tout accepter. Accepter le fait que l'arrangement provisoire n'était rien d'autre que du provisoire qui avait pris fin, et pour de bon. Accepter que le mensonge dans lequel ils vivaient tous, auquel ils avaient tous consenti, se soit évanoui dans l'air comme une fumée de cigarette. Il n'y avait pas de maman là-haut, chez qui Dee devait rentrer après le week-end chez son père. Simplement un cadavre qui avait hérité du nom de Renee et de ses derniers souffles sifflant à travers ses dents jaunes.

Elle aurait pu accepter tout cela, et sans même téléphoner à son avocat, celui qui s'était occupé de la succession de sa mère, pour lui dire d'entamer une procédure en vue de se voir confier le droit de garde par le tribunal. Elle aurait laissé David prendre ce qui lui revenait de droit, si elle n'avait pas revu Dee, ne l'avait pas serrée dans ses bras, compris que c'était *elle* la mère de Dee maintenant. C'était l'enfant dont elle s'était occupée, plus que quiconque. Et elle n'allait pas renoncer, pas maintenant, jamais.

Peut-être était-ce là ce que Jess avait compris, avait deviné, lorsqu'il s'était levé de la table pour filer à Los Angeles et ramener Dee.

Carol ferma les yeux, sentant ses cils caresser la peau de son bras. Maintenant elle était entrée dans cette guerre qu'elle n'avait jamais suivie qu'à distance. Une doublure de sa sœur. Elle avait hérité de l'enfant à qui Renee avait donné naissance – de l'enfant et de tout ce qui allait avec.

Le petit minuteur en plastique posé sur le fourneau se mit à sonner, emplissant la cuisine de son cri grêle. Carol ferma plus fort les yeux, comme si cela pouvait chasser le bruit quelques instants. Elle remontait le minuteur pour qu'il lui rappelle (il était si facile de l'oublier) de monter s'occuper de Renee, d'aller l'alimenter deux fois par jour par le tube nasal fixé à son visage idiot, la laver, la tourner et soigner les inévitables escarres, tous ces petits soins qui maintenaient le corps en vie et lui permettaient de murmurer ses secrets dans un souffle.

Je me demande si elle savait, songea Carol. L'album de photos qu'elle était allée tirer de la malle dans la cave était maintenant caché dans la commode de sa chambre. Je me demande si tout le monde était au courant sauf moi.

Elle leva la tête quand le minuteur s'arrêta enfin de sonner. De nouveau, la maison fut plongée dans le silence, à part le souffle à l'étage.

Il fallait d'abord qu'il s'assure de quelque chose.

Braemer se tenait à l'arrière de la Datsun, le revolver enveloppé dans son chiffon dans les mains. Il avait arrêté la voiture à la sortie de l'une des routes étroites qui serpentaient dans les collines au-dessus de la ville, sur une plate-forme en terre taillée dans le flanc de la colline, pour permettre aux véhicules de faire demi-tour. De l'autre côté du ruban d'asphalte, des broussailles jaunies descendaient vers la ville nimbée de gris.

La plate-forme était assez éloignée de la circulation de la ville pour que seul rompe le silence le bourdonnement assourdi des insectes dans les taillis calcinés. Si quelqu'un venait, il l'entendrait à temps pour balancer le revolver dans la voiture. Et si quelqu'un entendait par hasard une détonation se répercutant dans les collines, il l'imputerait à quelques gosses en train de tirer à la carabine et non à un père divorcé s'apprêtant à rendre visite à son ex.

Il tira l'arme de son chiffon, le métal nu reposant dans sa paume. De vagues notions sur les armes, acquises en regardant la télé ou au cinéma, s'embrouillaient dans sa tête. Jamais il n'avait tiré.

Il appuya du pouce sur la lisse protubérance située au-dessus de la crosse au bois hachuré et le barillet bascula, révélant les six chambres vides.

De la boîte jaune il tira un projectile, un cylindre de cuivre brillant surmonté d'une ogive d'un gris terne – une guêpe stylisée – et le glissa dans l'arme. Il s'y inséra avec précision.

Le barillet se remit en place avec un claquement sec. Il resta un instant à tenir l'arme à bout de bras. Une puissance nouvelle remontait jusqu'à l'épaule, comme un courant électrique.

Il tourna l'arme, cherchant l'autre poussoir qu'il savait exister. Il trouva le petit levier qu'il repoussa du doigt. Le cran de sûreté ne fit aucun bruit, laissant apparaître un point rouge vif jusque-là dissimulé et qui sauta aux yeux de Braemer comme une tache de sang.

Il suffisait d'un geste infime, d'une pression du doigt sur le métal froid, et le tonnerre entendu dans son rêve jaillirait de son poing.

Il se tourna vers la colline, se raidit et leva le revolver. Les deux mains sur la crosse, il bloqua ses coudes et pressa la détente.

L'arme sauta dans ses mains au moment où le chien s'abattit.

Le heurt du métal sur le métal se perdit dans la détonation, beaucoup plus sèche et plus forte qu'il ne s'y attendait, comme si l'air même, autour de lui, venait de se fendre pendant une fraction de seconde. Elle lui claqua aux oreilles et s'évanouit dans un sifflement tandis que son épaule encaissait le recul de ses bras tendus et du petit engin trapu dans ses mains.

Un oiseau s'envola des taillis, au-dessous de la route, dans un battement d'ailes brun sur fond de ciel, fuyant l'écho qui se répercutait au flanc de la colline.

Le silence revenu, Braemer abaissa son arme. Quelque part au-delà des graviers de la pente, la balle s'était logée dans le roc noir de la colline, sa chaleur passant du métal dans la terre où elle s'était fichée.

Il retourna l'arme dans ses mains pour la regarder, silencieuse maintenant, mais il conservait encore dans l'oreille le sec écho de sa détonation. Voilà qui ferait parfaitement l'affaire. Il ramassa le chiffon et en enveloppa le revolver.

Dee passa dans sa chambre la plus grande partie de la journée. Elle avait dit à sa tante qu'elle ne se sentait pas bien et Carol lui avait monté un croque-monsieur et un verre de lait pour son déjeuner et, ensuite, une soupe pour le dîner.

Tout l'après-midi, elle était demeurée à la fenêtre, un jean passé sur son pyjama de coton, regardant la cour et, au-delà, la rue où il ne se passait rien. Chaque fois qu'elle levait la tête, elle avait un côté du visage tout rouge d'être demeuré appuyé si longtemps sur son bras qui reposait sur la fenêtre.

Lorsqu'elle s'était décidée à aller mordre dans son croque-monsieur, il était froid et ramolli mais, de toute façon, elle n'en sentit pas le goût. Son esprit était plein du rêve de la nuit.

Ce n'était même pas un rêve, se dit-elle, blottissant sa joue contre la douceur de sa manche. Avant même qu'elle se lève, trouve le couteau de cuisine sur le sol et découvre la minuscule marque de la pointe du couteau sur sa poitrine, l'odeur de la forêt avait tout révélé. L'odeur des pins qui faisait palpiter les narines, et celle de la pourriture végétale au pied des arbres, comme celle de la poussière dans un débarras que l'on n'a pas ouvert depuis des années. Les odeurs, qui se mêlaient toutes, chatouillant son nez jusqu'à l'écœurement, arrivaient toujours en même temps que la voix de sa mère en elle.

Toute sa mère. Comme si elle me faisait voir une émission de télé, pensa Dee. Mais bien plus qu'une simple vision car les images s'infiltraient sous ses paupières – elle avait vécu cela, avait marché, était allée prendre le couteau pour le rapporter ici, dans sa chambre, appuyant sa pointe sous sa gorge. Comme lorsqu'elle a essayé de me le faire faire à mon papa. Sauf que cette fois elle n'était pas en moi mais tout autour de moi. C'est moi qui étais en elle, voyant les choses comme elle les voyait. Tout noir et...

Le souvenir de sa mère, de sa mère d'avant, assise à la table de la cuisine et lui souriant – ce souvenir lui mit un picotement de sel dans le nez et elle ne sut pourquoi.

Le monde qu'elle voyait par la fenêtre devint

flou et elle dut s'essuyer les yeux sur la manche de son pyjama.

C'était mieux ainsi, elle le savait. Une partie d'elle-même souhaitait que son papa vienne la chercher pour l'emmener chez lui, loin de cette maison et de sa mère. L'autre partie avait toujours peur, peur de l'odeur des pins et de la pourriture végétale qui lui montait au nez alors qu'il n'y avait pas de forêt dans le coin, peur de ses mains qui agissaient malgré elle, peur du couteau qu'elles allaient prendre et de ce que ferait ce couteau en la traînant derrière lui dans l'obscurité de la chambre où dormait son père.

Mieux valait rester ici, dans la maison. Pour toujours, se dit-elle, à regarder l'immobilité de l'air emplissant toutes les rues qu'elle pouvait voir depuis la fenêtre. Rester ici avec Carol, simplement, pour le reste de sa vie. Elles traîneraient dans la maison, la lumière filtrant faiblement par les rideaux tirés sur le silence, l'herbe montant le long des murs jusqu'à ce qu'elle sèche, jaunie, écaillant la peinture craquelée. Elle deviendrait aussi vieille que Carol et Carol plus vieille encore, après quoi elle mourrait et ce serait Dee qui monterait lentement les escaliers pour nourrir et laver la chose, dans le lit. Car elle ne mourrait jamais. Elle le savait maintenant. C'est ce que la chose voulait. Elle continuerait ainsi, se ratatinant jusqu'à n'être plus qu'un crâne grimaçant et une griffe au bout du doigt, s'enfonçant dans la couverture, à jamais.

À jamais, songea Dee. Un ciel sans nuages. Il n'y aurait plus d'appartement, plus de ville autour avec ses bruits d'avertisseurs, ses bus sentant l'huile et ses lumières se réfléchissant sur les façades de verre des immeubles. Plus de cours de danse avec Sarah – c'était ce qui lui manquerait le plus.

Elle leva la tête, faisant le tour de la chambre du regard. Il n'y avait que la maison au-delà de la porte close, il n'y aurait rien d'autre désormais. En tendant l'oreille, retenant son souffle, elle pouvait entendre à travers la porte le souffle de l'autre respiration, captant doucement, peu à peu, tout l'air de la maison.

Il n'était pas à la maison quand Sarah rentra. Elle le sut dès qu'elle franchit le seuil. Elle pouvait sentir le vide des pièces silencieuses. Un mot glissé sous un aimant plaqué sur la porte du frigo disait :

J'ai à faire – Je te passerai un coup de fil ce soir – Baisers, D.

Elle se laissa tomber sur la chaise qu'on avait tirée à côté de la table, le carré de papier pendant au bout des doigts.

Les quelques mots griffonnés l'emplirent d'appréhension. J'aurais dû rester avec lui, se dit-elle, laissant tomber le carré de papier sur la table. Je n'aurais pas dû le laisser seul.

Impossible de deviner ce qu'il « avait à faire ». Pire, des images défilaient dans son esprit malgré elle : Dave blessé, ou qui avait blessé quelqu'un. Son histoire de la nuit dernière, lorsqu'il avait été jeté dehors de chez les Feld, l'avait effrayée. Elle n'en avait rien dit sur le moment, se bornant à l'écouter devant un café auquel ils n'avaient pas touché. Elle n'avait pas voulu qu'il se sente plus affecté encore par cette petite humiliation dans une misérable petite cour de San Aurelio.

Elle avait surtout souhaité que s'élimine en lui toute trace de ce poison, qu'il vienne se coucher pour qu'elle puisse se blottir contre lui, bien en sécurité l'un et l'autre, dans la chaleur du lit. Mais, une fois étendue avec lui dans le noir, elle avait compris ce qui lui restait sur le cœur, ce qui lui pesait depuis longtemps et ne le quitterait pas tant qu'il ne pourrait avoir Dee pour de bon.

Et c'est ce qui m'effraie, songea-t-elle, lugubre, l'admettant à regret. Elle avait peur de Dee. Non pas de ce que pouvait faire un enfant, mais de ce qu'elle avait déjà vu chez elle, de ces yeux fous, de cette démence qu'elle avait vue éclater dans l'appartement et qui se trouvait maintenant quelque part, dans les rues. Comme si ce n'était pas un couteau de cuisine mais une clé que Dee avait eue en main dans son rêve éveillé. Une clé qui avait ouvert la porte à tout ce qui était arrivé, à tout ce qui allait arriver encore, comme le sentait Sarah au creux de son estomac.

Assise à la table de la cuisine, elle regardait l'obscurité tomber par la fenêtre au-dessus de l'évier. C'était ce qu'on ressentait quand on avait peur de quelqu'un qu'on aimait, pour quelqu'un qu'on aimait. Non pas seulement de Dee, mais de Dave et pour Dave également. Ce silence dans lequel il s'était réfugié, ces murs derrière ses yeux avaient autant que tout le reste contribué à effrayer Sarah. Elle ne savait pas ce qu'il allait faire.

Rien, peut-être, se dit-elle. Rien du tout. Peut-être va-t-il rentrer dans un instant, après un coup de fil pour me dire qu'il arrive, qu'il en a terminé avec ce qu'il avait à faire. Pour le moment.

Elle n'avait pas faim mais se demanda ce qu'elle pourrait lui préparer, quelque plat qui pourrait se conserver au chaud jusqu'à son retour. Si elle préparait quelque chose qui attende son retour, peut-être cela signifierait-il qu'il allait rentrer.

Braemer buvait, un verre de bière vide et un autre à demi plein devant lui sur la table du box. Non pas pour s'enivrer, mais simplement pour tuer le temps en attendant qu'il soit assez tard pour se rendre à San Aurelio. Et, de toute façon, l'alcool était sans effet sur lui. Il s'éliminait en lui, tout simplement. En fait, il se sentait plus froidement lucide à chaque gorgée.

Il ne se trouvait pas dans le bar voisin de Rawling Graphics mais dans un autre, encore que l'intérieur ne fût guère différent. Proche, sombre, avec une pub de bière représentant une chute d'eau et qui cascadait inlassablement à travers ses tubes au néon, sur le mur, et les couleurs de la télé qui faisaient chatoyer les verres sur leurs étagères au-dessus du bar. Il ne voulait pas qu'un collègue le reconnaisse et vienne lui parler. Il ne voulait qu'absorber ces heures, les caler entre langue et palais, puis les avaler en attendant le moment du départ.

Le revolver, enveloppé dans son chiffon blanc, l'attendait dans le coffre de la voiture.

Encore une gorgée, fraîche dans sa gorge, la mousse lui caressant la lèvre. Tout, dans sa vie, aurait dû être aussi clair, aussi logique. C'était ainsi quand on savait exactement quoi faire.

11

La pente de la route qui menait chez les Feld était suffisante pour que Braemer, moteur coupé, phares éteints, laisse la voiture descendre jusqu'à quelques mètres de la véranda. Les pneus firent crisser le gravier de l'allée puis s'arrêtèrent, silencieux. Il était minuit bien sonné. Toutes les lumières de la maison étaient éteintes à l'exception de celle de l'étage.

Braemer contempla un instant la maison plongée dans l'obscurité avec, pour seuls bruits, les battements de son cœur et le souffle de sa respiration. Il baissa la main vers le revolver posé sur le plancher de la voiture, hésitant, ses doigts effleurant le métal froid puis repoussant l'arme sous le siège du passager.

S'il s'était trouvé là, devant la maison, cet après-midi, il aurait pris l'arme et serait entré avec. Mais la longue route depuis Los Angeles, le conflit incessant entre ses pensées avaient – fort heureusement – chassé de son esprit les paroles de Pedersen et leur folie. Comme lorsqu'on s'éveille d'un cauchemar. À leur place s'était imposé le conseil de Rawling : reprendre son enfant et fuir.

Il laissa la portière ouverte, ne voulant pas qu'on l'entende claquer. Il grimpa les escaliers jusqu'à la véranda et chercha une clé dans le trousseau tiré de sa poche. Il la trouva : le double d'une clé de la porte d'entrée que Renee lui avait donné avant que leur mariage s'en aille à vau-l'eau. À l'époque, alors que sa mère vivait encore, on s'était inquiété d'une éventuelle crise cardiaque qui aurait pu frapper la vieille dame, ou de quelque autre urgence médicale, alors que Carol n'aurait pas été là. Braemer avait ajouté cette clé à son trousseau pour le cas où il aurait été le seul à pouvoir l'emmener à l'hôpital. Et, jusque-là, il ne s'en était pas servi.

La clé tourna dans la serrure. Il poussa la porte et pénétra dans l'entrée. Il tendit l'oreille et n'entendit que le bruit léger de la respiration à l'étage. Son rêve de la nuit précédente se superposa un instant à la pièce, les détails concordaient, à cette exception près qu'il n'avait pas d'arme. Avec précaution, il se glissa entre les meubles jusqu'à l'escalier.

Au pied des marches, il leva les yeux. La lumière filtrant sous la porte, en haut, éclairait faiblement la dernière marche. Il grimpa, toujours silencieusement; aucune marche ne craqua sous son poids.

Sur le palier, il demeura immobile, écoutant le bruit de la respiration rauque de Renee, plus proche de lui maintenant. La porte de sa chambre, sous laquelle filtrait le rai de lumière, n'était plus qu'à quelques pas. S'il avait apporté l'arme avec lui, il aurait pu arriver au lit en quelques secondes et lever le bras pour viser la tête de ce corps étendu.

Le revolver était dans la voiture. Là où il avait décidé de le laisser.

Tout était silencieux, tout le monde dormait. Personne ne l'entendrait redescendre, retourner à sa voiture et remonter. Cela ne lui prendrait qu'une minute, peut-être moins.

Il chassa cette pensée. Il avait déjà pris sa décision – définitive – quant à ce qu'il allait faire.

Il se détourna de la porte de Renee et avança rapidement jusqu'à l'autre bout du couloir, passa devant la chambre de Carol. La dernière porte était celle de Dee. La poignée tourna dans sa main. Il regarda dans la chambre.

Le lit de Dee se trouvait près de la fenêtre, éclairé par la lune à travers les rideaux. Il devinait la forme de son petit corps blotti sous les draps. Il avança sur le côté du lit et se pencha tout près d'elle.

– Dee, souffla-t-il. Réveille-toi. C'est moi, ton papa.

Ses paupières battirent et elle leva sur lui des yeux grands ouverts.

– Non...

– Chut. Pas de bruit, chérie. D'accord ? Tu es réveillée ? Je voudrais que tu t'habilles.

– Mais tu... commença-t-elle en se redressant sur les coudes, perplexe.

– Je suis venu te chercher, ma chérie. Tu vas

venir avec moi. D'accord ? dit-il en lui caressant les cheveux ébouriffés par l'oreiller.

Soudain, quelque chose l'effraya et elle eut un mouvement de recul, les yeux plus grands ouverts encore, la respiration sifflante, puis bloquée. Son visage se détendit, passant de l'inquiétude au soulagement.

– Ce n'est pas elle, hein ? demanda-t-elle, scrutant le visage de son père. C'est bien toi ?

Il en ressentit un coup au cœur et eut du mal à s'empêcher de la saisir dans ses bras, de la serrer contre lui.

– C'est moi, murmura-t-il. Viens, il est temps de partir.

Dee rejeta les couvertures et sauta du lit, ramassant ses vêtements.

Un instant plus tard, finissant de lacer ses baskets, elle lui demanda, levant les yeux :

– J'emporte des affaires ?

– Nous n'avons pas le temps. Nous pourrons acheter plus tard ce dont tu auras besoin.

– On retourne à l'appartement, hein ?

– Chut. Tu es prête ?

Il la prit par la main et ils descendirent les escaliers. Dee glissa sur la dernière marche et il la rattrapa juste à temps. Ils demeurèrent un instant immobiles, guettant un bruit, en haut.

– Je ne crois pas qu'elle ait entendu, souffla Dee, s'accrochant à son bras. Viens, partons avant que Carol se réveille.

Frôlant les fauteuils, ils gagnèrent la porte d'entrée. Braemer l'ouvrit et ils sortirent sur la véranda. À quelques pas, la voiture, portière ouverte.

Une silhouette se dressa dans l'ombre où elle s'était tenue à côté des escaliers, les mains sur les hanches.

– C'est bon, dit la voix de Jess. Ne bouge plus.

Braemer ne dit mot. Jess occupait tout l'espace

entre les piliers, bloquant les escaliers de la véranda.

– Pas très bonne, ton idée, dit Jess. Pas bonne du tout. Si tu lâchais Dee ? Et moi je te laisserais partir. Gentiment. Sans ça tu vas avoir des ennuis.

Dee se blottit contre lui. Il lui posa les mains sur les épaules.

– Reste où tu es, chérie.

Elle le regarda, silencieuse.

Jess s'adossa à l'un des piliers pour le laisser passer. Son sourire n'était qu'une ligne blanche sur son visage.

– Putain de cinglé, lui murmura Jess au passage. Je t'ai dit que tu ne remettrais plus la main sur elle.

Braemer avança jusqu'à la voiture, sentant le regard dans son dos. Dans le noir, il fouilla sous les sièges puis se redressa.

– Jess, appela-t-il.

L'autre s'avança sur la véranda, dans le clair de lune. Braemer aperçut Dee qui regardait, derrière lui, sur le seuil.

Braemer revint vers la maison, s'arrêta à quelques pas des marches de la véranda. Le chiffon blanc tomba lentement à terre lorsqu'il leva l'arme, la pointant sur la poitrine de Jess. Il se sentit envahi d'une joie farouche en voyant le sursaut de Jess et son regard surpris.

– Mais, putain, qu'est-ce que tu crois...

Les yeux de Jess devinrent deux fentes quand il s'avança sur Braemer.

– Ne bouge pas.

Jess s'arrêta, évaluant la distance qui le séparait de l'arme.

– Tu es trop trouillard pour faire ça, dit-il enfin.

– Essaie, pour voir.

Le revolver demeurait pointé sur le cœur de l'autre.

– Qu'est-ce que tu vas faire ? demanda Jess dont le regard passa rapidement de l'arme au visage de Braemer.

– Ça ne te regarde pas. Dee, va dans la voiture, chérie.

La petite forme s'écarta de la porte d'entrée.

– Papa...

– Fais ce que je te dis. Tout ira bien.

Lentement, Dee contourna Jess puis passa en courant à côté de Braemer, se précipita dans la voiture d'où elle les observa à travers le pare-brise.

– C'est bon, dit Braemer, l'arme ferme dans sa main, comme soudée à l'os, comme un prolongement depuis son épaule. Je veux que tu ailles jusqu'à la camionnette, ajouta-t-il, avec un coup d'œil sur le véhicule garé sous l'arbre sur le côté de la maison.

Jess le fixa un instant, ses bras crispés le long de son corps.

– Comme ça, tu tirerais, hein ?

– Tu penses que je tirerais – c'est tout ce qui compte. Maintenant, va à la camionnette.

Il suivit Jess, à quelques pas, l'arme pointée dans son dos.

– Maintenant, ouvre le capot, ordonna Braemer.

Jess lui jeta un regard par-dessus l'épaule, soupira, ouvrit le capot.

– Maintenant, arrache la tête de delco et jette-la par ici.

La pièce atterrit dans la poussière et roula contre la chaussure de Braemer qui se baissa et la ramassa, sans quitter Jess des yeux, l'arme toujours braquée sur lui.

– À l'autre, dit-il, avec un geste du canon en direction de la Chevrolet de Carol.

Lorsque les deux têtes de delco furent dans la main libre de Braemer, Jess s'appuya contre l'aile de la Chevrolet.

– Tu sais, dit-il, je descendrai quand même à L.A. et je te casserai le cul.

– C'est ça. Je t'attendrai.

– Ton putain de flingue ne te servira pas à grand-chose, alors.

– Dans ce cas je devrais peut-être m'en servir tout de suite.

Jess ne dit rien mais ses narines palpitèrent, blanchirent. Ses mains se posèrent sur l'aile de la voiture.

– Si je craignais quelque chose, je le ferais, connard. Maintenant tu vas rester tranquille un moment. Ne bouge pas, dit Braemer en reculant vers sa voiture, le revolver toujours braqué sur Jess.

– On se retrouvera, promit Jess, les bras croisés.

Braemer claqua la portière, mit le contact, posa l'arme sur le plancher et vira. Dans le rétroviseur, Jess, toujours appuyé contre l'aile de la Chevrolet, regardait la voiture s'éloigner.

– C'est un vrai revolver ? demanda Dee, blottie sur l'autre siège.

– Oui. Je suis désolé.

– Je suis contente que tu sois venu. (Elle posa sa tête sur l'épaule de son père.) On rentre à la maison maintenant ?

On apercevait déjà les lumières de l'autoroute au-delà de la courbe de la colline.

– Non, chérie. Nous avons une longue route devant nous.

Braemer glissa quatre pièces de vingt-cinq cents dans le taxiphone du bar. À la première sonnerie, on décrocha à l'autre bout.

– Allô ? dit la voix haletante de Sarah.

– C'est moi.

– Où es-tu ? Qu'est-ce qui s'est passé ? demanda-t-elle précipitamment, les soucis de toute une nuit derrière ces quelques mots.

Il retint son souffle et ferma les yeux.

– Je ne peux pas te dire où je suis – pas maintenant. J'ai Dee avec moi et nous allons... voyager quelque temps.

Un silence sur la ligne.

– Tu es allé prendre Dee ? Mais où allez-vous ?

– Je n'en sais rien. (Effectivement, il ne savait pas; il n'avait pas encore réfléchi à la question. Toutes les solutions qui s'offraient à lui se réduisaient aux routes sur la carte, dans la boîte à gants.) Même si je le savais, je ne pourrais pas te le dire, chérie, pour le cas où la police viendrait te demander si tu sais où je me trouve.

– Mais qu'est-ce que tu vas faire ? demanda Sarah, la voix tendue, à la limite des larmes.

– J'ai un peu d'argent. Nous nous en tirerons très bien pendant quelque temps. Ensuite, je m'arrêterai dans un coin où je pourrai trouver un boulot. Quand nous serons installés, je t'appellerai pour te dire où nous sommes et tu pourras nous rejoindre. Je ne sais pas encore où.

Il s'arrêta en entendant ses paroles se perdre dans un avenir incertain.

– Pourquoi ? demanda Sarah. Puisque tu as Dee, pourquoi ne pas rentrer ? Nous obtiendrons sa garde.

– Je ne peux pas, dit-il, s'appuyant au mur, sentant que le gagnait une fatigue due à bien plus qu'un simple manque de sommeil. Je ne veux même pas courir le risque qu'ils la reprennent. Que ce soit sur décision du tribunal ou que ce putain de Jess vienne de nouveau nous l'arracher : je ne peux pas, c'est tout. Seigneur, elle est déjà assez perturbée d'avoir vécu dans cette foutue baraque avec eux. Tu le sais. Je ne veux plus qu'ils s'approchent d'elle. Tu comprends ça ?

– Je sais, je sais, dit-elle d'une voix lasse, elle aussi. Mais je ne sais pas ce qu'il faut faire.

– Qu'est-ce que tu veux que je fasse d'autre ? Tout est là.

Encore un silence, sur la ligne.

– Mais tout se passera bien, hein ?

– Bien sûr. Que veux-tu qu'il arrive ? Le plus dur est passé. Maintenant il ne nous reste qu'à rouler.

– Et tu m'appelleras ? Je veux dire, pas pour me dire où vous êtes. Mais... en route.

– Chaque fois que je le pourrai.

– Et ça ne durera pas longtemps ? Que je puisse...

– Bientôt. Dans un mois, peut-être un peu plus.

– D'accord, soupira-t-elle. Il faut que tu partes ?

– Oui. Nous nous sommes juste arrêtés pour manger. Et pour t'appeler. Je veux rouler encore un peu avant de m'arrêter pour la nuit. J'ai autre chose à te dire. Et c'est important. Quand je suis allé récupérer Dee, je suis tombé sur Jess. Il était là. Tu comprends ? Il était furax et il descendra peut-être, pas seulement pour essayer de reprendre Dee, mais aussi pour me chercher. Je veux que tu sois très prudente. S'il se montre, tu devrais appeler la police. Puisque tu ne sais pas où je suis, de toute façon. D'accord ? Sois prudente.

– Je le serai. Sois prudent toi aussi, d'accord ?

– Ne t'inquiète pas. Je t'appellerai, ce soir, probablement.

Après s'être dit qu'ils s'aimaient, il n'y avait plus rien à ajouter. Braemer raccrocha.

Lorsqu'il revint s'asseoir, Dee sauçait le sirop d'érable, dans son assiette, avec un reste de crêpe.

– Où on va, maintenant ?

– Oh, à Tucson, répondit-il, simplement pour dire quelque chose.

Il n'en avait pas la moindre idée, sauf qu'il

fallait rester sur la route principale en direction de l'est. Derrière la vitre du bar, les pare-brise de toutes les voitures étincelaient sous le rouge doré du soleil levant. Depuis leur départ de chez les Feld, ils avaient roulé toute la nuit, jusqu'à leur arrêt, ici.

La serveuse apparut pour remplir leurs tasses.

– Tu es debout de bonne heure, aujourd'hui, dit-elle à Dee en souriant. Vous êtes en vacances, ton papa et toi ?

– Nous allons… commença Braemer.

– Dans l'est, coupa joyeusement Dee. Voir ma grand-mère.

Elle jeta un regard à son père, son complice.

– Très bien. C'est loin ?

– Euh…

– Cleveland, dit Braemer. Elle n'a encore jamais vu sa grand-mère.

– Eh bien, c'est merveilleux, dit la serveuse en posant la note sur la table. Je te souhaite un bon voyage, mon chou. Et tu passeras nous voir au retour, d'accord ?

– D'accord, acquiesça Dee, retournant son sourire au visage maternel.

Braemer observa la fin de la petite scène. Il n'était pas certain de sa signification exacte. Peut-être Dee rejouait-elle une scène vue à la télé. À moins qu'elle ne comprenne vraiment, se dit-il. Difficile à préciser. À dix ans, il n'aurait jamais été capable de se tirer d'une telle situation. Mais lui n'était pas passé par ce que sa fille avait connu. De nos jours, même un gosse normal était une combinaison de vernis vidéo, tout aussi à la page qu'un vétéran blasé de la télé, et de ce qui pouvait bien subsister d'un gamin. Il avait vu le reflet du regard de ces gosses dans des boîtes à jeux électroniques, des yeux de vieux dans des visages d'enfants, reflétant un ennui constitué en partie par une pose savamment étudiée, et en partie par la cataracte due au reflet aveuglant dans lequel ils avaient grandi.

Peut-être parce que ce qu'avait vu Dee était réel – un film d'horreur sur une chaîne qu'on ne pouvait éteindre – elle était surtout restée une enfant. Elle pouvait apprécier la vie réelle et s'y accrocher.

Braemer la regarda s'essuyer la bouche avec sa serviette de papier froissée, d'un geste félin. Malgré toute sa tristesse de père pour ce qu'elle avait connu, il ne cessait de s'émerveiller en l'observant. C'était pour lui comme la preuve de l'existence de quelque loi de l'évolution qu'un couple formé par deux paumés, comme son ex-femme et lui, ait pu engendrer une telle créature.

Jamais je n'accepterai qu'on me l'enlève. Je ne peux pas.

– Je suis prête, annonça-t-elle.

Ce n'est pas un jeu, se dit-il. Elle sait. Ils se trouvaient plongés dans quelque chose de nouveau et de différent. Combien de fois, en la ramenant le samedi soir, avait-il souhaité pouvoir continuer à rouler éternellement. Là, il y était, dans le suprême rapport entre un père et son enfant, tous les deux, seuls sur la route, fuyant maman.

Il ramassa la note, calcula le pourboire, posa l'argent sur la table.

– Eh bien, allons-y. En route.

Le téléphone était silencieux dans la main de Sarah. Elle raccrocha, croisa les bras dans les manches épaisses de sa robe de chambre et se balança au bord du canapé. Elle aurait pleuré si elle avait pu.

Maintenant, je n'ai plus rien, songea-t-elle, atterrée. La porte qu'elle avait vue s'entrebâiller sous la clé dans la main de Dee était maintenant grande ouverte, et Sarah se trouvait entourée par le monde situé au-delà de cette porte et qu'elle avait tant redouté. Elle n'avait pas trouvé des choses inconnues qui l'attendaient mais, au contraire, une absence de choses, le néant dans l'appartement, le néant dans toutes les rues de la ville. Elle avait perdu à la fois Dave et Dee. Dave se trouvait sur quelque route inconnue avec sa fille. Et elle était engluée ici, dans le trou qu'ils avaient laissé derrière eux.

Rien d'autre à faire que d'attendre. Elle se leva et ramassa sur la table basse la sixième ou septième tasse de thé, encore à demi pleine. Elle avait passé la nuit blottie au bout du canapé, tombant parfois dans un demi-sommeil, puis se réveillant au bavardage étouffé de la télé.

Le matin se levait derrière les fenêtres. Dave éteignait les phares. Les autres phares des autres voitures, sur la route – Dieu savait laquelle – s'éteignaient aussi, au fur et à mesure que la nuit s'estompait.

Elle était épuisée par l'attente de cette nuit, mais l'appartement était trop vide maintenant pour qu'elle y reste. Au lieu d'appeler son bureau pour dire qu'elle était malade, elle décida d'aller se doucher, de prendre son petit déjeuner, de sauter dans le bus, comme si elle avait de bonnes raisons de faire tout cela.

« En route », avait dit son père. Dee le regarda et une autre, à l'intérieur d'elle-même, le regarda avec les mêmes yeux.

Elle aurait voulu crier quelque chose, hurler par-dessus le murmure des voix dans le bar, mais elle se sentit sourire. Elle glissa les jambes hors de la banquette et se leva.

Tandis qu'elle se tenait devant la caisse avec son père, sa main glissa dans la poche de son blouson, tâtant la lame mince. Un bonhomme, dans le box en face du leur, avait pris un steak et des œufs pour son petit déjeuner. Il était parti pendant que son père passait un coup de fil –

à Sarah, elle le savait – et pendant que personne ne regardait, elle était allée prendre le couteau. Le plat de la lame était encore gras sous le pouce. Il s'était retrouvé dans sa poche avant qu'elle comprenne ce qui s'était passé.

Ils traversèrent le parking, se dirigeant vers la voiture. *Ne fais pas ça,* essaya-t-elle de crier à son père qui cherchait la bonne clé, mais il ne l'entendit pas.

L'autre voix demeurait silencieuse mais elle savait qu'elle était là, dans son bras, dans sa main. Debout à côté de son père qui ouvrait la portière, elle sentit ses doigts passer sur le couteau. Il n'était pas très grand mais ses dents et sa pointe étaient aussi vives que la senteur des pins qui parcourut l'asphalte nue du parking.

Je ne suis pas un, je suis deux, je ne suis pas un je suis deux, je ne suis pas un je suis deux, je veux sortir maintenant, je veux sortir maintenant, je veux sortir maintenant maintenant maintenant maintenant maintenant...

– *Nous devons saigner,* paroles de Barby Crash (1958-80).

12

– Tu te souviens de ce Noël, quand nous étions gosses... La fois où maman était furieuse...

Cela lui faisait mal de parler, d'aller chercher son souffle sous ses côtes endolories et d'en faire des paroles qu'elle pouvait à peine entendre.

– Je sais pourquoi. Elle était furieuse contre

Renee et moi parce qu'on embêtait sans cesse Carol. Et Carol s'est mise à pleurer sans pouvoir s'arrêter. Et maman a été si furieuse qu'elle s'est mise à crier après tout le monde. Elle a continué à crier. Et elle a tiré l'arbre de Noël jusque devant la porte, dans la cour, et y a mis le feu. Seigneur, ça paraît si drôle maintenant.

Son rire se changea en une toux qui amena un goût de sel à sa bouche. Sa nuque racla le linoléum craquelé du sol tandis qu'elle cherchait son souffle.

– Tous ces cris, poursuivit Kathy dans l'obscurité de la chambre. Et l'arbre qui brûlait, et maman qui jetait les cadeaux dans le feu. Elle était furieuse. Je me souviens d'une boîte en train de brûler, avec une poupée dedans. Ses cheveux sont devenus tout noirs. Et son visage s'est ouvert par le milieu. On sentait l'odeur du brûlé. Tu te souviens ?

Nul ne lui répondit. La pièce était si sombre, plus sombre qu'elle ne l'avait jamais été, et elle ignorait si elle était seule ou pas.

– Et ce soir-là, quand elle a eu fini de crier et que le feu s'est éteint dans la cour, tu t'es glissé hors de ta chambre et tu es venu dans la mienne. Il était très tard. Et tu avais une lampe de poche et la tête de la poupée qui sentait toujours le brûlé. Tu l'as cachée sous les couvertures, avec moi, et tu as fait remuer la bouche de la poupée au bout de ton doigt, comme si c'était maman qui criait et qui répétait tout ce qu'elle nous avait dit. Nous avons commencé à rire, sans pouvoir nous arrêter, mais nous ne voulions pas qu'elle nous entende car elle serait redevenue furieuse. Mais c'était si drôle, cette petite tête de poupée toute noire et fendue, qui criait et nous traitait de vauriens. C'était si drôle, si drôle, si drôle...

Elle se tut, étouffée par quelque chose d'épais

dans sa gorge. L'air ne pouvait sortir de ses poumons. Le contour de la fenêtre devint plus noir, plus flou. Elle tourna la tête et parvint à cracher quelque chose sur la couverture. Un filet de salive rougie glissa sur sa lèvre enflée. Ses poumons s'enflammèrent au passage de l'air vicié de la pièce qui, de nouveau, trouva le chemin de sa gorge.

– C'est à ce moment que j'ai su, murmura-t-elle à la chambre.

Elle souhaita pouvoir revoir Jess avant de ne plus rien voir.

– J'ai su que c'était moi que tu aimais vraiment. Depuis toujours. Pas elle. C'était moi que tu aimais.

Sous la couverture, ses doigts gourds parcoururent son corps, passant sur chaque cicatrice rouge où son amour avait mordu, dévoré sa chair.

Braemer était assis sur le banc du parc, les restes de son déjeuner et de celui de Dee étalés à côté de lui – un sac de chez McDonald avec quelques frites au fond, imbibant de graisse le papier blanc, des cubes de glace fondant dans des gobelets de plastique marqués du dessin d'un clown. Il froissa dans sa main les papiers ayant servi à envelopper les hamburgers et les laissa tomber dans le sac vide.

À quelques pas de là, sur la large bande de gazon bordée d'arbres, Dee donnait des coups de pied dans un ballon de football tout neuf, acheté quelques heures plus tôt, avec des vêtements pour elle dans un centre commercial de la ville.

Il se laissa aller contre le dossier du banc et la regarda. Un fameux petit athlète, passant la balle de l'intérieur d'un pied à l'autre avant de viser un espace entre deux arbres, comme si c'étaient des buts. Elle devait avoir appris ça à l'école, se dit-il; les gosses ne jouaient pas à ce genre de jeu quand il avait son âge, encore que cela paraissait plus amusant que le base-ball.

L'ombre avait quitté le banc. Il laissa la tiédeur du soleil réchauffer la fatigue de ses épaules. Ils avaient roulé toute la matinée depuis leur départ du bar, ne s'arrêtant que pour prendre de l'essence et aller aux toilettes. Avant cela, alors qu'il filait à toute vitesse de chez les Feld, il avait décidé à la dernière minute de se diriger vers le nord plutôt que de filer vers l'est. Il savait d'expérience, pour être allé deux ou trois fois à San Francisco avec Sarah, que l'on pouvait rapidement aligner les kilomètres sur cette Nationale 5 et toute droite jusqu'à Bakersfield. En outre, toutes les routes qui allaient vers l'est, sur sa carte, aussi bien la 15 par Barstow que la 10 par Palm Springs, traversaient le désert. La Datsun avait tendance à chauffer, avec l'âge, et il ne savait pas comment il s'en tirerait sur ces routes. Vers le nord, en revanche, il pourrait toujours mettre une bonne distance entre Dee et sa mère avant d'obliquer vers l'est en arrivant à Sacramento, coupant au-dessus du lac Tahoe jusqu'à Reno et au-delà.

Ça, ce serait pour demain. Leur premier arrêt, c'était cette petite ville, avec ses pelouses plantées et arrosées dans la chaleur de Central Valley et ses ouvrages en maçonnerie bordant les allées. Il était sorti de la Nationale 5 et avait trouvé un motel au bout de la rue qui abritait toutes les boîtes de restauration rapide. Bien qu'il fût si fatigué qu'il aurait pu tomber et s'endormir aussitôt dans la première chambre venue, ils étaient sortis faire des courses : un jean et des tricots, des sous-vêtements et un anorak de nylon rouge fourré comme celui d'un skieur pour Dee, ainsi qu'un rasoir électrique à bon marché pour lui.

Il avait glissé quelques vêtements dans le coffre de la voiture avant de quitter l'appartement.

Et puis ils étaient allés dans le parc – Dee commençait à s'agiter d'avoir été confinée toute la matinée dans la voiture.

La tiédeur du soleil se mit à peser sur les paupières de Braemer, lui donnant envie de sommeiller. C'est parfait, se dit-il en regardant sa fille jouer toute seule au foot sur le gazon. Il se sourit. Il aurait dû faire ça plus tôt. Demain on allait rouler encore, retrouver les repas dans les bars, une autre chambre de motel, les longueurs d'autoroute se répétant comme les cases d'un échiquier.

Le petit jeu se poursuivit, Dee dribblait des adversaires invisibles.

Elle souhaitait qu'il revienne vite. Il faisait si froid dans la chambre vide. Kathy voulait qu'il vienne, qu'il la tire de ce matelas gris, un bras passé autour de ses épaules. Et qu'il agace le sang tiède à la surface de sa peau, la pointe de son couteau soulignant les dessins des croûtes de ses cicatrices.

– Qui était l'autre ? murmura-t-elle.

Elle se savait seule dans la pièce mais elle parlait tout de même. Les mots sortaient au rythme de son souffle.

– L'autre...

Elle se souvint vaguement qu'elle s'appelait Kathy, et sa sœur Renee. Parfois l'une, parfois l'autre. Kathy était stupide et il lui avait fallu longtemps pour savoir combien son frère Jess l'aimait. Mais Renee était futée. Elle l'avait su tout de suite.

Il y avait la petite fille, celle qu'elle n'avait jamais vue. La fille de Renee. Comment s'appelait-elle ? Dee. C'était cela. C'était l'autre. Maintenant elle comprenait pourquoi elle était allée prévenir David, lui confier tous ces précieux petits secrets. Parce qu'elle savait que Jess aimait l'autre plus que quiconque, plus qu'elle ou que Renee.

Elle se demanda ce que serait cet amour, quand Jess en aurait apaisé sa faim dévorante. Se trouver dans l'autre, voir à travers ses yeux comme Renee avait vu à travers les siens, toucher la chair blanche et pure de l'enfant du bout des doigts doux de l'enfant elle-même. Alors pourrait commencer son amour incisif. Sa faim qui dévorait la souffrance d'une autre pourrait se rassasier à la source tiède, obéissante.

– Si seulement... murmura-t-elle, manquant du souffle nécessaire pour que sortent les paroles.

Si seulement cela avait pu être moi, songea-t-elle. Elle en était arrivée à lui donner tout le reste, mais il ne lui appartenait pas de donner à Jess la dernière chose qu'il voulait.

Après sa journée de travail et après le trajet en bus, Sarah se traînait jusqu'à son immeuble, son sac pesant à son épaule. Elle était déjà épuisée en partant travailler ce matin, et huit heures passées à tenter de synchroniser ses doigts de plomb avec la voix de quelque avocat dans le casque de la machine à dicter n'avaient rien arrangé. Si la fatigue ne lui avait pas fait dodeliner de la tête, dans le bus, et rater son arrêt, elle ne serait pas même rentrée. Un film, ou mieux, du lèche-vitrines sans rien acheter aurait retardé de deux heures son retour dans les pièces vides de l'appartement.

Elle se demanda un instant ce que devaient être en train de faire Dave et Dee, s'ils étaient encore en train de rouler sur l'autoroute, ou s'ils avaient décidé de s'arrêter. De toute façon, se dit-elle, ils n'étaient pas là. Elle avait scruté, en remontant depuis l'arrêt de l'autobus, les voitures garées dans la rue, cherchant la Datsun vert passé de Dave, espérant qu'il aurait changé ses projets. Rien.

La mise en garde de Dave contre l'arrivée possible de Jess venu à sa recherche lui revint en mémoire. Elle remonta du regard la file de voitures en arrivant devant la porte de l'immeuble, cherchant la camionnette avec laquelle Jess avait emmené Dee. Pas trace de camionnette non plus. Elle tira ses clés de son sac et entra.

En récupérant son courrier, des factures et une pub de grand magasin, dans la boîte aux lettres de l'entrée, elle jeta un coup d'œil à chaque bout du couloir. Elle sursauta en entendant une porte s'ouvrir, la courroie de son sac glissa de son épaule. Une des vieilles dames qui habitaient l'immeuble la regarda, lui sourit et lui fit un petit signe de la main avant de rentrer en traînant les pieds et de boucler sa porte derrière elle.

Sarah respira profondément, attendant un instant que son cœur se calme avant de ramasser son sac. Elle n'avait pas réalisé, jusqu'alors, que se mêlait la peur à ses autres soucis. Le souvenir de Jess lui arrachant Dee demeurait vif dans sa mémoire, clip de quelque film d'horreur dans lequel elle s'était trouvée plongée. Elle l'avait vu pour la première fois à cette occasion. Jusque-là, elle avait seulement entendu Dee parler de lui. De barbecues dans la cour, de bricolage sur sa camionnette ou dans la maison où il vivait avec Carol. Rien de ce qu'avait pu raconter Dee ne l'avait préparée à l'homme qu'elle avait vu alors, avec son visage fermé, mais pas assez fermé pour que ne se révèle pas la violence qui l'habitait. Ses yeux, ou ce qu'elle en avait vu sous les paupières obliques, étaient rouges, comme si toutes les veinules avaient gonflé avant d'éclater.

Elle chassa cette image de son esprit et grimpa les escaliers, son sac à la main. Il y avait une bouteille de vin blanc allemand dans le frigo – un grand verre, posé à côté d'une baignoire fumante, voilà ce qu'il lui fallait.

Arrivée au deuxième étage, elle jeta un coup d'œil dans le couloir du haut des escaliers, pour voir s'il n'y avait personne et se dirigea vers son appartement.

En refermant la porte derrière elle, elle tourna le verrou. Elle sentit qu'on lui saisissait le coude d'une poigne ferme. Elle étouffa un cri de surprise et allait relever la tête quand un autre visage se pressa contre son oreille.

– Allez-y, gueulez si vous voulez, dit la voix de Jess. Je sais faire taire les braillards.

Elle sentit le corps de Jess contre son dos qui se raidissait et refoula le cri qui montait dans sa gorge.

– Comment... comment êtes-vous entré ?

Du coin de l'œil, elle vit un sourire sur ses lèvres.

– Ces serrures d'appartement, dit-il en la poussant, trébuchante, dans le salon. Un gosse pourrait les ouvrir.

Il lui lâcha le coude et elle faillit tomber, se rattrapant à l'accoudoir du canapé. Elle se tourna et le vit, les mains sur les hanches, debout entre elle et la porte. Une paire de lunettes aux verres réfléchissants dissimulait son regard.

– Allez-y, asseyez-vous, dit-il. Faites comme chez vous. Et quittez cet air terrorisé, pour l'amour de Dieu. Je veux vous parler, c'est tout.

Elle se recroquevilla pour s'éloigner de lui, le regarda s'asseoir dans l'un des fauteuils. Il ramassa une boîte de bière, sans doute prise dans le réfrigérateur, et en avala une gorgée. Il remua la boîte dans ses mains, regardant la mousse qui couvrait le liquide.

– Où est votre petit ami ? demanda-t-il sans lever les yeux.

Une autre séquence du film dans lequel elle s'était fourvoyée se changeait maintenant en une série B se déroulant dans les bas-fonds. Mais toujours aussi effrayante. Les lunettes de soleil étaient du métal nu.

– Dave n'est pas là, dit-elle.

– Vraiment ? (Les lunettes se levèrent vers elle.) Je ne savais pas, je n'avais pas encore fait le tour des placards pour voir.

Quelques secondes de silence pendant lesquelles elle le regarda siroter sa bière, passèrent. Elle se tendit sur ses jambes, évaluant la distance qui la séparait de la porte. Ses doigts se plantèrent dans le tissu du canapé, comme pour prendre son élan. Même si elle parvenait à l'éviter, Jess serait debout et sur elle avant qu'elle puisse ouvrir la porte.

– Et où est-il, alors ? demanda Jess, laissant pendre paresseusement la boîte entre le pouce et l'index.

– Je ne sais pas.

– Il s'est tiré, hein ? Et il vous a laissée pour garder le fort. Charmant garçon.

– Qu'est-ce que vous voulez ?

Un coup d'œil vers la porte de la cuisine – celle-ci se trouvait plus près d'elle.

– Allons. Je veux la même chose que la dernière fois. Dee a déjà un foyer. C'est là qu'est sa place. Carol adore cette gosse. C'est elle qui s'en est vraiment occupée pendant tout ce temps. Et puis voilà votre petit copain qui se met à avoir des idées...

– Dave est son *père,* dit-elle, la colère grignotant un peu de sa peur.

– Qu'est-ce que ça veut dire ? Écoutez, je sais que vous pensez que je suis une sorte de monstre, jouant les gros bras avec les autres, mais tout ce qui m'intéresse, c'est de ramener Dee à la maison, où est sa place. C'est tout. Alors pourquoi ne pas me dire où David l'a emmenée, et vous n'aurez plus à vous en inquiéter.

Elle le regarda se caler de nouveau dans le fauteuil puis bondit du canapé et fila vers la cuisine.

Le tiroir sortit complètement quand elle voulut l'ouvrir, se répandant sur le sol dans un fracas de métal. Elle tomba à genoux, fouillant dans le tas et se redressa, les deux mains rivées au manche d'un couteau à découper.

Jess, déjà appuyé contre l'encadrement de la porte, la regardait.

– Sortez de là, dit-elle, tenant le couteau droit devant elle.

Son sourire s'élargit et elle vit sa langue qui glissait sur ses dents.

– Vous savez, dit-il doucement, je pourrais vous arracher ça. Et alors vous auriez des tas de bobos.

– Sortez !

– Vous ne savez vraiment pas, hein ?

Il se raidit, se balançant sur ses pieds, les mains dans les poches de derrière. Le visage de Sarah, dans le miroir de ses lunettes, était blême.

– Je vais vous dire quelque chose : vous feriez mieux de vous persuader que quand votre petit ami refera surface, je serai derrière lui. Et je vous laisserai regarder. Ce sera très amusant et vous ne perdez rien pour attendre.

Il se retourna. Elle entendit la porte de l'appartement s'ouvrir et se refermer. Le couteau tremblait toujours dans ses mains quand elle ferma les yeux, écoutant le bruit de ses pas dans le couloir, dehors.

Ils regardaient Dan Rather qui donnait les nouvelles du soir, à la télé – programme choisi par Dee; son père se demanda si ce n'était pas une sorte de béguin pour le présentateur –, quand elle annonça qu'elle avait de nouveau faim. La télé de la chambre du motel, placée sur une étagère à hauteur des yeux près de la porte, était affectée d'un lent décalage de l'image qu'aucun réglage n'était parvenu à maîtriser. Braemer était heureux d'avoir une excuse pour échapper aux têtes dédoublées et aux bouches au-dessus des yeux qui défilaient sur l'écran.

– Dans ce cas, c'est l'heure de la douche, Pelé, dit-il. Tu es encore toute moite de sueur d'avoir tapé dans ce ballon, dans le parc. Je ne t'emmène pas au milieu d'êtres civilisés tant que tu sentiras les vestiaires.

Dee, assise les jambes croisées sur un des lits, poussa un gémissement théâtral et tomba en arrière, les jambes toujours croisées.

– Mais je *meurs de faim,* dit-elle, se redressant sur un coude. Où est-ce qu'on va ?

– Je ne sais pas. Ça te va, une pizza ?

Il y avait une pizzeria à deux pâtés de maisons du motel.

– Oui, bien sûr.

C'était la nourriture qui plaisait le plus à Dee dans cette aventure. Une longue chaîne de cafés, de bars et de nourriture peu orthodoxe qui s'étendait devant elle à perte de vue, songea Braemer. Il faudrait qu'il pense à s'arrêter dans une pharmacie pour lui acheter des vitamines. Dans sa tête se déroulait une liste de choses dont ils avaient besoin, aussi longue que pour une expédition sur l'Himalaya. Des brosses à dents – comment avait-il pu les oublier ? Les petits détails d'une vie de fugitif commençaient à s'amonceler.

Dee se pencha par-dessus le lit et se mit à fouiller dans les sacs du grand magasin, en tirant un tricot et un jean neufs. Elle les roula et disparut dans la salle de bains. Un instant plus tard passait sous la porte le bruit de l'eau qui coulait et des volutes de vapeur.

Braemer se leva de son siège avachi et éteignit la télé. Les actualités se réduisirent à un point lumineux qui disparut.

Un nuage de vapeur s'échappa de la salle de bains quand Dee entrebâilla la porte juste assez pour passer la tête, les cheveux collés sur la nuque.

– Hé, tu sais ce qu'ils ont ici ? dit-elle, un petit carré enveloppé dans du papier dans sa main mouillée. De toutes petites savonnettes.

– Eh bien tu n'as qu'à t'en servir, femme du monde.

La porte se referma. Braemer ramassa les sacs qui traînaient et les rangea sur l'étagère, au-dessus de la penderie, ainsi que divers autres objets abandonnés par Dee un peu partout. Après quelques heures à peine passées dans la chambre du motel, on aurait dit que tout un bataillon de fillettes s'était installé.

En suspendant le blouson de velours de Dee sur l'un des cintres, il sentit quelque chose dans la poche. Il y glissa la main et en sortit un couteau.

Il le regarda un long moment, le bruit de la douche était assourdissant. Le couteau avait un manche de plastique et une lame dentelée maculée de graisse froide. Un couteau ordinaire, un de ces couteaux que l'on pouvait piquer sur la table de n'importe quel café d'Amérique, glisser dans sa poche et emporter si cela vous chantait.

Il passa le pouce sur la lame qu'il jugea suffisamment affûtée pour couper toute chair présentée à son fil. La pointe pouvait percer la peau et plonger dans le sang jusqu'à rencontrer un os sur lequel la lame se briserait.

Du plastique et du métal. Braemer ferma les yeux et s'appuya de l'épaule contre le mur. De la chair et de l'os. À travers la cloison il entendit la télé dans une chambre voisine, une voix douce murmurant des mots qu'il ne comprit pas.

J'avais oublié, songea-t-il. Les mots se faisaient déjà accusateurs. Tu as oublié parce que tu ne veux pas te souvenir. De la raison pour laquelle tu te trouves ici, pourquoi Dee est avec toi, où tu vas, ce que tu laisses derrière toi. Tu ne veux te souvenir de rien.

Une joyeuse petite excursion d'un père avec sa fille. Il se passa le pouce et l'index sur le front, entre les yeux, où se formait une boule noire. Il aurait pu s'en persuader, simplement en laissant les aspects déplaisants s'estomper dans sa mémoire. Partir en vacances. Sauter dans la voiture avec la famille et rouler. Voir les États-Unis.

Il entendit la douche s'arrêter dans la salle de bains. Dee allait sortir dans un instant. Il souleva le sac du magasin, sur l'étagère, et glissa le couteau dessous.

Encore plus loin, se dit-il en se débarrassant de la graisse sur ses doigts. Il faut qu'on s'éloigne davantage encore de sa mère. Non pas à cause de toutes ces conneries que Pedersen avait pu débiter – il n'allait pas se remettre à avaler ça – mais parce que Dee n'avait pas encore commencé à l'oublier. Pas au fond d'elle-même. Il leur fallait encore atteindre ce lieu où le passé, où tous ces souvenirs aigus comme des lames de couteau commenceraient à se dissiper. Quelque part, loin d'ici, où commençaient l'oubli et la guérison.

Très bien, se dit Braemer, nous y arriverons, même si je dois rouler avec cette foutue voiture jusqu'à Bangkok. Le véritable problème, c'est cette nuit, toutes les autres nuits, quand je dormirai et qu'elle sera censée en faire autant.

Une image lui vint à l'esprit, les yeux de sa fille s'ouvrant au milieu de la nuit, un autre épisode du psycho-programme de sa mère se déroulant derrière ses yeux, dans son cerveau, alors que lui était plongé dans le sommeil à quelques pas de là.

Le monde était plein d'objets pointus. Il suffirait d'un seul, et alors il n'y aurait plus de réveil. Ni pour lui ni pour elle. Ses cauchemars seraient finis, mais ceux de Dee commenceraient à peine.

Il faut faire quelque chose. La triste idée de ce qu'il convenait de faire lui apparaissait déjà clairement. Simplement pour quelque temps. Seulement jusqu'à ce que nous arrivions où nous allons.

– Tu m'as manqué, murmura Kathy.

La pièce était si pleine d'obscurité étouffant les bruits, de doux velours noir, qu'elle ne l'avait pas vu entrer, n'avait pas même entendu la porte s'ouvrir. Elle savait cependant qu'il était là avec elle, enfin.

– J'avais peur… qu'il soit trop tard.

– Nous avons tout le temps.

La voix de Jess était à la fois proche et lointaine. Une lumière jaunâtre filtra à travers les cils de Kathy et elle distingua sa silhouette floue au milieu de la pièce, la main retombant du cordon électrique de l'ampoule nue. La lumière irradia de son visage en deux étoiles au moment où il remit ses lunettes aux verres-miroirs.

– Nous avons tout le temps qu'il nous faut.

Un genou à terre, il la souleva du matelas, un bras autour de ses épaules. De son autre main, il chassa les mèches emmêlées de ses cheveux sur son visage. Un instant, sa vision se précisa et elle se vit, réfléchie dans les deux miroirs ovales penchés sur elle.

Le corps nu d'une femme, exsangue sur le gris du matelas. Les côtes pareilles à des cerceaux au-dessus du puits de l'estomac. Les hanches n'étant qu'un os en forme de papillon enveloppé d'une couche de peau. L'intérieur des cuisses formant un creux sous la toison emmêlée. Une veine bleue battait, mince et rapide, sur la gorge.

Et, sur la peau blanche, pâle, le réseau de cicatrices : des lignes rouges sur le noir plus ancien des croûtes, le long des bras. Elle pouvait suivre le passage de son amour aigu, tranchant, sur chaque pouce de sa chair, comme si ses doigts avaient doucement caressé le tatouage en relief. Son sang était l'encre qu'il avait utilisée afin de lui révéler le nouveau langage lisible de l'intérieur même du corps. Il lui avait fallu longtemps pour apprendre cela. Un amas de points rouges à la saignée du coude marquait l'endroit où l'aiguille s'était enfoncée pour porter le sang au degré de chaleur nécessaire pour le faire frémir.

Toute une histoire se trouvait écrite là, sur les membres et le buste de la silhouette nue captée dans les miroirs concaves au-dessus de lui. Des siècles de brûlure d'eau-forte qui avaient effacé tout ce qui avait précédé son arrivée dans cette chambre.

La voix, la voix de sa sœur, l'avait amenée à cette pièce et à lui, mais elle savait maintenant que c'était sa propre volonté, brisée et remodelée, qui la faisait rester. Elle ne savait plus si c'était la voix de Renee ou la sienne propre qui riait et qui parlait à Jess. Maintenant, la voix de sa sœur ne paraissait pas venir dans son corps, en s'infiltrant comme un souffle de vent à travers les carreaux cassés de la fenêtre, mais plutôt tirée en elle par les mains de Jess – comme si son corps était l'extrémité d'une corde reliée à Renee. Le fil tranchant, dans les mains de Jess, invoquait et retenait l'autre voix en elle.

Il la reposa sur le matelas et la chair aimée et torturée qui se reflétait dans les lunettes s'évanouit quand il se releva. Elle le regarda retirer sa chemise, sa peau pâle, presque translucide sous la lumière vide.

– Nous avons tout le temps, répéta-t-il en la regardant. Mais il va falloir se dépêcher.

Elle ferma les yeux et, un moment plus tard, sentit la pointe de l'aiguille qui s'enfonçait au creux du bras, cherchant un endroit où pénétrer la veine. Une petite morsure, juste sous la peau, et elle sentit la chaleur s'épanouir dans son bras puis irradier dans tout le corps. Son cœur s'accéléra. Quand elle ouvrit les yeux, elle sentit l'autre, déjà en elle, qui regardait Jess. La séance avait commencé.

La sueur brillait sur les épaules et les hanches de Jess, la peau tendue et luisante comme le ventre d'un serpent au-dessus des muscles contractés. On aurait dit que la chaleur dans les veines de Kathy venait d'éclater dans la pièce, d'enflammer le matelas. L'air se mit à ondoyer, à chatoyer, le long du corps de Jess lorsqu'il retira l'aiguille qui laissa un point rouge sur la peau blanche de son bras. À part les miroirs de ses yeux, il était nu.

– C'est la dernière fois, dit-il, s'agenouillant. Pour toi, c'est la fin.

– Que... que vas-tu faire ? demanda-t-elle d'une voix qui n'était qu'un souffle, se perdant presque dans le grondement du sang dans ses oreilles.

L'autre voix demeurait silencieuse en elle, mais elle la sentait s'approcher davantage pour entendre les paroles de Jess.

– Tout ce que j'ai fait, dit-il, était destiné à l'amener en toi. Notre sœur. En toi où elle pourrait se nourrir. Elle t'a consumée de l'intérieur, elle a fait sienne ta chair, fait de tes yeux les siens : tout. Elle est en toi maintenant. Et je vais la faire sortir.

Un autre éclat de lumière dans les miroirs refléta la lame du couteau entre la main de Jess.

La pièce se dilata sous la chaleur chimique; l'espace s'étirait, emportait les murs et le plafond de plus en plus loin. Même agenouillé, Jess culminait à des kilomètres au-dessus d'elle.

– Pourquoi ? parvint-elle à murmurer.

Il lui saisit les chevilles, lui écarta les jambes.

– Parce que maintenant c'est mon tour de me repaître. D'elle.

Elle sentit les doigts de Jess s'insinuer en elle, l'ouvrir. Un rituel différent de l'ordinaire : une pénétration qui ne nécessitait pas le couteau que tenait l'autre main. Et la légère douleur quand il entra dans la chair étroite, tuméfiée, son poids écrasant la mince couche de peau de son ventre.

– C'est la fin, lui murmura-t-il à l'oreille, avec comme une nuance de regret dans la voix.

Elle le savait. Elle se mit à haleter au même rythme que son pouls. C'est cela, se dit-elle. Sa vision s'obscurcissait, comme dans un tunnel. Tout le reste n'avait consisté qu'à la préparer à cet instant. Ses genoux remontèrent, se rivèrent aux flancs de Jess tandis que la chair, au cœur de Kathy, se faisait plus douce, plus humide autour de lui.

L'autre voix, en elle, s'enflait dans sa gorge, montant vers les lèvres pour capter l'air.

Au moment où commencèrent les contractions, sa chair palpitant contre celle de Jess, il se recula. Toujours en elle, son dos se creusa, se tendit comme un arc, une main agrippée à l'épaule de Kathy, le bras rigide, tremblant.

Elle leva les yeux et vit ses dents serrées, ses lèvres retroussées. Son ventre se réfléchissait dans les lunettes de Jess.

L'autre point lumineux, le couteau, apparut dans les miroirs à l'instant où se leva le bras sur la chair pâle.

La lame disparut, plongeant, se changeant en une ligne rouge remontant vers son thorax.

Elle sentit cette pénétration plus aiguë en elle, profonde. Elle vit sa chair s'ouvrir, révéler le bras de Jess, rouge jusqu'au coude, autour duquel glissait la masse grise de ses viscères.

Le couteau tomba des mains de Jess tandis que ses doigts, recroquevillés en griffes, remontaient, fouillant à travers le tissu des poumons pour atteindre son cœur. L'onde rouge déferla sur son visage, éclaboussa la scène dans les lunettes.

Dans la gorge de Kathy, le cri s'étouffa dans un flot de sang.

Le dernier son qu'elle perçut fut le rire de sa sœur.

Plus de Dan Rather sur l'écran à onze heures – seul le présentateur local donnant les dernières nouvelles. Dee s'installa donc pour une rediffusion d'un vieux *En direct du samedi soir.*

Braemer, assis sur la chaise près de la porte, regardait sa fille regarder la télé. À leur retour de la pizzeria, Dee avait enfilé le nouveau pyjama rayé rouge et blanc qu'il lui avait acheté dans la journée. Maintenant, elle était allongée sur le lit, les pieds glissés sous l'oreiller pour les réchauffer, les bras croisés, le menton appuyé sur le ballon de foot neuf; ses yeux suivaient sur l'écran un comédien mort, l'image en noir et blanc montrait un sabre de samouraï qui tournoyait. Braemer avait songé à appeler Sarah à Los Angeles dans la soirée, mais il y avait renoncé; il ne voulait pas téléphoner quand Dee était avec lui et il ne voyait pas quoi dire. La question de savoir comment faire avec Dee pendant qu'ils dormiraient occupait toutes ses pensées.

De la pile de vêtements fourrée dans le coffre de la voiture avant de quitter Los Angeles, il avait tiré sa plus vieille chemise, celle dont le tissu avait été rendu le plus doux par l'âge et les lavages. Une chemise de coton bleu aux coudes élimés où un bouton avait été remplacé par un autre, d'une autre couleur.

Bonne à jeter d'ici un an. Là, il la tenait sur ses genoux, en boule, la lumière grise de la télé tremblotant sur le dos de ses mains. Aucune autre idée n'avait germé dans son esprit pour venir prendre la place de celle qui s'était installée en lui depuis des heures. Eh bien, nous y voilà, se dit-il. Aucune autre solution. Il déplia la chemise, saisit l'ourlet du bas et la déchira sur toute sa longueur.

Au bruit du tissu déchiré, le regard de Dee quitta la télé.

– Qu'est-ce que tu fais ? demanda-t-elle, surprise.

– Je te le montrerai dans une minute.

Le visage fermé, Braemer continua à déchirer des bandes de tissu dans la chemise. Dee retourna à son écran, fronçant les sourcils chaque fois que son regard revenait sur son père.

Il déposa les bandelettes sur ses genoux, jusqu'à ce qu'il ne reste de la chemise que des morceaux de cinq centimètres de large. Il ramassa le col, les manchettes et le devant avec ses boutons et fourra le tout dans la corbeille de plastique près de la porte. Il prit deux ou trois bandelettes dont les fils pendaient des bords effrangés et testa leur résistance, passant les extrémités autour de ses mains et tirant fermement dessus.

Il n'était pas loin de minuit, à sa montre. Allons, se dit-il. Tu ne peux faire autrement. Il ferma les yeux, les bandelettes de tissu pendaient à l'un de ses poignets; il respira profondément, lentement. Puis il se leva, marcha jusqu'à la télé et l'éteignit.

Dee le regardait de son lit. Elle attendait.

– Il faut qu'on parle, chérie.

– De quoi ? demanda-t-elle en l'observant, les sourcils froncés.

Il avança jusqu'à l'étagère, au-dessus de la penderie, et en tira le couteau sous le sac. Assis au bord de son lit, il le lui montra, sur sa paume.

– J'ai trouvé ça, dans ton blouson.

Dee se recula, son regard passant du couteau au visage de son père, revenant au couteau.

– Tu l'as pris au café ce matin, non ? Pendant que je ne regardais pas.

Sous la lumière, la lame semblait marbrée, la graisse figée s'étalait sur sa main.

Dee ouvrit la bouche, prête à nier, puis renonça. Elle hocha lentement la tête sans quitter le couteau des yeux.

Il referma la main sur l'objet et le glissa dans sa poche. Le regard de Dee demeura fixé sur le vide. Il avança la main, lui caressa les cheveux.

– Pourquoi l'as-tu pris, chérie ? demanda-t-il d'une voix qu'il essaya de rendre calme, apaisante.

– Sais pas, murmura Dee, secouant la tête.

Une larme perla sur un cil, y resta.

Un autre couteau, invisible, pénétra dans la poitrine de Braemer. Il se sentit suspendu à sa lame. On en est là, se dit-il, atterré. Ton propre enfant, et voilà ce que tu dois faire.

– C'était ta mère ? demanda-t-il gentiment.

Dee acquiesça puis leva sur lui des yeux pleins d'une curieuse gratitude.

– Elle m'a forcée à le faire.

Folie, se dit-il. Mais, en un sens, c'était vrai : ce que Renee avait fait à sa fille avait pour ultime résultat ce couteau graisseux dans sa main. Inutile de croire un quelconque baratineur occulte – un Freud au petit pied – pour faire le rapport.

– Chérie, dit-il, nous sommes bien embêtés.

– Je sais, dit la petite fille, l'air malheureux, hochant la tête.

– Si ta mère t'a forcée à prendre le couteau, eh bien... elle pourrait te pousser à faire autre chose, non ?

Nouveau hochement de tête de Dee, fixant ses pieds.

– Donc... poursuivit Braemer, il faut faire quelque chose. Je veux dire pour que tu ne puisses pas te faire du mal, ou m'en faire. Comme tu l'as déjà fait.

Dee regardait les bandelettes de tissu qui pendaient au bout de la main de son père. Il sut qu'elle avait déjà deviné ce qu'il allait faire.

– C'est simplement quand je devrai dormir, chérie. Tu sais, quand je ne peux pas te surveiller. Et pas pour longtemps. Jusqu'à ce qu'on arrive là où ta mère ne pourra plus te forcer à faire ces choses-là. (Il lui prit le menton, tourna son visage vers lui.) D'accord ?

Elle le regarda d'un regard grave, sérieux, d'un regard qui avait vu trop de choses pour être encore celui d'un enfant.

– D'accord.

– Tu es prête à aller dormir ? Il se fait tard.

– Oui.

Elle s'allongea sur le côté, lui tournant le dos, et il lui ramena les bras derrière elle. Repoussant les manches de son pyjama rayé, il lui tint aisément les poignets dans une seule main. Depuis des heures, il réfléchissait à la façon de s'y prendre et ne savait toujours pas. Il se sentait empêché par la bizarrerie de la situation. Jamais il n'avait pensé qu'il aurait pu avoir à attacher quelqu'un, notamment sa fille de dix ans.

La solution consistait à faire des nœuds assez serrés pour l'empêcher de nuire, mais sans lui faire mal. La peau de ses poignets était pâle, délicate, laissant affleurer les veines, comme à travers un papier translucide. Son cœur se briserait à la moindre ecchymose.

Avec précaution, il passa deux bandelettes autour d'un des poignets de Dee puis il fit un nœud assez lâche mais suffisant pour qu'elle ne puisse y glisser la main. Il fit de même avec l'autre poignet, laissant quelques centimètres entre les deux boucles. Les nœuds étaient assez serrés pour qu'il soit sûr qu'elle ne pourrait les défaire. Il lui faudrait probablement les couper, demain matin.

Il s'assura que les bandelettes ne gênaient pas la circulation.

– Ce n'est pas trop serré, chérie ?

Elle secoua la tête, le visage contre l'oreiller.

– Tu pourras dormir, comme ça, n'est-ce pas ?

Elle ne répondit pas, haussant seulement les épaules, se tournant davantage encore.

Et voilà. Il s'éloigna de son lit et laissa tomber les autres bandelettes. Il avait songé un instant à attacher une de ses chevilles au cadre du lit pour l'empêcher de se lever pendant la nuit, mais il avait repoussé cette idée. Il n'avait pas le courage d'aller au-delà de ce qu'il venait de faire. Il fut pris de nausée à la pensée d'avoir à le faire tous les soirs – pendant combien de temps ?

Il tira la couverture sur sa fille, la drapant autour de ses épaules. Il la regarda un instant puis se détourna pour aller prendre la chose, dans le sac de papier, qu'il avait glissé dans l'armoire.

Tandis que Dee était aux toilettes, à la pizzeria, il s'était rendu au magasin de spiritueux voisin pour y acheter une demi-bouteille de Cutty Sark. Dans la salle de bains, il regarda ses mains dévisser le bouchon. Il sortit de son enveloppe de plastique un des verres du lavabo et y versa deux doigts de whisky.

Le scotch brûla la boule, dans sa gorge, puis diffusa une lente chaleur dans sa poitrine. Les mains rivées à la porcelaine blanche, il se pencha sur le lavabo et leva son regard sur le miroir.

Sale gueule, se dit-il. Les yeux rougis, un début de barbe noire sur une peau d'un blanc cadavérique. Pas assez de sommeil, trop d'heures passées au volant et à réfléchir. Il ouvrit le robinet d'eau froide. Il devait faire attention, sans quoi quelqu'un, peut-être les gérants du motel, pourraient prendre pour un ravisseur – quelle touche d'humour noir ! – un homme voyageant seul avec une fillette de dix ans.

Il se pencha sur le lavabo et aspergea son visage d'eau froide. Une des serviettes de la salle de bains sur les épaules, il se resservit un fond de verre de scotch et éteignit la lumière. Dans l'obscurité, le verre à la main, il alla s'asseoir au bord du lit. Il avala une gorgée et regarda la silhouette de sa fille. Depuis toujours, cet instant s'était trouvé en lui, avant même la naissance de Dee, attendant simplement de se révéler.

Quelques instants plus tard, il reposa par terre le verre vide et s'allongea tout habillé sur son lit. Non pas ivre, mais l'esprit quelque peu embrumé, il s'endormit, le bras sur les yeux.

La chambre était vide, à l'exception de la silhouette d'un homme assis par terre, le dos au mur. Sur le linoléum craquelé, à quelques pas de lui, une paire de lunettes. Les verres-miroirs brillaient dans la faible lueur des réverbères, de l'autre côté de la fenêtre.

Il respirait lentement, profondément, comme sortant d'un grand épuisement, la tête dans ses bras croisés sur les genoux.

Il y avait autre chose dans la pièce – une chose qui avait vaguement la forme d'un corps humain mais qui n'en était pas un. Plus maintenant. La chose gisait, membres écartés, sur un matelas trempé d'un liquide épais et poisseux.

L'homme, les yeux clos, rejeta la tête en arrière, la frottant doucement contre la peinture qui s'écaillait sur le mur. Ses yeux s'ouvrirent à peine, simples fentes, tandis qu'il se redressait et se levait.

Il alla jusqu'à la fenêtre et regarda à travers la vitre poussiéreuse, les mains agrippant le montant. Les muscles de ses épaules se détendirent et se contractèrent : il en éprouvait la force tandis que ses yeux mi-clos fixaient la nuit de la rue.

Il entendit un bruit dans l'obscurité et se réveilla. Étendu, immobile, Braemer fixait l'obscurité. De nouveau, le bruit. Alors il bondit, la main cherchant l'interrupteur.

La lumière inonda la pièce, projetant l'ombre de sa main sur le mur. Il vit sa fille sur le lit en face de lui.

Dee avait rejeté avec ses pieds la couverture qui gisait à côté du lit. Allongée sur le côté, recroquevillée, elle gémissait entre ses dents serrées, luttant pour se libérer des bandelettes qui lui immobilisaient les mains dans le dos.

Elle le vit et se tut. Un côté du visage et une épaule appuyés contre le lit, elle fixa son regard sur lui, les yeux grands ouverts. Ses narines palpitaient, blanches, exsangues, sous les cheveux emmêlés qui lui tombaient sur le visage. Son souffle se changea en un sifflement haletant. Ce n'était plus le visage de sa fille.

Son cœur cognait contre ses côtes quand il se glissa au pied du lit. La chose, dans le corps de sa fille, le suivit des yeux, le regarda se lever.

– Dee...

Il étendit prudemment la main vers elle, les doigts tremblants. La sueur commença à se concentrer sous son col, fraîche dans l'air immobile de la pièce.

Les yeux de Dee passaient du visage de son père à la main qui approchait. Elle se recula, se recroquevilla, la respiration sifflante, les lèvres découvrant ses dents, ses gencives roses. Un filet de salive descendait d'une incisive sur la langue.

Braemer alla prendre la bouteille de scotch dans la salle de bains. Le verre vide était posé à côté de son lit. Il le ramassa, l'emplit à moitié.

Il s'assit sur le lit, le dos au mur et but, regardant sa fille repliée sur elle-même en face de lui, les yeux brillants, rivés dans les siens avec une farouche intensité.

Le scotch passa du verre tremblant dans sa main à sa langue, amer et sans effet. Il ne dormirait pas de la nuit. Il allait la passer à surveiller et à attendre que le jour paraisse à travers les rideaux.

13

Aucun coup de téléphone la veille. Aucun ce matin. Sarah, assise à la table de la cuisine, étroitement enveloppée dans sa robe de chambre, se réchauffait les mains autour d'une tasse de thé saumâtre et trop fort, bien que presque totalement blanc de lait. Elle avait oublié le sachet qui infusait dans l'eau chaude pendant qu'elle regardait tristement par la fenêtre de la cuisine, son esprit émergeant lentement du brouillard d'une nuit au sommeil agité.

Elle porta la tasse à ses lèvres, avala une autre gorgée de thé. La seule vertu du thé, outre qu'il contenait assez de caféine pour lui remettre le sang en mouvement, était de détacher cette pellicule de sa langue et de ses dents. Elle s'était réveillée la bouche sèche, parcheminée, lorsque la sonnerie l'avait tirée de son sommeil, comme si elle avait haleté toute la nuit ou crié dans un rêve que, fort heureusement, elle avait oublié.

Dans une assiette, deux toasts, durs et froids comme des tuiles, se racornissaient. L'habitude plus que la faim lui avait fait glisser les tranches dans le grille-pain. À la vue des reliefs du dîner de la veille encore sur la table, elle sentit monter en elle une nausée légère mais réelle. Un pouce appuyait sur sa gorge. Un papier graisseux roulé en boule, des morceaux de frites carbonisées collés sur un fond de ketchup... Avant de quitter le bureau – pas d'appel de Dave là non plus; elle avait dit à la standardiste de la prévenir aussitôt s'il appelait – elle n'avait pu se résoudre à rentrer à l'appartement et à faire la cuisine pour elle seule. Elle s'était arrêtée à la première boîte de restauration rapide de Santa Monica Boulevard et s'était retrouvée, dans son tailleur de secrétaire et ses chaussures à talons, passant sa commande au milieu des bavardages de familles salvadoriennes et thaïs, assises sur des bancs couverts de graffiti, et d'adolescents glissant des pièces dans des jeux vidéo. Quelque farfelu féru d'histoire locale avait bombé, sur le mur du comptoir, CHARLIE AVAIT RAISON et CESSEZ D'EXISTER. Sur le trottoir, une fille jeune, au visage banal, la tête coiffée d'un turban blanc – une des adeptes de Bhajan qui tenaient le restaurant végétarien à l'angle de la Troisième Avenue et de Fairfax –, avait contemplé la scène d'un regard triste.

Sarah n'avait aucun endroit où s'arrêter au milieu de la vie citadine cosmopolite de Los Angeles. Elle avait emporté le sac de papier blanc, était rentrée chez elle en bus, et avait entrepris de se bourrer de nourriture, bien après que son appétit eut été rassasié.

Superbe, se dit-elle. Le dégoût qu'elle s'inspirait se lisait, en lettres invisibles, sur le sac dégonflé du hamburger. Continue comme ça et tu seras grosse comme un tank quand tu reverras Dave.

L'idée que ce *quand* était peut-être un *si* serra davantage encore ce nœud dans son estomac. Elle était là, toute seule, tandis que Dave errait sur quelque route inconnue, Dieu savait où. Et il fallait aller travailler et rentrer à cet appartement si vide que le bruit de la télé y résonnait comme les gouttes d'un robinet dans un évier. Et tout ça sans même le soutien de sa voix au téléphone, de sa voix qui aurait empêché la certitude de ne devenir qu'un espoir, puis une crainte, qui la rongeait sans cesse... Ce doit être ça, devenir folle, se dit-elle. Le thé glissa dans sa gorge, vers le cœur.

Après l'épisode avec Jess, elle avait remis un chèque au concierge pour qu'il paie l'installation d'un nouveau et solide verrou de sûreté. Inquiet d'entendre Sarah lui annoncer qu'elle avait découvert des traces d'effraction chez elle, le concierge avait fait le nécessaire dès le lendemain. Le souvenir du visage de Jess, avec son mince sourire et ses lunettes-miroirs bon marché mais non moins effrayantes, s'était estompé peu à peu et elle ne sursautait plus, tendue, chaque fois que le moteur du réfrigérateur se mettait en marche. Cela s'était passé mercredi; le dernier coup de fil de Dave remontait à mardi, quand il avait appelé pour dire que Dee se trouvait avec lui et qu'il l'emmenait loin d'ici.

Pas d'autre coup de téléphone ce jour-là ni le lendemain. On était vendredi matin et Sarah se sentait les nerfs à vif dans le silence. Elle pouvait littéralement le sentir, ce n'était plus une image. Son dos n'était qu'une série de nœuds sur une corde. Encore deux jours sans nouvelles et le point de rupture serait atteint.

La pendule, au-dessus de la plaque électrique, indiquait qu'était passée de dix minutes l'heure à laquelle elle aurait dû être habillée et prête à partir. Elle repoussa sa chaise, se leva, son corps pendait comme un poids mort à ses épaules.

Il n'y avait rien d'autre à faire que d'aller travailler. Elle ne savait pas où il était, ce qu'il advenait de lui et de Dee. (Avaient-ils eu un accident ? Jess les avait-il retrouvés ? oh, mon Dieu ! et si...) Au bureau, elle refoulait ses larmes devant le regard des autres. Une seule fois, hier, elle avait été contrainte de filer, en se mordant la lèvre, jusqu'aux toilettes pour aller s'accroupir derrière une porte fermée et presser sur son visage un mouchoir de papier humide.

Ce serait plus dur encore aujourd'hui. Elle détacha la ceinture de sa robe de chambre et se sentit prise de nausée à la certitude que le téléphone ne sonnerait pas.

– Tu veux autre chose ?

Non, fit Dee de la tête. La moitié d'une pile de crêpes arrosées de sirop d'érable demeurait, intacte, dans l'assiette devant elle, avec un œuf dans lequel elle avait chipoté. Elle paraissait fatiguée : plus de sourire, des cernes commençant à bleuir sous les yeux. Une petite fille fatiguée. Les nuits passées dans les chambres de motel commençaient à peser sur elle autant que sur son père.

Essaie de dormir avec les mains liées dans le dos, se dit Braemer. Et on verra comme tu seras faraud le lendemain matin.

– Prête à partir ? lui demanda-t-il après s'être essuyé la bouche avec une serviette en papier.

– Oui, je crois.

Elle leva la tête. Son menton quitta le creux de sa main qui lui remontait la joue, lui fermant presque un œil.

Il se sentait englué dans la même fatigue. À la caisse, lorsqu'il régla la note, ses doigts lourds parvinrent à peine à aller chercher les billets dans son portefeuille. Dans sa bouche, le goût amer de l'alcool qui lui avait permis de dormir deux ou trois heures lui collait à la langue.

Les jours commençaient à défiler.

Arrivés à Sacramento, et après y avoir passé une nuit dans un motel, ils avaient finalement quitté la Nationale 5 et ses interminables kilomètres vers le nord. Braemer ne savait même pas sur quelle route il se trouvait, se rendant seulement compte qu'il lui fallait baisser l'écran protecteur contre le soleil qui l'aveuglait, le matin.

Franchie la limite de l'État, ils étaient passés dans le Nevada. Après cela, un autre motel, juste après Reno, dans la petite ville de Sparks. Il savait qu'ils n'avançaient pas vite, et qu'en roulant à bonne allure, en s'en tenant à la route nationale, il aurait pu mettre bien plus de kilomètres entre sa fille et son ex-femme. Mais la fatigue commençait à lui peser très tôt, maintenant; à peine quelques heures après les nuits sans fin et un quelconque café avalé dans un quelconque fast-food, lourd sur l'estomac comme du plomb en train de refroidir. Deux heures à peine sur la nationale et les voitures, dans la file devant lui, se mettaient à se gondoler, à se couper en deux, à se fondre de nouveau en une seule lorsqu'une de ses mains lâchait le volant pour aller planter ses ongles dans son autre bras. Seule la douleur était assez vive pour chasser pendant quelques minutes le brouillard de la route. Parfois, cela ne suffisait pas et ses yeux s'ouvraient brutalement au bruit de son pneu de devant sur les tirets de plastique qui séparaient les files. Une fois, il avait fallu le hurlement aigu de l'avertisseur à air d'un camion pour le sortir de son hébétude. Il avait aperçu l'énorme roue du camion, tout en caoutchouc noir et en flou de boulons chromés, passer à quelques centimètres de sa vitre latérale. D'un coup de volant, il lui avait fallu sortir de la courbe dans laquelle ils s'engageaient l'un et l'autre.

Continue comme ça, se dit-il, et vous allez vous tuer, Dee et toi. Ce sera une solution rapide à vos problèmes. Traversant le parking de la crêperie avec elle, il tira son trousseau de clés de sa poche, déverrouilla la portière côté passager et Dee grimpa.

Il fit le tour de la voiture et allait glisser la clé dans la serrure côté chauffeur quand il sentit quelque chose d'humide sur sa main. Il vit que la peau de son pouce, là où il l'avait passé sur les cannelures de la clé, était coupée : le petit morceau de métal était une lame de scie tranchante comme un rasoir.

Surpris, il regarda s'étendre la coupure sur la peau. Elle fut bientôt presque aussi large que son pouce, d'un ovale rouge et brillant, avant d'éclater et de dégouliner dans la paume de sa main.

Il demeura un instant sans pouvoir bouger, ne parvenant qu'à regarder son pouls battre à la source du sang. Le temps que le courant repasse, dans son corps, le poignet de sa chemise était rouge, trempé. Il enveloppa son pouce dans son autre main et serra pour fermer la petite blessure.

Le sang continua de couler. Un instant, il resta caché sous les doigts serrés au point d'en faire blanchir les jointures. Puis il filtra, comme si chacun des espaces entre ses doigts était une autre blessure, répandant du sang, à l'infini.

Étourdi, il leva les mains et le sang dégoulina dans ses manches, les trempant jusqu'au coude, tombant goutte à goutte sur l'asphalte du parking.

Le vertige devint plus aigu, sa vision s'obscurcit à chaque battement de cœur.

– Arrête… arrête, murmura-t-il, s'adressant à sa main.

Ses jambes mollirent et il s'affaissa contre la voiture.

Ses mains, trop faibles pour arrêter le sang, retombèrent. Il sentit la tiédeur s'insinuer entre sa paume et la vitre de la voiture. Il laissa une traînée sur la vitre en tâtonnant sur la portière, ses genoux se dérobant.

À travers la vitre maculée de sang, il distinguait, faiblement, sa fille qui, penchée en avant, fixait intensément quelque chose à travers le pare-brise.

– Dee...

Elle tourna la tête et le regarda. Avec les yeux d'une autre, pas les siens, et le sourire d'une autre qui lui soulevait à peine les commissures des lèvres. Elle se rapprocha lorsqu'il colla le visage contre la vitre, laissant d'autres traînées de sang.

Puis la tête disparut.

Dee, les yeux grands ouverts de peur, blottie sur son siège, le regardait à travers une vitre parfaitement nette. Il se redressa contre la portière et resta debout, les jambes flageolantes. Lentement, il tourna ses mains, paumes en l'air, les retourna, revenant à la paume. Elles étaient grises de la poussière de la voiture. Pas trace de sang, nulle part, sauf dans son cœur dont les pulsations frénétiques se ralentirent.

– Papa... ça va ? demanda Dee qui s'était glissée sur l'autre siège, avait déverrouillé puis ouvert la portière.

Braemer remua la langue, paralysée dans sa bouche, humecta ses lèvres sèches.

– Ça... ça va, parvint-il à dire.

– Qu'est-ce *qu'il y a ?* insista Dee, la voix tremblante de frayeur.

Il aperçut le reflet de son propre visage livide dans la vitre. Rien d'étonnant qu'elle soit effrayée.

– Rien. Tout va bien, ne t'inquiète pas. J'ai eu un... vertige, c'est tout.

Il essuya ses mains sur son pantalon, la sueur diluait la poussière. Il essaya d'avaler la boule cotonneuse qui s'était formée dans sa gorge. Entre ses pieds, il vit son trousseau de clés, étalé là où il l'avait laissé tomber.

Dans la voiture, sous le regard de Dee, silencieuse, il parvint à glisser la clé de contact dans son logement. Sa main intacte demeurait pour lui un fragile miracle. Seigneur, songea-t-il, ce n'était pas drôle. Quoi que c'eût été. Le moteur ronronna.

Il avait lu quelque part que des gens, dans le but un peu idiot de voir leur nom dans le *Livre Guinness des Records,* étaient restés des jours et des jours sans dormir. Ce qui l'avait frappé, dans la souffrance de ces gens, c'était le fait que leurs rêves, ne pouvant s'exprimer dans le sommeil, avaient commencé à passer dans le monde réel. Et il ne s'agissait pas de rêves, mais de cauchemars – comme si chacun recelait en soi quelque source d'acide. Et comme si cet acide, ne pouvant s'écouler en toute quiétude pendant le sommeil, s'infiltrait dans les tissus cérébraux pour passer dans la réalité, mince pellicule sur un visage, y projetant les pires frayeurs de la nuit.

Peut-être était-ce là ce qui lui était arrivé. Braemer essuya ses mains moites sur le volant. Il n'avait pas dormi plus de deux heures par nuit depuis le début de leur sinistre voyage, et ces deux heures n'avaient été dues qu'à un mélange d'hébétude alcoolique et de fatigue obscurcissant tout. Un sommeil qui ne reposait pas. Un simple sursaut des muscles et c'étaient, sous ses yeux, les aiguilles de sa montre qui avaient un peu avancé sur le cadran.

Le pire, lorsqu'on faisait un cauchemar éveillé – sinistre perspective – c'est qu'on pouvait ne jamais s'en réveiller.

Parfait, se dit-il. C'est tout à fait ce qu'il nous faut. Les nuits et les jours avaient déjà suffisamment tourné au cauchemar sans que s'y ajoute encore quelque chose de pire. Si des bribes de nuit se mettaient à sortir au grand jour, ils allaient vraiment se trouver dans une sacrée panade l'un et l'autre.

– Papa... ça va ? demanda la voix de Dee au milieu de ses noires pensées.

Il ne savait pas depuis combien de temps il se trouvait là, assis, le moteur tournant, fixant le néant à travers le pare-brise. Il parvint à grimacer un sourire.

– Je vais très bien, dit-il, posant la main sur le levier de vitesses. Prête à démarrer ?

Un instant, les yeux de Dee fouillèrent son visage.

– Bien sûr, souffla-t-elle.

De l'extérieur de l'immeuble, il pouvait sentir l'odeur. Légère mais sûre, s'insinuant dans les narines comme celle d'un mets pourri, trop longtemps oublié dans un buffet fermé. Quelque chose pourrissait dans l'air tiède et stagnant de Los Angeles.

Pedersen, sur le trottoir, regardait la rangée de fenêtres délabrées ou aveuglées par des planches. Des herbes aussi hautes que les genoux, dont les tiges avaient séché et jauni, sortaient des fissures du trottoir. Les caniveaux étaient pleins d'ordures, de boîtes dont les lettres se fanaient au soleil, de journaux froissés qui avaient pris la même couleur que les herbes folles et s'effritaient, avec leurs mots illisibles. Il avait garé sa fourgonnette à quelques pâtés de maisons de là; la rue était vide à l'exception des ruines d'une voiture aux vitres brisées, aux sièges carbonisés, affaissée sur des roues aux pneus qui n'étaient plus que des bandes grises, en lambeaux.

Partout ailleurs, dans des immeubles abandonnés, pris entre l'argent qui fuyait et l'arrivée prochaine des démolisseurs, quelqu'un aurait perçu l'odeur. Encore un jour ou deux et on aurait peut-être appelé la police. Mais ce petit îlot était trop isolé pour que même les clochards y viennent chercher un coin où faire leur nid de guenilles empestant l'urine. Ici, l'odeur pouvait poursuivre son évolution, devenir plus intense et plus écœurante. Le moindre effluve faisait se rétracter la langue au fond de la gorge. Puis, les jours passant, elle se serait lentement dissipée en quelque matière sèche et racornie.

Pedersen traversa le trottoir jonché d'ordures, jusqu'à la porte de l'immeuble. Tout cela ressemblait à un entrepôt converti en autre chose, peut-être en un atelier clandestin, jusqu'à ce que les patrons l'aient fermé, sans même y mettre le feu pour toucher la prime d'assurance, si assurance il y avait. Une porte en bois nu dont les planches viraient au gris, des gonds et un moraillon rongés de rouille – le seul objet brillant était un cadenas neuf chromé, accroché au chambranle de la porte.

Il tira en vain dessus puis retourna à la fourgonnette. Il en revint avec un court levier. Les vis se détachèrent du bois sec avec un grincement aigu. Le levier à la main, il poussa la porte et avança dans l'obscurité.

L'odeur empirait dans le couloir. La lumière du jour, arrivant de la porte, révéla d'autres tas d'ordures contre un escalier délabré. La rampe, simplement retenue par des madriers cloués, se balança sous sa main tandis que les marches craquaient sous le poids de son corps.

La porte, en haut, n'était pas verrouillée. C'était de derrière cette porte qu'émanait l'odeur, s'infiltrant à travers le bois, dans le bois. Pedersen demeura un instant immobile, écoutant.

Il n'entendit rien. De sa large main, il poussa la porte.

La chambre était baignée de lumière. On avait arraché les planches qui barraient les fenêtres, révélant une vitre cassée. La lumière se répandait jusque dans les coins, sur le linoléum craquelé.

Un lavabo contre un mur, une traînée de rouille sous les robinets. Des restes de repas, des papiers gras froissés. Un matelas sur lequel gisait un cadavre.

Pedersen traversa la pièce et vint regarder le corps de la femme. Nu, la peau grise sous le noir du sang séché. Au-dessous, on distinguait à peine le tissu rayé du matelas sale sous le sang qui l'avait imbibé. Les mouches avaient trouvé les viscères. On pouvait voir leurs corps brillants, d'un vert métallique et leurs ailes de gaze qui filaient, rapides, au milieu des entrailles emmêlées. L'odeur montait du cadavre, presque bouillonnante. Pedersen se baissa et dégagea les cheveux raides du visage. Les yeux de la femme, ouverts mais voilés de membranes blanches, fixaient le plafond. Les joues étaient creuses, les dents se devinaient sous la peau plaquée sur l'os. Pedersen avait déjà vu ce visage, mais pas de ses propres yeux.

Son visage à lui était dépourvu de toute expression lorsqu'il se releva. Avant même de découvrir l'immeuble, il avait deviné qu'il était trop tard, qu'il ne trouverait qu'un cadavre en poussant la porte qu'il avait vue des dizaines de fois sans jamais la découvrir. La femme, quand elle était encore une chose ayant un nom, s'appelait Kathy, mais une voix en elle soufflait le nom de sa sœur. Tout cela appartenait au passé. Le grouillement des mouches était la seule vie qui animait encore la chair.

Pedersen se déplaça sur le côté de la fenêtre, où l'on ne pourrait le voir, et regarda la rue.

Un autre homme allait venir dans cette pièce. Il le savait, il pouvait le sentir approcher de l'immeuble par les rues vides. Il s'appuya contre le mur, regardant, attendant le retour de Jess.

Braemer aperçut le panneau annonçant la limite de l'État de Californie, sur le côté de la route, et il resta un instant sans comprendre. Il regarda s'approcher le panneau, froide indication géographique. Les autres véhicules roulaient à la même vitesse que lui ou le doublaient lentement, accélérant après le virage.

– Bon Dieu, dit-il, comprenant soudain.

Il roulait vers l'ouest et non plus vers l'est. Quelque part, il s'était trompé en tournant, probablement en sortant du parking de la crêperie ce matin. Il avait pris la mauvaise bretelle et était repassé en Californie sans s'en rendre compte. Au lieu d'augmenter la distance entre sa fille et son ex-femme, il avait refait une partie du chemin le ramenant vers la maison de San Aurelio et son fantôme à demi mort dans la chambre, en haut.

– Merde !

Dee, blottie sur son siège à côté de lui, les yeux fermés, la bouche ouverte, ne l'entendit pas. Depuis quelques jours, elle s'endormait dans la voiture dès leur départ, ce qui la reposait davantage que les nuits passées les mains liées dans le dos.

Une bretelle de sortie conduisant à une station de pesage des camions se dessinait juste après le panneau. Braemer commença à ralentir, gagnant la file de droite. Il pourrait faire demi-tour à la station, rejoindre la route et refaire le chemin en sens inverse, vers son point de départ de la journée.

Voilà où en sont les choses, se dit-il avec lassitude. Il était déjà fatigué, fatigué de conduire, fatigué des chambres de motel plus étroites encore que les files de l'autoroute. S'il n'était pas tombé sur le panneau – c'était plutôt le panneau qui lui était tombé dessus – il aurait continué à rouler dans un état de semi-hébétude, les mains tournant le volant, les pieds passant machinalement de l'accélérateur au frein, jusqu'à ce qu'il percute l'arrière d'un camion ou se réveille en pleine ville, à Sacramento. Le seul effet des litres de café qu'il absorbait tous les matins pour rester éveillé était de porter sa vessie au point de rupture. Il s'engagea dans la bretelle de sortie, espérant que la station de pesage comportait des toilettes.

Il jeta un coup d'œil sur sa fille qui dormait toujours, le visage contre le dossier du siège. C'est encore plus dur pour elle, songea-t-il. Elle était si petite, et plus pâle maintenant. Il ne pourrait pas continuer à rouler indéfiniment, pour arriver en ce lieu où l'enfant serait hors d'atteinte de sa mère. Depuis ce matin où il s'était réveillé dans le noir et avait allumé pour découvrir cet autre visage, déformant celui de sa fille, pour en faire un masque aux dents nues, aux yeux durs et brillants comme ceux d'un animal débusqué, ce que lui avait dit Pedersen à propos de l'âme de Renee se glissant dans l'esprit de Dee avait pris de la consistance. Il ne savait toujours pas s'il y croyait. Peut-être ne croyait-il en rien d'autre qu'à continuer à rouler, à augmenter le nombre de kilomètres entre eux et cette tête de mort au souffle rauque à l'autre bout de la route.

Ne t'attarde pas ici, se dit-il, en s'arrêtant à la station de pesage, tu as encore une longue route à faire. Il se gara à l'écart des camions, les diesels ronronnaient doucement, à l'arrêt, ou crachaient leur fumée noire en sortant des hauts abris par-dessus les bascules pour remonter sur la route.

On avait installé une petite aire de repos, avec des bancs de pique-nique, dans une clairière, derrière la station. Au bout d'une allée de gravier, une construction en bois portait les mots, MESSIEURS et DAMES.

Dee dormait toujours; il lui en fallait davantage pour la tirer de son sommeil. Braemer ferma la portière à clé et se dirigea vers les toilettes, ses chaussures faisant crisser les graviers blancs du sentier.

Quelques instants plus tard, soulagé, il retournait vers sa voiture. Il entendit des éclats de voix émanant du camion le plus proche.

– Encore cette putain de bobine qui a lâché !

Le véhicule était un immense camion frigorifique sur lequel était peint en lettres d'un bleu de glace le mot ARCTICOLD. Des chromes soulignaient la caisse et les portes de la partie frigo du camion Kenworth. L'un des chauffeurs, trapu et furieux, venait juste de sortir la tête et les épaules d'une trappe à l'avant du véhicule et essuyait ses mains noircies sur un chiffon. L'autre chauffeur, les mains dans ses poches arrière, baissa la tête et cracha sur l'asphalte.

– Je vais lui faire bouffer cette saleté à ce connard à l'usine, dit le chauffeur, le visage congestionné. À cette allure, c'est une putain de fabrique d'asticots qu'on va trimbaler à Fresno. (Avec un geste du pouce en direction des bascules, il ajouta :) Va les appeler pour leur dire qu'on est là pour deux heures pendant que je bricole là-dessus.

– Tu crois que tu peux réparer ?

– Comment tu veux que je le sache, bordel ?

L'autre chauffeur jeta un coup d'œil dans le trou noir, cracha de nouveau et se dirigea vers la cabine téléphonique, frôlant Braemer, les mains toujours glissées dans les poches de son jean maculé de graisse.

Avant que Braemer introduise sa clé dans la portière, il entendit le chauffeur du camion faire glisser sur son rail la haute porte latérale de la remorque frigorifique, dans un bruit de ferraille. Par-dessus son épaule, Braemer le vit se hisser dans le frigo puis disparaître à l'avant où devait se situer la panne.

Par la porte ouverte, Braemer distingua la cargaison du camion. Des carcasses de bœufs congelées, vidées et dépouillées, pendues à des crochets passés dans ce qui avait été le cou des bêtes. Les corps décapités pendaient sur des rails courant sur toute la longueur de la remorque, une rangée derrière l'autre – chair rouge sombre marbrée de graisse d'un blanc jaunâtre, des moignons où l'on avait scié les pattes, des creux où l'on pouvait voir les côtes se rattacher aux échines. Sur les carcasses les plus proches de la porte, la fine couche de glace fumait au contact de l'air extérieur, plus chaud.

Un plein camion de viande morte. Braemer ne ressentit rien à ce spectacle, pas même un léger dégoût. Avec le bœuf congelé, on ne sentait pas cette odeur de sang et d'os scié qui vous prenait aux narines quand on entrait dans une boucherie. Là, ils paraissaient plus propres, plus hygiéniques, comme des produits d'usine.

Pas de chance pour les vaches, se dit Braemer, c'est tout. Il avait déjà assez de soucis sans envisager de devenir végétarien. Et quand on mangeait un hamburger, il fallait bien penser que cette galette de viande hachée et de graisse venait de quelque part, que quelqu'un en salopette maculée de sang et coiffé d'un casque avait balancé son merlin en plein entre deux grands yeux frangés de cils aussi délicats que les siens. Ça arrive tous les jours. À... comment appelle-t-on ça ? À l'abattoir, c'est ça.

Il secoua la tête pour en chasser ces lugubres

pensées. Quelque chose, à la vue de ces carcasses congelées suspendues dans l'obscurité du camion, l'avait égaré un instant. Dans l'état de fatigue où il se trouvait, il se sentait une certaine parenté avec un quartier de bœuf raidi. Il allait se retourner, revenant à sa clé, quand il aperçut la petite carcasse pendue, juste à côté de la porte du camion.

L'intérieur glacé du véhicule l'enveloppa, raidissant sa peau, tandis qu'il distinguait mieux la chose. Encore une carcasse, vidée et dépouillée comme les autres, mais beaucoup plus petite et d'une forme différente, sans cette immense poitrine bombée et ces longes épaisses des carcasses de bœuf. Encore une autre différence : la tête était toujours attachée au corps, affaissée en avant contre la pointe du crochet fiché dans le cou tendre.

Et la tête avait un visage. De la fumée glacée montait des joues creuses, la bouche était ouverte, les yeux révulsés découvraient le blanc de la mort.

Des cheveux bruns, drus, aussi fins que ceux d'un bébé, tombaient sur la chair et les tendons dénudés des épaules. C'étaient les cheveux bruns de sa fille, le visage de Dee.

Il sentit la nausée monter à travers la fatigue. Son cœur s'emballa sous la peur, non pas la peur de quelque chose qui pendait à un crochet dans l'intérieur glacé d'un camion, mais la peur de voir des choses qui n'existaient pas. La peur de perdre la maîtrise de ses sens sur le monde, la peur qu'un autre monde peuplé de cadavres congelés et de sang vienne bouillonner dans sa tête.

Et à quoi serais-tu bon, alors ? Il ne serait pas facile d'accumuler les kilomètres d'autoroute quand tes flashes de films d'horreur transformeraient les autres véhicules en choses bourrées de cartilages et de chair crue. Certes, ce serait infernal de conduire dans ces conditions, jusqu'à ce que, terrorisé, tu percutes le rail de sécurité à la sage et prudente vitesse – ah, ah – de quatre-vingt-dix à l'heure.

Ça n'existe pas, se dit-il; il n'y a rien, là. Il s'appuya contre la voiture et ferma très fort les yeux. Mais la vision persista. Derrière ses paupières il voyait toujours le petit corps pendu, la tête affaissée sur le côté pour laisser place au crochet passant en travers de la gorge, comme une langue d'acier. On avait scié les membres – il pouvait voir les os blancs au milieu des moignons, la peau des petites cuisses nues arrachée et révélant une chair plus nue encore. À l'intérieur de la cavité vidée de ses viscères, l'arc délicat des côtes, pareilles à des doigts ouverts.

Il n'y a rien, c'est dans ta tête, ce sont seulement les toxines de la fatigue, un résidu de rêve infiltré dans le monde réel. Elle est là, dans la voiture, à côté de toi; là où tu l'as laissée, en train de dormir, blottie sur son siège, elle va bien. Si tu ouvres les yeux, cette autre chose aura disparu, il n'y aura plus de petit cadavre pendu à un crochet. Ouvre les yeux et tu ne verras qu'un camion plein de bœuf congelé.

Il ne put les contraindre à s'ouvrir. Ses yeux demeurèrent clos, les paupières tremblant sur les orbites. Allons – il conversait avec lui-même – il n'y a rien. Allons, allons, tu crois que ce camion livre à quelque obscur restaurant qui propose au menu des côtes premières de fillette – selon arrivage – et pendant que tu étais aux toilettes, ils ont repéré Dee dans la voiture, l'ont tuée, clac-clac avec les haches à découper, et l'ont suspendue dans leur camion. Ton cerveau n'est pas seulement fatigué, il est malade.

La vision demeura, claire dans le noir, derrière

ses paupières, et il ne pouvait toujours pas les ouvrir. Il avait peur de les ouvrir. S'il ouvrait les yeux et si une carcasse vidée, dans le camion, avait toujours le visage de Dee, cela signifierait que la folie s'était enfoncée en lui, à une profondeur d'où on ne pourrait l'extirper. Va-t'en, fais-la disparaître, continua-t-il à penser. Avec les yeux de son esprit, il vit le petit corps pendu s'animer au bout de son crochet, comme si la chair se décongelait, le sang dégoulinant de la glace rouge en minces traînées dans la cage thoracique, dégouttant sur le sol. Le visage bougeait, il le voyait, et cela ne s'arrêtait pas, la bouche s'ouvrant plus grande, la langue pendant, le gémissement de douleur s'étouffant autour du crochet d'acier qui perçait le cou... Et puis il l'entendit, non pas un gémissement mais un rire à travers le grondement de son sang dans ses oreilles.

La porte latérale du camion grinça, glissant dans son logement métallique. Elle se ferma avec un bruit sourd suivi par celui d'un loquet et le claquement d'une serrure.

Braemer ouvrit les yeux sur le chaud soleil et les portes fermées du camion. On ne voyait rien d'autre que la paroi blanche et les lettres d'un bleu de glace. Quelles que soient les horreurs qu'il contenait, elles étaient bien enfermées.

Il soupira, ses épaules se décontractèrent. Sous ses bras, sa chemise était moite. Bon Dieu, se dit-il. Encore une rude affaire, pire que sa main pleine de sang ce matin. Il secoua la tête, passa des doigts tremblants dans ses cheveux. Encore un peu et il serait bon pour la camisole. Ce serait une solution pour goûter au long repos dont il avait besoin.

Il entendit qu'on ouvrait la portière du camion et vit le chauffeur revenir de la cabine téléphonique. Un pied en l'air, prêt à grimper, le chauffeur le regarda et lui sourit.

Un instant, Braemer loucha, le soleil obscurcit sa vision. Il vit le visage mince de l'homme qui souriait – des trous entre ses dents jaunes, s'ouvrant sur des secrets... Le visage du clochard devant chez lui, à Los Angeles, avec sa grimace figée de maniaque, et ses versets de la Bible fantaisistes, fit un clin d'œil à Braemer avant de disparaître dans la cabine du véhicule.

Les mains tremblantes, Braemer ouvrit sa portière. Les deux sièges étaient vides. Dee n'était pas à l'intérieur.

Il se retourna vivement, les mains plaquées contre la tôle et scruta le parking. Des rangées de camions, et rien d'autre.

– Dee ! hurla-t-il, sa voix se brisant sur le goût amer monté dans sa gorge.

Le gravier crissa sous des pas tout proches. Il se tourna : Dee revenait entre les bancs de pique-nique. Quelques pas et, s'agenouillant, il la prit dans ses bras, son visage contre celui de sa fille. Elle fermait les yeux et il comprit qu'il la serrait trop fort.

– Où es-tu allée ? demanda-t-il en desserrant son étreinte, mais sans la lâcher. Où étais-tu ?

– Il fallait que j'y aille, répondit-elle, dégageant l'un de ses bras et désignant les toilettes. Là-bas.

Il se releva, une main posée sur l'épaule de Dee.

– Bon. Mais la prochaine fois ne quitte pas la voiture sans me dire où tu vas.

– D'accord. (Son regard passa de la voiture à la route. Elle s'était rendu compte du changement de direction.) Papa, on rentre à la maison ?

– Non, chérie. Je... je me suis trompé, c'est tout. Il faut qu'on revienne sur nos pas.

Il sentit ses genoux trembler légèrement tandis qu'ils regagnaient la voiture. Au-delà de la fatigue, qui en était arrivée à lui vider les reins, il avait douté de la fermeté du sol même. La terre recelait des crevasses ouvertes, révélant des dents tranchantes comme des rasoirs et les petites créatures qu'elles avaient déchirées.

Il ouvrit la portière à Dee qui grimpa. Avec lassitude, il se glissa derrière le volant et démarra. Virant sur la route, dans la bonne direction cette fois – vers l'est – il fit jouer ses épaules pour les soulager de la tension de ses muscles. Le soleil pénétrait à travers le pare-brise. La pureté de l'air était telle qu'on distinguait les montagnes dessinées au loin, sur fond de ciel bleu. Il roula, laissant derrière lui le camion frigorifique et son macabre contenu.

Quelque chose de ce qu'il avait vu à la station de pesage cognait toujours dans son crâne. Tout le reste – le petit corps congelé, la bouche ouverte – disparaissait dans sa mémoire. Mais le rire entendu sous ses yeux fermés par la peur, le rire continuait à résonner dans sa tête. Il ne l'avait pas reconnu, alors, et il lui avait fallu plusieurs minutes pour chercher, au milieu de toutes ces années, quand il l'avait entendu pour la dernière fois. Et puis il s'était souvenu.

C'était le rire de Renee.

Pedersen entendit des pas sur le trottoir, au-dessous, puis aperçut l'ombre de la haute silhouette qui approchait, tombant sur les herbes sèches et le ciment fissuré. Il s'aplatit contre le mur, près de la fenêtre, et regarda Jess remonter la rue jusque devant l'immeuble, avançant du pas prudent et gracieux des prédateurs se cachant de leur proie.

La porte de l'immeuble se trouvait juste sous la fenêtre par laquelle Pedersen regardait. Jess haussa les épaules, surpris lorsqu'il découvrit le moraillon arraché. Sa main, qui tenait la clé du cadenas, se déroba devant le morceau de métal qui pendait sur le bois éclaté. Il eut le mouvement d'un animal qui repère le piège juste avant qu'il ne se déclenche. Il recula de quelques pas, mains en avant, tournant lentement sur lui-même pour scruter la rue.

Le soleil se refléta dans le miroir de ses lunettes quand il leva les yeux, passant d'une fenêtre poussiéreuse à l'autre. Au-dessus de lui, Pedersen se figea, dissimulé à sa vue, retenant son souffle. Jess poussa la porte de bois puis souleva ses lunettes d'une main pour s'accommoder douloureusement à l'obscurité du couloir. Il demeura là un long moment, tournant un peu la tête, comme pour mieux écouter. Enfin, il rabaissa ses lunettes et, avec précaution, franchit le seuil, disparaissant à la vue de la fenêtre.

Pedersen quitta le mur. Avec légèreté, il traversa rapidement la pièce, ses pieds ne faisant aucun bruit sur le linoléum craquelé. Il s'accroupit dans l'obscurité, à côté de la porte.

On entendait les pas de Jess dans l'escalier, grimpant lentement les marches de bois. Quand ils s'arrêtèrent sur le palier, Pedersen se dressa sur la pointe des pieds, bras pendants, genoux souples. Il retint son souffle et attendit.

Le silence se prolongea, de part et d'autre de la porte, les secondes s'égrenaient. Seul le bruit des mouches voltigeant au-dessus de la chose sur le matelas noir, contre le mur. Et le bois mince de la porte craqua, le bruit déchirant l'air au moment où le loquet rouillé se détacha du chambranle. La porte s'ouvrit en grand et alla cogner contre le mur. La semelle de Jess resta un instant en l'air, après son coup de pied dans la porte.

Pedersen bondit, saisit le pied de Jess et le déséquilibra. La rampe du palier craqua, se brisant presque sous le choc du dos de Jess.

Une main remonta vers le visage de Pedersen,

cherchant les yeux, tandis qu'il pesait sur son avant-bras en travers de la gorge de Jess. Celui-ci laissa échapper entre ses dents une respiration sifflante en cognant des genoux dans les côtes de Pedersen.

Pedersen se releva, entraînant Jess avec lui, ses énormes mains accrochées à la veste de l'autre. Jess ouvrit les bras à l'instant où Pedersen le souleva, le retourna et le projeta dans la pièce à travers la porte ouverte.

Jess fit un roulé-boulé, se redressant d'un mouvement félin. Les lunettes, arrachées de son visage, tombèrent en brillant sur le tas d'ordures, dans un coin. Il demeura accroupi, les genoux pliés, prêt à bondir à la gorge de son adversaire, le visage congestionné, tentant de reprendre son souffle coupé par le choc.

Pedersen avança, referma la porte dont le panneau inférieur était cassé en deux. Les mains sur les hanches, il attendit, observant la silhouette piégée dans la pièce.

Sa respiration se ralentit, Jess se redressa, la fente de son regard restait fixée sur Pedersen.

– Qu'est-ce que tu fais ici ? demanda-t-il d'une voix calme.

Pedersen ferma les yeux une fraction de seconde. Son regard était plus triste lorsqu'il se posa de nouveau sur l'autre.

– Tu savais que je viendrais un jour. Tu savais que l'heure viendrait.

– Comment as-tu trouvé l'endroit ? demanda Jess avec un mince sourire. Je ne pensais pas que quelqu'un puisse te dire où se trouvait ma petite… retraite.

– J'ai cherché longtemps. À travers mes yeux et à travers les tiens. Tu t'es montré très habile mais tu as su, ensuite, que j'étais là pour capter le moindre indice. Tu te glissais ici comme un animal dans le noir, de caniveau en caniveau, faisant le vide dans ton esprit pour que j'ignore où tes pas te menaient. Et, une fois à l'abri, en sécurité dans ton trou, tu reprenais toute ta conscience, me laissant voir tout ce qui se passait dans cette pièce. Très habile, Jess. Il m'a fallu scruter chaque morceau de trottoir, chaque rayon de lune sur une façade d'immeuble pour trouver l'endroit. Mais je l'ai trouvé.

– Je suis content que tu l'aies trouvé, dit Jess dont le sourire s'élargit. J'espérais te revoir. C'est pour ça que je suis revenu ici. Et tu arrives à temps, hein ?

Pedersen croisa les bras sur sa poitrine.

– J'arrive trop tard pour ce que je voulais faire. Pour la sauver.

Il eut un geste de la tête vers la forme sur le matelas. Le cadavre était recouvert d'une mince couverture trouvée par terre, roulée en boule – il avait fait fuir les mouches avant de la tirer sur le ventre ouvert et les yeux fixés sur le néant.

– Mais j'ai le temps pour le reste de ce qui doit être fait.

Le rire de Jess se répercuta contre les murs. L'espace, entre Pedersen et lui, formait une ligne à laquelle il était suspendu, le dos cambré contre la boucle d'une invisible corde. Sur sa corde, veines et tendons saillirent lorsqu'il leva le visage vers le plafond et ses toiles d'araignées.

– Espèce... de... connard stupide. Idiot, vieux cinglé ! Tu n'as plus le temps ! Il est trop tard pour tout.

Son visage se figea en un masque grimaçant, un sourire plaqua ses lèvres blêmes sur ses dents humides. Il se leva, se tenant les côtes, les poings ouverts, tremblant d'extase.

Pedersen demeura silencieux sous la tempête de rire qui déferlait sur lui, comme un roc sous les vagues.

– Je regrette, dit-il enfin. Ce qui est arrivé

est de ma faute. Mais il est trop tard pour toi, Jess. Tous les péchés peuvent être pardonnés, mais on ne peut refaire certains chemins à l'envers.

Jess le regarda, haletant sous son sourire.

– Sauf pour ton petit troupeau de brebis, dit-il. Tu les gardes dans la ligne avec ces pieuses conneries. Faites vos exercices respiratoires, les enfants, et papa vous amènera tous à la terre promise, où vos petites âmes bien récurées pourront étinceler au soleil, à jamais. Ils gobent vraiment ces conneries, hein ? Mais tu savais que je n'avalais pas ça, et c'est pour ça que tu m'as viré – parce que tu savais que j'étais dans le coup, moi, Renee et les deux ou trois autres qui sont venus avec nous, tu savais que nous avions trouvé la vraie voie pour faire ce que nous voulions. Et nous n'avions pas peur de la prendre. C'est pourquoi tu as dû te débarrasser de nous – pour que ton petit troupeau de brebis ne découvre pas que nous pouvions faire ce que ne réussissait pas leur maître gonflé de vent !

Il cingla l'air de son doigt à chacun de ces derniers mots.

– À une époque, j'aurais pu t'aider, dit Pedersen. Mais plus maintenant. Ce que tu as fait à ton âme ne peut être défait. La pierre noircie qui est en toi ne sera même pas lavée par la mort. Quand ton corps mourra et pourrira dans ce monde, cette pierre, dans l'autre monde, demeurera aveugle à la lumière.

– C'est toi qui as peur de la mort, pas moi, dit Jess, avançant rapidement vers le matelas et retirant la couverture.

Il s'agenouilla et souleva le cadavre, les mains sous les bras pendants du corps. Les membres nus et flasques battirent contre lui quand il tourna sur lui-même au milieu de la pièce.

– J'ai dévoré la mort, dit Jess, le visage contre

la tête aux croûtes encore sanglantes, aux yeux voilés, à la bouche ouverte sur un cri silencieux.

Il tourna, les yeux clos : un homme dansant une parodie de valse avec une poupée aux articulations de ficelle. La peau grise céda et libéra l'angle de la mâchoire tandis que la tête tombait en avant sur le cou tordu.

– Tout le monde peut pourrir, chantonna Jess en un murmure, et je serai toujours avec les vivants, allant d'un doux petit enfant à l'autre, les dévorant de l'intérieur, l'un après l'autre...

La danse prit fin, le cadavre arraché des bras de Jess tomba sur le sol. Pedersen saisit Jess par les épaules et le souleva.

Leurs regards étaient rivés l'un à l'autre, l'un avait le visage grimaçant, l'autre fermé comme un poing.

Pedersen s'écarta de la chose qu'il avait vue dans les profondeurs des yeux de l'autre.

– Ce n'est pas Jess, dit-il d'une voix douce. Ce n'est pas Jess, n'est-ce pas ? Il s'est trop approché du feu. Il est venu pour manger et il a été... dévoré. Tu as été plus forte que lui.

La grimace se changea en mots, la gorge et la langue de Jess se tordirent en une autre voix.

– Va te faire foutre, dit Renee avec un rire moqueur.

Le bras de Jess cingla le visage de Pedersen au moment où il s'arracha aux mains de l'homme. Sous le coup, Pedersen recula de quelques pas.

Pendant la fraction de seconde qu'il mit à retrouver son équilibre, Pedersen sentit Jess – la chose à l'intérieur de Jess – le frôler, toutes griffes dehors. La porte claqua contre le mur. Des pas rapides dans l'escalier. Inutile d'aller à la fenêtre pour entendre la course de Jess qui disparaissait déjà au bout de la rue.

Il demeura un instant au milieu de la pièce de nouveau silencieuse. Il attendit encore, la tête baissée, les épaules voûtées comme celles d'un vieil homme, puis il se baissa lentement vers le cadavre sur le sol. Il le prit dans les bras, le porta jusqu'au matelas où il le déposa. Après avoir croisé les mains sur le ventre ouvert et refermé la mâchoire, il se releva.

Il demeura encore un instant penché sur le corps, jusqu'à ce que la lumière eût quitté la pièce et que les formes qu'elle contenait fussent englouties par les ombres.

La maison était silencieuse. Carol était là, et sa sœur, figée dans son sommeil, en haut. Carol, appuyée contre le chambranle de la porte de la cuisine, une liasse de papiers rigides serrés sur la poitrine, écoutait le silence que ne venait rompre que le bruit de la respiration dans la chambre, à l'étage.

Naguère il y avait un enfant dans la maison, dont le rire et les bavardages rebondissaient contre les murs comme une balle de caoutchouc aux couleurs vives. Temps heureux dont elle se souvenait comme de jours ensoleillés. La petite fille était partie, ce qui avait longtemps affligé Carol. Mais il était facile d'attendre, désormais. Son frère Jess avait déjà ramené l'enfant ici, à son véritable foyer et il le referait. En ce moment même, il était en train de la chercher. Et, en attendant, elle avait à faire.

Elle alluma la lumière dans la cuisine – le soir était tombé, plongeant la maison dans la pénombre – et alla poser la pile de vieilles photos sur la table. Elle tira une chaise, s'assit et étala les clichés.

Des photos en noir et blanc, avec des tons de gris. De vieux clichés, quelques portraits de studio, des visages flous. De vieilles voitures devant la maison, à l'époque où elle était neuve et fraîchement peinte, des personnages qui grimaçaient sous le soleil. Le temps figé en un bloc gris, puis taillé en morceaux.

Aucune des photos n'était entière. À toutes, il manquait un morceau des petites scènes familiales que les ciseaux avaient taillé ou que la main avait déchiré. La moitié des clichés avaient jauni, fané, sous toutes ces années passées dans des cadres d'où Carol les avait tirés un instant plus tôt. Les autres morceaux avaient été protégés de la lumière dans la couverture de l'album découvert dans la cave.

Elle les examina une à une, appariant chaque photo avec sa partie manquante, bord déchiré contre déchirure correspondante, bord nettement taillé aux ciseaux contre son homologue. Chaque fois qu'une paire se formait, elle la rangeait soigneusement à part, comme assemblant un puzzle.

Elle essaya de ne pas s'attarder sur chacune des photos, mais elle savait déjà ce qu'elles représentaient, quel personnage se trouvait sur les morceaux découpés et cachés. Ses mains continuaient leur travail, fouillant parmi les débris noir et blanc.

La chambre était différente, le motel était différent, mais la télé semblait être la même. Les dernières informations tombaient, chuchotées, de l'étagère inclinée en face des deux lits : des décombres quelque part au Moyen-Orient, et, devant une église ou une mosquée – Braemer ne savait le préciser – un cercueil de bois ordinaire qui se balançait au-dessus d'une foule hurlante, comme flottant sur une rivière de mains et de visages.

Assis sur un lit, le dos au mur, Braemer regardait, ses yeux suivant les images qui sautaient sur l'écran noir et blanc, mais sans donner un sens à ces visions. Dans la main reposant sur une jambe allongée, un verre à dents avec un fond de scotch tiède.

Le cercueil, sur l'écran, aurait pu tout aussi bien contenir les restes massacrés de cette journée, une feuille de calendrier froissée. Un gâchis total. Braemer leva la main, avala une autre gorgée, laissant descendre la chaleur brûlante du liquide dans sa poitrine. Sur l'écran, une femme souriait à un tube de dentifrice.

Dee et lui étaient de retour dans la ville de Sparks, pas plus loin, à l'est, de la route de San Aurelio et de Renee que la veille. Après avoir fait demi-tour à la station de pesage, laissant derrière eux le camion frigorifique avec sa cargaison de sang et de viande congelés – en partie réelle, en partie imaginaire – il les avait ramenés, ses mains tremblant sur le volant. Ils avaient repassé la limité de l'État du Nevada. Avant même de traverser Reno, il s'était rendu compte qu'il n'en pouvait plus. La voiture ne restait sur la route que parce qu'il plantait ses dents dans sa lèvre inférieure jusqu'à ce que les lignes blanches, sur le ciment, cessent d'onduler. La vision, à l'intérieur du camion, le corps de l'enfant pendu à un croc d'acier, l'avait vidé des quelques forces qu'il avait récupérées dans son sommeil entrecoupé de la nuit précédente.

S'il avait continué à conduire dans cet état, relevant brusquement sa tête entraînée par le poids de son menton, les yeux grands ouverts pour fixer la route qui glissait sous sa voiture, il se serait réveillé pour la dernière fois dans un bruit de métal déchiré, projetés, Dee et lui, contre le rail de sécurité. Dès qu'ils étaient arrivés à Sparks, il était sorti de la route pour s'engager au milieu de la rangée de boîtes de restauration rapide et de motels qu'ils avaient quittée le matin même.

Il avait roulé au hasard, ne voulant pas s'arrêter au même motel. Braemer pensait que son visage marqué par la fatigue et ses mains tremblantes soulevaient déjà assez de suspicion, et il avait pris une chambre dans un motel tout au bout de la rue.

Dans ces conditions, se dit-il, autant demeurer ici. L'idée était tentante. Ses os étaient des tiges de fer articulées tirant sur sa chair.

Il restait dans le verre juste assez de scotch pour en colorer le fond. Braemer avala la chaleur, regardant l'autre lit. Dans la lumière bleuâtre de la télé, Dee n'était qu'une forme blottie sous la couverture, le visage tourné vers le mur, seuls émergeant sur l'oreiller ses cheveux emmêlés. La couverture se soulevait et s'abaissait au rythme lent de sa respiration.

Une fois installés dans la pièce, Dee avait secoué la tête quand il lui avait demandé si elle voulait manger. Même réponse à sa suggestion d'aller taper dans le ballon, dans le parc voisin. Apparemment, elle ne souhaitait rien d'autre que de s'allonger sur le ventre sur le lit du motel et regarder en silence l'agitation des ombres grises sur l'écran de télé, sans même se soucier de changer de chaîne : un programme en valait un autre. Elle était pâle, sa peau prenait des tons de porcelaine, les cernes de ses yeux se faisaient plus sombres, plus profonds. Elle paraissait sortie de quelque vieille photo d'enfants travaillant en usine, au dix-neuvième siècle, seuls les jeans et le tee-shirt rouge changeaient de la blouse noire.

Elle reniflait, ayant attrapé quelque part un début de rhume – Braemer espérait que ce ne serait pas plus grave. Sa respiration, à peine perceptible sous le son de la télé, avait quelque chose de liquide. Et si elle était vraiment malade ? Le scotch émoussait ses inquiétudes sans les faire disparaître. Peut-être ces heures de route l'avaient-elles épuisée plus que lui. Il y avait si peu de forces dans un enfant, et moins encore dans un enfant ayant connu ce que Dee avait connu. Si lui était arrivé au bout du rouleau, peut-être avait-elle déjà lâché le sien.

C'est ça le vrai cauchemar, se dit-il. Les dernières gouttes de scotch glissèrent sur sa langue, se mêlant à la salive. La bouteille était posée sur la commode, sous la télé, aux deux tiers vides, avec les fantômes d'une semaine de chambres de motel. Sur un sac de papier aplati gisaient un hamburger chipoté et un paquet de frites, reliefs froids du dîner de Dee. Les yeux mi-clos, Braemer contempla la petite scène. Les visions de son pouce perdant du sang, d'un frigo ambulant où pendait le corps de sa fille avaient disparu. Le cauchemar le plus effrayant se déroulait dans cette petite pièce, dans cet espace enfermé entre des murs de parpaings. Ils n'étaient que tous les deux, un père et sa fille, le reste du monde s'étirait derrière eux, bornes sur une autoroute disparaissant à l'horizon, simple fil issu des lambeaux du souvenir. Des jours s'étaient écoulés sans qu'il téléphone à Sarah à Los Angeles. Il savait qu'elle devait être mortellement inquiète, qu'elle se demandait ce qui leur était arrivé, quelle route avait pu les engloutir sans laisser de trace. Mais il n'y pouvait rien. Le stade où il aurait pu glisser des pièces dans un téléphone, composer un numéro, se faire entendre au bout du fil était passé depuis longtemps. Passé et perdu sur l'autoroute ou dans une des chambres de motel aseptisées qui avaient jalonné leur voyage.

Tu es trop mal foutu pour lui parler, tu ne feras que l'inquiéter davantage si elle t'entend parler avec cette voix. Elle devinerait ton épuisement et les folies qui perceraient derrière ta voix, tu es trop mal fichu... C'est ce qu'il s'était dit, incapable de sortir de la chambre et d'aller jusqu'à une cabine téléphonique devant la réception du motel. Il était resté là allongé sur le lit, figé, les mains derrière la tête. Laissant couler sur lui le son du programme de télé choisi par Dee ou l'écoutant respirer dans son sommeil. Voilà ce qu'il s'était dit au début, mais il savait déjà que ce n'était pas la vraie raison.

Allongé là, sur le lit, comme une pierre dans un espace vide il le savait. La vérité, c'était que le téléphone et la voix qu'il pourrait entendre au bout des kilomètres de fil, y compris celle de Sarah, appartenaient à cet autre monde que Dee et lui avaient laissé derrière eux. Cet autre monde continuait, quelque part hors de son atteinte, ses personnages vaquaient à leurs affaires comme ils l'avaient toujours fait et continueraient à le faire. Le souvenir qu'il en avait était aussi lointain que ces formes, sur l'écran de la télé, points phosphorescents se fondant et se séparant en des dessins répercutés depuis un lointain satellite.

Tout ce qui comptait vraiment pour lui, actuellement, se trouvait là, dans la chambre de ce motel. Un petit monde réduit à trois personnages : le père, la fille et la présence épisodique de la mère. Elle est là, se dit Braemer, posant le verre en équilibre sur son ventre. Quelque chose d'autre dont il avait fini par accepter la réalité. Pedersen avait raison. Lorsqu'on en arrive à un degré suffisant de fatigue et de peur, la vérité pénètre à travers les murs qu'on a bâtis pour s'en protéger.

Il pouvait sentir la présence de Renee dans la chambre, silencieuse, et qui attendait. Son épuisement, mêlé au scotch, intoxiquait son sang. Le vaste monde pouvait continuer, celui de la chambre était en train de se réduire à un fil que tirait une main invisible. Le sang et la mort qu'il avait vus sur sa main et dans le camion, voilà ce qui se trouvait dessous quand le tissu s'usait, s'amincissait; et tout allait partir en lambeaux comme un tissu pourri.

Il posa le verre par terre, se leva, coupa le son de la télé, laissant la lueur de l'écran éclairer faiblement la pièce. Dehors, le bruit de la circulation dans la rue et sur la route un peu plus loin – une circulation peu importante, il était plus de minuit – se perdait dans le noir. Il s'assit sur le bord du lit pour attendre.

Il n'attendit pas longtemps. Quelques minutes d'agacement, la chaleur du scotch se dissipa dans son estomac, et quelque chose d'autre se mit à bouger sous les ombres projetées par l'écran de la télé.

La forme – sa fille – qui dormait sous la couverture bougea et s'étira. La nuque de l'enfant sur l'oreiller, puis le visage de l'enfant se tourna vers lui. Les yeux de Dee s'ouvrirent lentement, à demi voilés par les paupières, une esquisse de sourire se dessina sur ses lèvres quand elle l'aperçut.

– Dave, dit-elle doucement.

C'était Dee, mais avec une voix différente. Il reconnut cette autre voix qui s'exprimait par la gorge et la bouche de sa fille. Il ne dit rien, attendant la suite.

– Retire ça, Dave. (Les épaules de Dee remontèrent, tirant ses poignets liés sous la couverture.) C'est trop serré, ça me fait mal. Retire-les, Dave. Je ne ferai rien – je veux seulement te parler.

– Non, dit-il, la langue épaisse dans sa bouche.

– Tu as peur ?

Le sourire – le sourire de Renee – se fit provocant sur le visage de Dee, son regard brilla de son propre éclat.

– Il n'y a pas de quoi avoir peur, poursuivit-elle.

– Non, je n'ai pas peur.

C'était vrai – il n'avait pas peur. Il savait qu'il avait longtemps attendu cet instant; depuis le début, presque. Il l'avait espéré, sous les strates de toutes ses autres pensées, depuis que Pedersen lui avait dit que Renee revenait dans le corps de Dee. Maintenant pouvaient être dits tous les mots qui n'avaient pas été prononcés lorsque Renee était tombée dans son coma. Ce n'était pas la crainte, mais autre chose qui tremblait dans ses bras et dans sa poitrine.

– Tu n'as pas peur ? (Dans la faible lumière, le visage sur l'oreiller était davantage celui de Renee que de Dee.) J'en suis heureuse, Dave. Nous pouvons parler. Des années et des années sont passées et, pendant tout ce temps, je voulais te parler, te dire des choses, et je ne pouvais pas. C'est pour cela que je suis revenue, Dave. Uniquement pour toi.

La voix de Renee était plus claire maintenant, celle de l'enfant étouffée par elle. Le sourire sur le visage, la lueur dans le regard révélaient une intelligence satisfaite, une cruauté et une cupidité qui ne pouvaient être d'un enfant. Braemer sentit les poils se dresser sur sa nuque, non pas de peur, mais comme se hérisse l'échine d'un chien planté face à deux yeux jaunes dans un trou sombre, flairant une envie de dévorer insatisfaite.

– Qu'est-ce que tu veux ?

– *Qu'est-ce que tu veux ?* répéta la voix moqueuse de Renee. Tu ne le sais pas, Dave ? J'ai ce que je veux. Je voulais vivre – et je suis vivante. J'aime ça, Dave. C'est bon d'être vivante. (Le mot *bon* s'étira, savoureux, dans la bouche de Renee.) Je sais ce que c'est que de ne pas être vivante. Oh, je suis allée en cet autre endroit, et je ne vais pas y retourner. C'est inutile. Je suis ici, Dave – avec toi. Oh, non,

Dave, la question n'est pas de savoir ce que je veux mais ce que *tu* veux.

C'est un cadavre qui parle. Il ferma les yeux, sentant la nausée monter en lui. *Les paroles d'une morte.* Sous ses paupières, il pouvait voir une chambre dans une maison de San Aurelio. L'odeur du désinfectant masquant celle de la pourriture lui monta aux narines. *Les paroles d'un cadavre.* La voix qui parlait était celle qui se trouvait dans le corps enveloppant un squelette, sur le lit de cette chambre. Le sourire était celui d'un crâne sur un oreiller, avec son tube descendant dans le trou noir au-dessus de la bouche aux dents jaunes.

– Tout va très bien, maintenant, Dave, lui susurra la voix. Tu peux avoir ce que tu veux. Nous sommes de nouveau ensemble. Ce sera... très agréable.

Il ouvrit les yeux. Quelque part sous ce visage qui lui retournait son regard se trouvait sa fille, mais il ne pouvait la voir. La lumière tremblotante de la télé dessinait les ombres du visage de Renee sur la couverture.

– Pourquoi n'es-tu pas morte ? murmura-t-il.

L'autre voix se fit plus aiguë, se brisant presque en un rire.

– Mais tu ne voulais pas que je meure. Tu ne l'as jamais voulu. C'est peut-être toi qui m'as ramenée. Tu ne voulais pas que je parte, la première fois que je t'ai quitté, et tu n'as pas changé. Tu as continué, toutes ces années, et tu n'as pas oublié. Pauvre petite chose. C'est pour ça que tu voyais Dee si souvent, que tu continuais à l'emmener passer les week-ends chez toi – parce que tu pouvais me voir en elle. Tu voulais avoir avec toi, tout le temps, ce petit morceau de moi-même.

Ses mots effacèrent le temps et les événements qui avaient pu se produire entre cette nuit et la dernière fois où il lui avait parlé, des années plus tôt. Une ancienne conversation, interrompue et ce soir reprise. Une colère frémissante, qui n'était jamais tout à fait tombée, monta d'un cran en lui.

– Je ne t'ai jamais aimée. Ce n'était que de l'écœurement et de la stupidité de ma part. Et puis j'ai appris à te détester – quand j'ai su ce qui t'était arrivé, quand je t'ai vue comme ça, j'ai pu goûter cette haine. C'était comme si j'avais ton sang dans ma bouche.

– Mais je suis là maintenant, non ? dit-elle, conservant son sourire. C'est ta petite fille que tu as toujours voulue, et maintenant tu peux l'avoir.

– Va-t'en, dit Braemer, le visage tendu. Dee ne t'a jamais ressemblé. Ce n'est pas ton enfant, c'est le mien.

– Mais tu te trompes, Dave. Tu te trompes toujours. Je suis tout entière en elle, dans ce petit corps. Il ne reste rien de Dee. Tu comprends ce que je veux dire, Dave ? Il ne reste rien d'elle, il n'y a plus que moi. Chaque fois que je suis venue en elle, j'en dévorais un peu plus. Un petit peu plus chaque fois. Et tu ne le savais pas. Parfois tu pensais lui parler, à ta petite fille et, en fait, c'était moi qui te regardais avec ses yeux, t'écoutant, te souriant, et je te disais : « Oui, papa; non, papa; je t'aime, papa. » Et puis j'en dévorais un peu plus. Elle criait, en elle, mais tu ne pouvais même pas l'entendre. Jusqu'à ce qu'il ne reste plus rien. Et maintenant il n'y a plus que moi. Que moi et toi, Dave. Tout seuls. Et maintenant tu peux faire ce que tu veux.

– Tais-toi, dit-il, son sang lui brûlant le visage. Ferme-la.

Le sourire, sur le visage, avait pris une intensité démoniaque. Les yeux étaient des points lumineux à la lueur de la télé .

– C'est ce que tu as toujours voulu, c'est ce que tu voulais depuis si longtemps. Je sais ce que tu veux et ce sera bon, ce sera si bon. Moi aussi je le veux.

Le corps de l'enfant se tordit sur le lit, faisant choir la couverture sur le sol. Allongée sur le ventre, le visage contre l'oreiller, l'enfant leva les mains de son petit dos, les minces poignets toujours liés par les bandelettes de tissu avec lesquelles Braemer les avait attachés.

– Retire-moi ça, Dave, elles sont si serrées. Ou préfères-tu que je reste comme ça ? (Le sourire s'élargit, sur le visage de l'enfant, le regard se fit complice.) Tu préfères comme ça ?

Quelque chose de chaud battit contre les tempes de Braemer, à l'intérieur, essayant de briser l'enveloppe osseuse et de submerger la chambre. Son souffle emplit l'espace entre lui et la chose qui bougeait dans le corps de sa fille.

– Ce sera bon, ce sera si bon, chantonna la chose, un sourire idiot sur les lèvres humides, la rondeur d'une épaule pâle remontant vers le cou, se dénudant sous le col lâche du pyjama.

– Ferme-la !

Sa vision s'était assombrie, passant du rouge au noir. Il n'entendait plus que la voix, sous le rire.

– Tu aimeras, ce sera de nouveau moi, c'est ce que tu désires depuis si longtemps, maintenant tu peux me faire tout ce que tu veux, mais ce sera moi maintenant dans ce doux petit corps, et tu aimeras ça toi aussi, non ? Non ? Je l'aime bien, moi. C'est bon, c'est à moi maintenant et j'en fais ce que je veux, je le touche ici et là et c'est bon à toucher, c'est si agréable.

Il sentit sa tête cogner quelque chose de dur, le mur derrière le lit où il était assis. Un instant, il vit le plafond de la pièce au-dessus de lui, marbré de la lumière de la télé, qui se pliait vers lui, s'approchant de son visage. Il se couvrit les oreilles de ses mains, mais la voix passa, implacable.

– … nous l'avons faite, nous pouvons en faire ce que nous voulons maintenant, je lui ai donné naissance et elle est à moi; c'était une méchante petite fille qui n'a pas voulu faire ce que je lui ai dit *et maintenant elle est à moi…*

– La ferme !

Il était debout, penché sur le petit corps sur le lit. Il empoigna les épaules de l'enfant, serrant à s'en blanchir les jointures comme pour écraser la voix dans cette poitrine fragile.

La voix se tut. Le regard le dévorait, savourant son triomphe.

Il se redressa, recula, trébuchant, tentant de reprendre son souffle, la bouche pleine de sel chaud.

– Je suis en elle maintenant, dit la voix de Renee, plus douce, moins excitée, mais plus marquée par la jubilation. Définitivement. Et tu n'y peux rien.

Le sang de Braemer se glaça et se changea en métal. La pièce se stabilisa autour de lui, les coins des murs redevinrent nets sous la lumière grise. Il regarda la petite silhouette sur le lit, un visage de cadavre sous une peau d'enfant.

– Si, j'y peux quelque chose, dit-il lentement.

Le métal froid qui courait dans les os de ses bras était aussi sombre que le métal enveloppé dans le chiffon blanc glissé dans le coffre de la voiture, là, dehors. Ils voulaient se rejoindre. La main pendante, les doigts repliés, comme soupesant la crosse, il répéta :

– Si, j'y peux quelque chose.

Ce qu'il avait fui depuis la maison de San Aurelio jusqu'ici était venu le rejoindre. La chose qui se trouvait dans le corps comateux d'une femme, sur un lit, était à présent dans un corps d'enfant sur un lit, mais c'était la même chose. Et la solution, fournie par Pedersen, demeurait la même.

– Vraiment ? Tu crois vraiment pouvoir le faire ?

Les yeux de Renee se fermèrent. Quelque chose changea sur le visage, les muscles tendus par le rire se relâchèrent et, de nouveau, ce fut un visage d'enfant. Le visage de sa fille Dee qui dormait, la bouche ouverte, la respiration lente et régulière. Une mèche de ses cheveux noirs tombait sur sa joue pâle. Ce qui, un instant plus tôt, s'était trouvé sous sa peau, comme une main dans une marionnette, s'était enfoncé en elle, loin de son regard.

Il s'assit sur le lit, en face de l'enfant qui dormait. Sans avoir conscience du temps qui s'écoulait, il demeura penché sur sa fille, les mains entre les genoux, la regardant dormir : le mouvement de sa respiration, la courbe des cils noirs sous la lumière grise. Il la fixait comme pour graver chaque détail en lui.

Le temps reprit son cours autour de lui. Dans quelques heures à peine, ce serait la fin de la nuit, au-dehors. Il se leva et détacha les mains de Dee. Après avoir plié la couverture en deux, il en enveloppa sa fille. Dee ne se réveilla pas quand il la souleva dans ses bras. Sa tête roula contre l'épaule de Braemer, les yeux toujours clos. Elle lui parut légère.

Dehors, dans le silence que ne venait rompre que le grondement des camions, là-bas, sur la route, il ouvrit la portière de la voiture et déposa doucement Dee sur le siège. Toujours endormie, protégée du froid par la couverture qui l'enveloppait, elle remontait les jambes et alla poser la joue contre le dossier du siège.

Il fit le tour de la voiture et ouvrit le coffre. Lorsqu'il se redressa, il avait dans les mains un chiffon blanc enveloppant un objet métallique. Sous le poids de l'arme, le froid du métal s'infiltra jusqu'à ses doigts.

Derrière le volant, il posa le revolver, toujours enveloppé dans son chiffon, entre son siège et celui de Dee. À travers le pare-brise filtrait juste assez de jour pour révéler les petits doigts d'une main agrippés au bord de la couverture.

Il tourna la tête et regarda sa propre main mettre le contact.

Les vieilles photographies étaient enfin toutes reconstituées, chacune avait retrouvé son morceau manquant. La table de la cuisine en était recouverte. Carol se leva de sa chaise et se pencha pour les examiner.

Une des photos montrait une femme en robe imprimée à pois, dans le style des années quarante, qui tenait un bébé coiffé d'un bonnet bordé de dentelle et enveloppé dans une couverture tricotée. La femme n'avait pas l'air heureuse. Elle tenait le bébé avec raideur, comme s'il s'agissait de quelque objet pesant dont elle attendait qu'on la débarrasse.

Carol connaissait bien cette photo qu'elle avait vue de toute éternité dans un petit cadre pliant posé sur la cheminée de la salle de séjour. Le bébé de la photo, c'était elle; la femme était celle qui l'avait adoptée.

Jamais elle n'avait vu l'autre partie, taillée par les ciseaux, avant de l'avoir découverte avec les autres dans l'album de la cave. Cette moitié montrait un homme grand au visage sombre. Une fois les deux morceaux de la photo l'un contre l'autre, on y voyait l'homme debout à côté de la femme. M. et Mme Feld; monsieur tenait madame par la taille. On retrouvait le même homme sur tous les morceaux de photos coupés ou déchirés, puis cachés.

Carol ramassa le premier cliché, le morceau avec la femme et le bébé dans une main, le morceau avec l'homme dans l'autre. Elle l'examina de longues minutes avant de le reposer sur la table.

De l'un des tiroirs de la cuisine elle tira un rouleau de ruban adhésif transparent, joignit soigneusement les deux parties, se pencha sur la table et colla la photo. Cela fait, l'homme, la femme et le bébé se trouvèrent réunis dans leur monde noir et blanc sans relief, la fixant de leurs profondeurs.

Braemer roula jusqu'à laisser la ville derrière lui. La route n'était plus qu'un étroit ruban d'asphalte bordé de terre et de clôtures affaissées de fil de fer. Ils traversaient une étendue plate entourée de collines basses. Le seul éclairage était la lueur verdâtre du tableau de bord.

Il arrêta la voiture sur le bas-côté, dans les gravillons. Il coupa le moteur et ce fut le silence total, à part la stridulation lointaine des grillons dans les broussailles sèches. Dee dormait toujours sur le siège, à côté de lui. Lentement, ses yeux s'accoutumèrent à la faible clarté des étoiles et il put distinguer son visage. La peau paraissait plus pâle que jamais, comme si tout le sang s'était retiré dans son cœur. Sur la joue de Dee, ses cheveux formaient comme un ruban noir. Le seul signe de vie était son souffle lent qui s'exhalait par sa bouche ouverte.

Ce n'est qu'une enfant, se dit Braemer en la contemplant, son souffle ralenti à l'unisson. Rien que le visage d'une fillette endormie. Le visage qu'il avait vu se substituer à celui-ci, comme si la peau blanche et transparente était une eau claire par-dessus de sombres profondeurs, n'existait que dans son souvenir, un souvenir cerné par les quatre murs d'une chambre de motel. Ce n'est qu'un masque – les pensées de Braemer avaient pris la dureté et le froid de l'acier. Il n'y a plus de fillette, plus de Dee. Simplement cette autre chose cachée en elle.

Il tira du chiffon blanc le revolver et la boîte jaune. Il glissa une balle dans l'arme et referma le barillet avec un bruit sec.

Il prit la crosse bien en main, un doigt glissant sous le pontet et sur la détente.

De son autre main, il souleva Dee, l'approchant de lui, la tête de l'enfant roulant sur son épaule.

Le canon de l'arme n'était qu'à quelques centimètres du front lisse.

Son souffle ne se figea pas, son pouls ne s'accéléra pas. Il avait fait le vide de tout sentiment et ce vide n'avait pas été comblé. Une si longue route pour en arriver là. Mais tout s'ajustait à présent avec autant de précision que le projectile dans la chambre du barillet.

Il ne ressentait que le poids et le froid du métal dans sa main. Au-delà de la forme noire du revolver, il voyait le visage de Dee, toujours endormie, au creux de son bras.

Ce n'est pas Dee, se répéta-t-il; c'est elle. Pour Dee, le cauchemar était déjà terminé. Une pression du doigt, un demi-centimètre vers son poignet et ce serait fini pour tout le monde.

Il la regarda par-delà le cran de mire. Il savait que ce n'était pas une enfant, son enfant, qu'il tenait en joue. Autre chose avait pris sa place.

Son doigt pesa plus fort sur la détente.

Vas-y, vas-y ! lui chantait une voix impatiente dans sa tête. *Vas-y, tue-la, je n'ai plus besoin d'elle, je t'ai.*

Son doigt se figea à l'instant où la détente commençait à céder.

Il fut surpris par l'excitation du ton de cette voix qui venait de crier en lui. Alors déferla dans sa poitrine un froid plus intense que celui de l'arme.

C'est elle. C'est Renee. C'était lui qui pensait, ce n'était plus le son aigu de l'autre voix qu'il entendait, de la voix du motel. Elle est en moi, songea-t-il. Cette soudaine découverte se fit plus précise dans l'obscurité qui l'entourait.

Passant d'un sang à un autre sang, songea Braemer. C'est ce que Pedersen avait dit. Comme un virus passant dans le sang de ses parents, venant les contaminer, passant dans sa sœur et dans son enfant. Mais, une fois ceux-ci contaminés, une fois qu'elle était en eux, le virus pouvait s'étendre, elle pouvait aussi contaminer le sang des autres parents. D'un sang à l'autre. Renee avait un lien de sang avec Dee, et Dee avec lui. D'abord, c'était l'enfant qui était contaminée, puis le père de l'enfant. Une chaîne de sang...

Il regarda l'arme, toujours figée entre lui et Dee, comme s'il s'éveillait et la voyait pour la première fois.

C'est elle, se dit-il. Pas moi. Elle voulait tuer Dee. Elle était en moi, elle m'a fait croire que...

Le revolver lui tomba des mains, sur le plancher de la voiture. Un sanglot éclata en lui quand il serra Dee dans ses bras, l'écrasant contre sa poitrine.

Elle se réveilla tandis qu'il la berçait, et se dégagea pour voir son visage.

– Papa ? Où...

La tenant aux épaules, il scruta son visage, ses yeux surpris.

– C'est toi, hein ? dit-il. Ce n'est pas elle, elle a menti, c'est toi. Elle a menti.

– Papa, qu'est-ce que tu as ?

– Oh, Seigneur, dit-il en la serrant de nouveau contre lui, sa tête au creux de son épaule. Je n'ai rien, chérie. Tout va bien.

Dans l'obscurité et le silence, il berça son enfant, protégeant de son corps la tiédeur de celui de sa fille.

Tenant contre elle le paquet de photos recollées, elle monta l'escalier vers le bruit de la respiration. Elle posa la main sur la poignée de la porte, l'ouvrit et fit tomber sur elle la lumière qui ne s'éteignait jamais.

Sur le lit, la silhouette dormait, le visage flétri fixant le plafond.

Carol traversa doucement la chambre et s'assit au bord du lit. Elle regarda sa sœur. Maintenant, je sais, se dit-elle. Tous les secrets de la famille lui avaient été dévoilés. La photo qui se soulevait et s'abaissait contre sa poitrine au rythme de sa respiration en avait été la clé.

Assise, elle fixait le visage de sa sœur tandis que le matin commençait à percer sous la nuit.

Braemer glissa les pièces dans la fente de l'appareil et entendit la tonalité dès qu'elles furent tombées dans les entrailles du téléphone. Au bout de la ligne, un autre téléphone sonna.

À travers la vitre de la cabine, il voyait Dee qui l'attendait dans la voiture et le regardait. Le soleil matinal éclatait sur le pare-brise des autres voitures du parking.

– Pacific Auto Restaurateurs, annonça une voix à son oreille.

– Je voudrais parler à Pedersen.

– J'attendais votre coup de fil, Braemer.

Maintenant il reconnaissait l'autre voix.

– Je me suis complètement trompé, non ?

– Braemer, vous avez déconné sur toute la ligne, dit Pedersen, la voix davantage empreinte de tristesse que de colère. Où étiez-vous ? Pourquoi ne vous êtes-vous pas occupé de Renee comme je vous l'avais dit ?

– Je ne vous ai pas cru. C'est tout. Je n'ai pas cru ce que vous m'avez dit sur elle.

– Et maintenant vous me croyez. Formidable. Qu'est-ce que vous allez faire ?

Braemer ferma les yeux, sourit, sentant l'odeur de sa propre sueur dans la cabine téléphonique.

– Pedersen, je vous en prie, vous devez m'aider. Les choses ont empiré.

– Qu'espériez-vous ? demanda la voix dure et froide. Vous pensiez pouvoir courir assez vite pour que ce genre de mal ne puisse vous rattraper ? Vous ne l'avez jamais cru, Braemer. Vous vouliez vous persuader que je me trompais mais vous saviez que j'avais raison. Vous l'avez toujours su, mais vous aviez peur.

– Oui, souffla Braemer. Je le savais.

– Et maintenant, qu'attendez-vous de moi ? Je ne peux rien pour vous. Vous savez ce que vous devez faire, Braemer. Vous avez toujours le revolver ? Vous ne vous en êtes pas débarrassé ?

– Je l'ai toujours.

Au souvenir de la nuit dernière, avec l'ombre noire de l'arme sur le visage endormi de Dee, il ressentit une douleur dans la main, comme si elle agrippait encore la crosse striée.

– Je vous ai dit ce qu'il fallait faire. Il n'y a rien de changé. Vous avez perdu votre temps, mais la solution reste la même.

– Mais c'est devenu bien pire. Elle est en moi, Pedersen. Renee est en *moi* maintenant. Je l'ai sentie la nuit dernière. Comme si elle se trouvait dans ma tête. Elle m'a fait voir ces choses – du sang... et des choses mortes... Et ensuite ces pensées qui n'étaient pas les miennes. J'ai failli tuer mon enfant parce que Renee m'a fait croire qu'elle se trouvait en Dee, et qu'ainsi je pourrais la tuer *elle*. C'est alors que j'ai compris que Renee était en moi, que c'était son idée, pas la mienne. Elle est en moi...

Pedersen interrompit ce flot de parolcs, d'une voix sèche.

– Ce n'était rien. Je peux vous assurer que l'âme de Renee est toujours dans son corps. Mais elle a plus de force, plus de puissance. Il ne vous reste pas beaucoup de temps. Bientôt elle pourra sortir et s'emparer totalement de quelqu'un qui lui est lié par le sang, comme votre fille. Alors elle sera immortelle et pourra passer d'une personne qui lui est liée par le sang à une autre. Mais, pour l'instant, elle ne peut qu'influencer votre esprit, Braemer. Elle peut vous faire avoir des visions, vous souffler ses pensées quand les vôtres deviennent faibles et confuses : c'est tout ce qu'elle peut vous faire pour le moment. Et puisque vous en êtes conscient, que vous êtes préparé à ces visions, à ces pensées qui ne sont pas les vôtres, son emprise sur vous est limitée. Elle ne peut que vous suggérer des choses, pas vous contrôler. Mais si elle quitte son corps, alors vous deviendrez sa pâture. Elle dévorera l'âme de votre fille et la vôtre ensuite. À moins que vous ne fassiez ce que je vous ai dit.

– D'accord, dit Braemer dont l'épuisement alourdissait les membres. Je vais le faire.

– Il faudra vous montrer plus prudent, poursuivit la voix neutre de Pedersen. Renee vous attendra, cette fois. Son pouvoir a crû considérablement pendant tout ce temps que vous avez perdu. Elle a contaminé Jess; elle peut se glisser en lui. Il faudra vous méfier de lui. Il sera là à vous attendre.

– D'accord. Peu importe, dit Braemer en se frottant le front pour faire circuler le sang dans son cerveau en cendres.

– J'ai fait ce que j'ai pu, Braemer. Mon rôle consiste à empêcher les autres de s'aventurer sur le même chemin que Renee et Jess. Le reste vous regarde et je ne peux vous aider davantage. Je n'y peux rien. Il n'y a pas de temps à perdre. Vous avez quelque chose à faire, c'est tout. Il est peut-être déjà trop tard.

– Je sais.

– Eh bien, adieu.

Braemer raccrocha, poussa la porte de la cabine et se dirigea vers la voiture où Dee attendait. Dans sa tête se dessinait nettement la route menant vers le sud, sur une carte. Ils étaient repassés en Californie avant le lever du soleil : il savait déjà ce qu'allait lui dire Pedersen, ce qu'il devait faire. De là, il fallait rouler jusqu'à Sacramento pour prendre la Nationale 5. Ensuite, tout droit jusqu'à San Aurelio et ce qui l'y attendait. S'il roulait sans autre arrêt que pour prendre de l'essence, ils y seraient le soir même.

– On part, maintenant ? demanda Dee en le regardant s'installer au volant.

– Oui. On rentre.

14

Une autre cabine téléphonique, à l'autre bout de la route cette fois. D'une main tremblante, Braemer glissa une pièce dans la fente. Les centaines de kilomètres de béton et d'asphalte, depuis avant Sacramento jusqu'à San Aurelio, avaient transmis les vibrations des pneus dans le volant puis à ses bras. Il avait les coudes raides, comme s'il conduisait encore. Il composa le numéro – inutile de consulter l'annuaire; il l'avait gravé dans son cœur – et entendit le passage dans les fils puis la sonnerie chez les Feld.

Il laissa sonner plusieurs fois. Il était pas loin de minuit et il se dit qu'il faudrait à Carol un moment pour arriver au téléphone, en bas, et le décrocher. Peu importait, il avait le temps maintenant qu'ils étaient là. La cabine téléphonique était au bout du parking de la station-service, juste au bord de l'autoroute. La bretelle de sortie conduisait d'un côté à San Aurelio et de l'autre vers le groupe de maisons inachevées qui entouraient celle des Feld. Des centaines de fois il avait parcouru cette même route au début et à la fin des week-ends d'une autre vie, conduisant sa fille d'un foyer à l'autre, comme tous les pères du vingtième siècle. C'est terminé, songea-t-il en regardant la route qui passait sous l'autoroute. C'était la dernière fois qu'il se trouvait là, la dernière fois qu'il grimpait dans les collines au-dessus de San Aurelio et passait devant le squelette des maisons. Encore un peu plus loin, et ce serait terminé.

Sa main libre qui reposait sur l'appareil paraissait blanche et exsangue à la lumière dansante du tube fluorescent. Toutes les lumières de la station-service étaient éteintes, y compris le grand panneau UNION 76, en haut des deux bras métalliques qui l'élevaient assez haut pour qu'il soit visible à huit cents mètres de là. On avait tiré la grille et bouclé et éteint le coin où se trouvaient les aires de services. La lumière des lampadaires permettait cependant à Braemer de voir Dee qui dormait sur la banquette arrière de la voiture, garée tout contre la cabine téléphonique. Il ne quittait pas des yeux la silhouette blottie sous la couverture du motel, tout en écoutant les sonneries au bout du fil. On décrocha au milieu d'une sonnerie.

– Allô ! dit la voix de Carol.

– C'est David. Je voudrais te parler.

Il entendit comme un soupir, au bout du fil.

– David ? Où… où es-tu ? demanda la voix ensommeillée. Dee est avec toi ?

– Oui. Elle va bien. Il ne lui est rien arrivé. Mais je voudrais te parler. À son sujet.

– Quoi ? Qu'est-ce que tu veux dire ? Où es-tu ? Qu'est-ce qui se passe ?

– Il ne se passe rien, dit-il, calme. Je veux seulement te parler, de la garde de Dee. J'ai beaucoup réfléchi, et je crois que ce serait mieux que tu la gardes. Mieux pour Dee.

– Oh, David, dit-elle, au bord des larmes.

– Je suis ici à San Aurelio. Avec Dee. Mais je ne veux pas monter à la maison pour te parler.

– Où tu voudras, David. Dis-moi où tu veux que j'aille.

– D'accord. Je suis à la station-service à côté de l'autoroute. Juste en bas de la route. La station Union. Tu vois où c'est ?

– Non… oui; oui, je vois. Je sais où c'est. J'arrive.

– Attends, Carol. Écoute-moi. Je veux que tu viennes seule. Je ne veux parler qu'à toi. C'est bien compris ?

– Bien sûr… bien sûr… comme tu voudras.

Braemer quitta des yeux l'étroit espace vitré où il pouvait voir Dee, dans la voiture, et regarda la route.

– Et je ne veux pas que Jess sache où tu vas. Il est à la maison avec toi ?

– Non. Il n'est pas là.

– Tu sais où il est ?

– Ça fait des jours et des jours que je ne l'ai pas vu. Je ne sais pas où il est. Je te jure, David, que je ne sais pas où il est.

On sentait sa voix tendue sous la panique. Elle savait que Braemer poserait la question au sujet de Jess. On sentait aussi qu'elle avait peur de perdre la chance de récupérer Dee.

– Je ne veux pas le voir ici, Carol. Si je le vois avec toi, ou si je le vois venir seul... il y aura du grabuge. Tu m'as bien compris ? Et je ne veux pas, et toi non plus, que Dee voie ça. Ça a assez duré. Tu viens seule et tout ira bien.

– D'accord, David. Promis. Attends-moi, d'accord ? Je passe quelque chose et j'arrive. Ça va comme ça ?

– C'est bon, je t'attends. À côté de la cabine téléphonique. À tout de suite.

Il raccrocha, s'appuya contre la paroi vitrée et exhala un long soupir. Ça s'est mieux passé que je le craignais, se dit-il. Il avait envisagé tout un tas d'embrouilles possibles avec ce coup de téléphone : que ce soit Jess qui réponde ou que Carol raccroche et appelle la police dès qu'elle saurait où il était. À la frénésie décelée dans sa voix, à son empressement à accepter les conditions de Braemer, il eut la certitude que rien de tel ne se produirait. Dans quelques minutes il allait voir arriver la vieille Chevrolet bleue de Carol, dégringolant la colline et filant sous l'autoroute.

Il ouvrit la porte de la cabine et sortit dans l'air froid de la nuit, massant sa nuque nouée. Sous ses épaules, et jusqu'au bas du dos, ses muscles étaient crispés sous la tension qui les faisait lutter contre la fatigue accumulée, lui permettant de tenir encore debout et d'avancer. Des heures au volant pesaient sur lui, seulement entrecoupées de brefs arrêts pour prendre de l'essence et avaler un café saumâtre aux distributeurs automatiques des stations-service ouvertes vingt-quatre heures sur vingt-quatre, sur la Nationale 5. Sous l'effet combiné de la fatigue dans ses os et de l'adrénaline constamment déversée dans son sang, sa salive était comme du coton dans sa bouche et lui laissait les muscles des bras et des jambes comme en état d'apesanteur, chacun de ses muscles paraissait avoir été remplacé par des fibres de verre. Ses doigts tremblaient, fébriles, et il glissa les mains dans les poches de sa veste pour les calmer. L'asphalte du parking lui semblait loin sous ses pieds.

Il ouvrit la portière de la voiture et se glissa derrière le volant avant de la refermer doucement pour ne pas réveiller Dee en sursaut.Il avait eu la chance qu'elle dorme quand la Nationale 5 avait traversé Los Angeles, et qu'elle continue à dormir jusqu'ici. Il l'avait enveloppée dans la couverture et installée sur la banquette arrière, juste avant de passer le coup de fil à Carol. Il aurait été plus difficile de négocier avec sa tante s'il avait dû la surveiller.

Méfie-toi, se rappela-t-il. Renee est toujours en elle, quelque part. Tu ne peux lui tourner le dos, en aucun cas. C'est toujours ton enfant, mais cette autre chose en elle, c'est autre chose. Surveille-la, c'est tout.

Avec un peu de chance, elle dormirait toujours à l'arrivée de Carol. Il se retourna, sur son siège, pour regarder Dee. À la lumière bleue des lampadaires, sa peau paraissait plus pâle encore. Avec l'ombre qui soulignait ses joues creuses, pas encore aussi bleues que les cernes sous ses yeux, on pouvait croire que ce n'était plus le même enfant, comme si cette chose qui avait été sa mère en avait consumé les parties les plus charnues, ne laissant sur les os que ce qui était nécessaire à sa survie. Son souffle, rendu plus rauque par le mucus de son rhume, descendait sur ses mains, posées l'une sur l'autre sous sa joue. Ce léger bruit rappela à Braemer une autre respiration rauque entendue dans la chambre où la lumière ne s'éteignait jamais.

Telle mère, telle fille, songea-t-il, lugubre. Il avait toujours pensé, avant cela, que Dee lui ressemblait, que les traits de son visage, la couleur de ses yeux étaient passés de son sang dans celui de sa fille, héritage codé dans les gènes et que l'on retrouvait dans le front et dans le petit menton volontaire. Mais, avec l'arrivée de la maladie, de cette sorte de cancer en elle, un autre visage s'était révélé et celui qu'il connaissait avait été dévoré de l'intérieur. Plus pâle, plus faible, elle semblait avoir perdu de son emprise sur le monde derrière ses paupières bleutées, et ce monde lui échappait progressivement... L'image de sa mère, celle du visage aveugle et squelettique, du corps à la peau parcheminée transparaissait lentement sous le visage de Dee. La faiblesse qu'il révélait effraya Braemer : faiblesse due à la faim, faiblesse d'une créature dont le sang était trop pauvre pour l'alimenter, et qui devait se nourrir du sang d'une autre pour conserver sa vie ténue, sans autre considération que sa faim, oubliant père, enfant et tout le reste.

Braemer se redressa, s'éloigna de la petite forme blottie sur la banquette arrière. Il pouvait encore reconnaître sa fille : cela suffisait. Il faudrait beaucoup de temps encore avant que soit tué le cancer qui l'habitait. Il se tourna, les mains sur le volant, attendant l'arrivée de Carol.

Il s'écoula quelques minutes pendant lesquelles il regarda la circulation sur l'autoroute avant d'apercevoir les phares qui arrivaient de l'autre côté du pont. Il attendit jusqu'à ce que les réverbères confirment qu'il s'agissait bien de la vieille Chevy de Carol. Alors, il se baissa et ramassa le revolver sous le siège. Il déplia le chiffon blanc et glissa la lourde masse de métal dans la poche de sa veste. La Chevy entra dans la station-service et s'approcha de la Datsun. Braemer descendit, refermant doucement la portière derrière lui.

Carol arrêta sa voiture à quelques mètres et descendit avant même que le moteur ait fini de tourner. Le capuchon d'un survêtement bleu fané dansa sur sa nuque lorsqu'elle se mit à courir vers lui.

– Où est Dee ? demanda-t-elle, haletante. Tu as dit qu'elle était avec toi.

– Chut. Parle plus bas, dit-il en posant sa main sur l'épaule de Carol. Elle dort. Je crois qu'il vaut mieux ne pas la réveiller tant que nous n'avons pas fini de parler. D'accord ? (Il la conduisit près de la Datsun, l'arme dansait contre sa hanche.) Tu peux voir qu'elle va bien.

Il la regarda se pencher tout contre la vitre, fixant intensément l'enfant étendue sur la banquette arrière. Un instant lui revint en mémoire un vieux conte pour enfants – paradoxe devant une station-service fermée, au milieu de la nuit – où une princesse victime d'un charme était transportée dans un cercueil de verre. Derrière l'épaule de Carol, il pouvait voir le visage pâle de Dee, endormie, la tête appuyée sur ses mains.

– Viens, dit-il, entraînant Carol. Il faut que nous parlions.

– Elle n'a pas l'air bien, dit Carol, anxieuse. Elle n'a rien ?

Braemer haussa les épaules.

– Un petit rhume, c'est tout. Si nous allions parler dans ta voiture. Il fait froid ici.

Carol acquiesça. Elle jeta un dernier regard sur Dee à l'arrière de la Datsun puis se dirigea vers sa voiture avec Braemer. Elle monta et se pencha pour ouvrir la portière, côté passager.

Il garda le bras serré contre lui, en se glissant à l'intérieur, pour éviter que l'arme, dans sa poche, ne heurte quelque chose. La portière se referma avec un petit bruit sourd et il se retrouva dans le silence de la voiture, isolé du ronronnement de la circulation sur l'autoroute.

– Qu'est-ce que tu voulais me dire ? demanda Carol, s'adossant de biais contre la portière.

Il avait eu tout le temps de réfléchir, pendant

les heures où il avait regardé défiler le ruban de ciment sous la voiture. Tout le temps qu'il fallait pour préparer ce qu'il allait dire et faire, et maintenant, chaque scène se déroulait comme s'était déroulée l'autoroute, comme s'il venait de mettre en marche quelque appareil géant, libérant ses engrenages. Il saisit le bras de Carol, juste au-dessus du coude, l'attirant vers lui. De son autre main, il tira l'arme de la poche de sa veste.

– Te montrer ça, c'est tout, dit-il, pointant le revolver à quelques centimètres de son ventre pour qu'elle puisse le voir en baissant les yeux.

Il la sentit se raidir sous sa main.

– David, parvint-elle à souffler d'une voix étouffée par la peur. Qu'est-ce... qu'est-ce que tu vas faire ?

– Ne t'inquiète pas. (Il fallait la calmer : elle ne lui serait pas très utile dans cet état.) Je ne vais pas te faire de mal. Calme-toi. J'ai quelque chose à faire. Et tu vas m'aider.

Il posa l'arme sur sa cuisse, le canon toujours pointé sur elle. Il ne lui lâcha pas le bras, desserrant seulement un peu son étreinte.

– C'est tout. J'ai simplement besoin que tu m'aides.

– Que je t'aide ? dit-elle, la surprise mêlée à la peur, dans son regard. De quoi parles-tu ? Qu'est-ce que tu veux faire ?

Elle tenta de se libérer, se tassant sur son siège, mais en fut empêchée par la main qui lui serrait le bras. Son regard passait de l'arme aux yeux de Braemer.

– Ne t'inquiète pas de ça. Je vais te dire ce que je veux que tu fasses, tu vas le faire, et tout se passera bien. Crois-moi, c'est pour le bien de Dee. Il ne s'agit pas de quelque chose que je veux faire moi, mais de quelque chose que je dois faire pour elle. D'accord ? Tu comprends ?

Carol scruta son visage, y cherchant le sens de ces paroles.

– Que veux-tu que je fasse ? dit-elle doucement.

Méthodiquement, il lui exposa les détails de son plan.

– Je veux que tu me conduises à la maison. Dans cette voiture. Il faut que j'entre, mais je sais que Jess est probablement là-bas à m'attendre, quelque part.

– Comment le sais-tu ? Il pourrait être n'importe où.

Il aurait voulu lui dire : *Parce que la chose en moi est la même que celle qui se trouve dans ma fille. Parce qu'elle sait que j'ai finalement découvert qu'elle était en elle.* Mais la voix, en lui, s'étouffa en un cri silencieux. *Parce qu'elle sait que je n'ai plus qu'une chose à faire, et que je ne pouvais venir ailleurs qu'ici, et qu'elle pourrait bien attendre – en Jess – que je me montre. Parce que je sais ce que veut cette chose.*

– Une intuition se contenta-t-il de dire. Je ne peux monter là-haut avec ma voiture. Il me verrait arriver. Il saura assez tôt que je suis là, mais je n'ai besoin que d'un peu de temps pour faire ce que j'ai à faire.

– Pourquoi veux-tu que je te conduise ? Pourquoi ne pas prendre ma voiture, simplement ?

– Et qu'est-ce que tu ferais pendant ce temps ? demanda-t-il avec un mince sourire. Je ne peux vraiment pas te faire confiance, pas quand je suis si près du but...

Elle tourna la tête, ses yeux se plissèrent comme pour percer le sens profond de ses paroles.

– Et pourquoi veux-tu monter à la maison ? Qu'est-ce que... tu dois y faire ?

– Je ne peux pas te le dire. Et ça ne te regarde pas, de toute façon. C'est mieux pour Dee. (Il souleva l'arme posée sur sa jambe, la reposa : une petite menace.) Contente-toi de faire ce que je te dis.

Toute trace de peur avait disparu dans le regard de Carol.

– Tu vas à la maison pour tuer Renee, hein ?

– Oui, dit-il après quelques instants de silence.

– Pourquoi ?

– Aucune importance. Je dois le faire, c'est tout. Si tu me crois fou, tant pis. Mais il faut que je le fasse. Et tu vas m'aider, que tu le veuilles ou non.

– David, dit-elle doucement, je sais pourquoi.

Il la regarda et vit dans ses yeux une lueur qu'il ne s'attendait pas à y trouver.

– C'est à cause de ce que Renee a fait à Dee, n'est-ce pas ? Pas de ce qu'elle lui a fait dans la forêt, mais de ce qu'elle a fait maintenant. Parce qu'elle s'est... glissée dans Dee. C'est pour cela que tu vas la tuer.

– Qu'est-ce que tu sais de cette histoire ? demanda-t-il, les mains moites sur la crosse.

– Seigneur, David... (Elle se détourna, mordant sa lèvre tremblante, fixant le vide à travers le pare-brise.) Comment pourrais-je l'ignorer ? Je ne suis pas aveugle, pas en ce qui concerne Dee. Elle est plus mon enfant que celle de n'importe qui, de toi ou de Renee. Je l'avais avec moi cinq jours sur sept. Tu crois vraiment que je ne voyais pas ce qu'il lui arrivait ? Ces moments où ce n'était qu'une petite fille et... ces autres moments où elle changeait, se transformant en autre chose... Je savais, même si elle ne disait rien, ne faisait rien. (Elle se tourna vers lui, les larmes tremblant sur ses cils.) C'est toi qui étais aveugle, David. Tu n'as même pas vu que quelque chose arrivait à Dee avant que tu aies failli être poignardé. Moi, je savais. Je savais depuis longtemps. Il y a quelque chose d'autre en Dee. Quelque chose de malade, de bizarre et... d'affamé. Et c'est sa propre mère.

– Comment sais-tu que c'est Renee ?

Carol hocha la tête.

– Quand on aime quelqu'un, on sait ce qu'il lui arrive. Tu ne pouvais peut-être pas savoir ces choses-là. Tu avais ta vie à l'extérieur, tu travaillais, tu voyageais... tu es allé jusqu'en Angleterre, laissant derrière toi tous ceux qui pensaient que tu les aimais. Personne ne t'a dit que Dee en avait pleuré, hein ? Pleuré parce qu'elle n'allait plus te voir le week-end, comme d'habitude. (Elle s'arrêta, sentant l'amertume dans sa voix, rejetant la tête contre le siège.) Mais elles sont tout ce que je n'ai jamais eu. Pour l'amour de Dieu, David. Renee est ma *sœur*. Je sais, pas ma vraie sœur, mais j'ai grandi avec elle, je l'aimais. Je pouvais voir son visage sous celui de Dee, ses yeux qui m'observaient, j'entendais sa voix qui me parlait par celle de Dee. Inutile qu'on me dise que c'était Renee. Je le savais, c'est tout. Je savais que quelque chose avait mal tourné dans cette histoire où elle se trouvait mêlée avec Jess, mais qu'elle était toujours vivante quelque part dans son corps. Et puis j'ai pu la voir s'introduire en Dee, s'emparer d'elle, et j'ai su ce qui arrivait. J'ai su, c'est tout.

Braemer passa sa langue sèche sur les lèvres, son esprit fonctionnant à toute allure pour assimiler ce qu'il venait d'entendre.

– Tu savais, pour Renee et Jess ? Ce qu'ils essayaient de faire ? Le groupe dirigé par Pedersen, et la cristallisation des âmes ? Tout cela ?

– Presque tout. Ils ont tenté de me le cacher. Leurs petits secrets. Mais même quand elle était gosse, Renee ne pouvait me cacher quelque chose bien longtemps. Et ça, c'était si énorme, et ça la laissait si déboussolée, comme si de petits indices de cette histoire traînaient, partout. Si on parvenait à les voir. Des livres et des brochures de ce Pedersen; je les ai trouvés dans le camping-car avec lequel Renee a emmené Dee dans la forêt. Ils étaient annotés de commentaires complètement fous, griffonnés en marge, certains de la main de Jess. Les pires étaient ceux de la main de Renee. Mais il y a eu autre chose avant ça. Je les entendais chuchoter sur la véranda, des choses qu'elle bredouillait quand elle était toute retournée par ce qu'ils prenaient, et elle se traînait jusqu'à la maison et il fallait que je la mette au lit. Quand on n'a rien d'autre à faire que d'observer ceux qu'on aime, on peut déduire des tas de choses. Quand Renee a disparu avec Dee, qu'on l'a retrouvée et que les docteurs m'ont dit qu'elle resterait dans le coma jusqu'à sa mort, j'ai pensé que tout était fini. Tu comprends ce que je te dis ? Elle avait été si malheureuse, si désireuse d'obtenir cette chose. J'ai pensé que ce serait peut-être une sorte de paix pour elle. C'était peut-être ce que j'espérais.

Braemer lui lâcha le bras et essuya sa main moite de sueur sur son pantalon, à côté de l'arme.

– Je vois ce que tu veux dire. Mais tu étais au courant. Et tu n'as rien fait.

– Qu'est-ce que je pouvais faire ? Je voulais garder Dee avec moi parce que c'était elle que j'aimais le plus, et que je pensais pouvoir la protéger. Je ne sais pas. Je pensais que je pourrais peut-être la garder en vie, la rendre assez forte pour empêcher sa mère de la dévorer de l'intérieur. C'est ce que j'essayais de faire.

– Mais tu n'as rien fait à propos de Renee. Il t'aurait été facile d'arrêter tout cela. Tu étais la seule qui l'alimentait, qui s'occupait de son corps pour qu'il continue à vivre, pour qu'elle puisse continuer à dévorer Dee. Tu as maintenu Renee en vie pendant tout ce temps.

Les larmes ruisselèrent sur le visage de Carol.

– Que pouvais-je faire d'autre ? Tu crois que j'aurais pu la tuer ? Elle était déjà en train de mourir. Tu crois que j'aurais pu la regarder mourir de faim ? (Elle ferma les poings et en cogna le volant.) Pour l'amour de Dieu, David, c'est ma sœur ! Tu ne sais pas, tu ne sais pas ce que ça signifie ! *Je l'aimais.*

En lui, la pitié s'était changée en glace.

– Ton amour est stupide, dit-il, la bouche grimaçante avec un goût amer. Il permet à des choses obscènes de se nourrir d'enfants, à des choses mortes de se glisser dans les vivants. Il y a des choses qu'on ne peut pas aimer, des choses que deviennent ceux qu'on aime. Ça, tu ne le sais pas. Ton amour est inutile. Tu n'as jamais appris la force de la haine. Moi oui. C'est pourquoi je peux faire ce que tu as été incapable de faire.

Elle s'affaissa sur son siège, une main sur les yeux. Le silence régna quelques instants dans la voiture avant que Carol parvienne à souffler :

– Je sais. Je sais que tu as raison, David. Je savais que c'était mal, mais je n'y pouvais rien. (Elle leva sur lui un visage plein de larmes.) Inutile de pointer cette arme sur moi. Je vais te conduire à la maison. Ensuite, tu pourras faire ce que tu dois faire. Je n'essaierai pas de t'en empêcher.

– Tout sera différent quand ce sera terminé, dit-il doucement. Je ne sais pas ce qu'on va faire de moi. Pour l'avoir tuée. Théoriquement, c'est un meurtre. Les autres ne comprendront pas pourquoi j'ai fait ça. Tu garderas Dee pendant longtemps. Peut-être que je ne l'aurai plus jamais, pendant qu'elle est enfant, ni... après.

Il parvint à soupirer, malgré sa gorge nouée et fixa l'obscurité au-delà du pare-brise. Puis il ramassa l'arme sur sa jambe et la posa sur le plancher de la voiture.

– Il vaut mieux y aller, dit-il. Nous avons perdu assez de temps.

Carol s'essuya les yeux d'un revers de manche.

– Et Dee ? On ne peut pas la laisser là.

C'était une autre question à laquelle il avait beaucoup réfléchi pendant les longues heures de route jusqu'à San Aurelio. Il savait que la principale menace, c'était Renee passant en Jess : c'était ainsi qu'elle devait l'attendre. Mais si on laissait Dee sans surveillance, Renee pouvait tout aussi bien faire échec à son plan par l'intermédiaire du corps d'un enfant. Un couteau, ou autre objet pointu dans la main de Dee, appuyé contre sa poitrine et cela fournirait un otage parfait à la chose dans le corps de Dee. Il savait quel plaisir prendrait la chose qui avait été la mère de Dee à la mort de l'enfant.

Il avait décidé qu'il faudrait lier les poignets et les chevilles de Dee mais, compte tenu de la collaboration de Carol, il changea d'avis.

– Nous l'emmenons avec nous. Tu la surveilleras pendant que j'entrerai dans la maison.

Ils sortirent de la Chevrolet et se rendirent à l'autre voiture. Carol tint la portière ouverte pendant qu'il soulevait Dee, toujours enveloppée dans la couverture. Dee murmura quelque chose dans son sommeil, la tête sur la poitrine de son père. Il la déposa à l'arrière de la Chevy et remonta la couverture sous son menton.

– C'est bon, dit-il en se glissant à la place du passager. (Carol mettait déjà le contact.) Allons-y !

Le silence régnait dans la maison. Un unique rectangle de lumière tombait d'une fenêtre à l'étage, s'allongeant sur la terre de l'allée, comme les autres nuits. Les marches de bois montaient à la véranda. L'auvent qui l'abritait de la faible clarté des étoiles la plongeait dans une obscurité plus profonde que la nuit alentour. Les sièges d'osier affaissés et rongés d'humidité étaient rassemblés de chaque côté de la porte à treillis. Quelque chose attendait, à l'intérieur.

Passé la porte d'entrée, les pièces vides s'emboîtaient les unes derrière les autres. Un cadre de photo vide était posé sur la cheminée de la salle de séjour. Dans la cuisine, les couteaux étaient soigneusement rangés dans leurs tiroirs, le tranchant des lames et les pointes cachées sous le comptoir comme des choses mortes dans les niches d'une crypte. Là, ils étaient en sûreté.

Bien que la maison fût vide de tout être vivant – de tout être vivant comme vivent les autres créatures – l'air des chambres plongées dans l'obscurité palpitait au bruit d'une respiration. Le bruit avait toujours été là; il faisait partie du bois et de la peinture de la maison; il les imbibait comme la graisse du fourneau sur le papier peint jaune des couloirs. La respiration, plus faible sous les autres bruits, était devenue le bruit de la maison elle-même. Le bruit de la maison qui attendait, observait.

Il se faisait plus fort dans les escaliers et plus fort encore lorsqu'on approchait de la chambre où la lumière ne s'éteignait jamais. Dans la pièce, il se mêlait à l'odeur du désinfectant et à celle, plus subtile bien que plus écœurante, de la chair qui se consumait. La chose sur le lit, vague forme humaine, se fondait dans ce bruit et cette odeur. La maison avait dépouillé un squelette de sa chair pour en faire son âme, un cœur dans ses pièces vides.

La maison respirait et attendait. Dans le silence, avec des yeux qui n'étaient pas les siens, la chose à l'intérieur attendait le retour de ce qu'elle désirait.

Quelque part sur la route, Braemer était passé de la fatigue à un autre état, inconnu de lui jusqu'alors. Assis à côté de Carol qui conduisait, regardant la route qui grimpait dans les collines, il avait l'impression que ses bras et ses jambes étaient comme des sacs de sable noués et liés aux articulations. Il plia les doigts, les regarda se replier sur eux-mêmes. Les toxines de toutes les nuits sans sommeil et des nuits où le sommeil était plus épuisant que le moindre effort pesaient dans ses muscles comme du plomb fondu sous sa peau. Ce poids énorme l'entraînait contre le dossier du siège et vers l'asphalte, sous la voiture.

Curieusement, il se sentait l'esprit vif, lucide, le cerveau aussi transparent que du verre poli. Maintenant je sais, se dit-il, regardant défiler le paysage par la vitre latérale. *C'est cela, être éveillé. Vraiment éveillé.* On aurait dit que ça lui arrivait pour la première fois. Une petite merveille, un don, au milieu du sang coagulé et de la chair virant au gris qui s'étaient révélés sous la peau du monde. Son corps était comme une masse inerte enchaînée à sa tête. Comme si, à des milliers de mètres d'altitude, il pouvait se voir, lui et tout le reste : Dee, Renee, la chose que Renee était devenue. C'est de là que Pedersen le regardait, comprit-il. De là-haut.

Un reste d'adrénaline passa dans son sang, le laissant en alerte mais plus calme, les terminaisons nerveuses de son corps lourd s'apaisèrent comme des fils d'où auraient jailli des étincelles et où ne demeurait que le courant qui les parcourait. Tout était parfait à présent qu'on en arrivait au dénouement. Le revolver était là, à ses pieds, sur le plancher de la voiture, et il savait exactement ce qu'il allait faire.

La route cessa de monter et la voiture pénétra dans la résidence, passa devant la première des maisons inachevées. Les charpentes de bois nu se détachaient à la lumière des lampadaires de l'autoroute et de ceux de la ville, plus loin, noirs squelettes gravés sur fond de nuit. Les maisons mortes étaient dépouillées de toute vie.

Évidemment, se dit Braemer. Il regarda défiler la silhouette des maisons inachevées. On aurait dit des esquisses de maisons, le papier noir sur lequel elles étaient dessinées ressortait entre les traits.

Il fallait que ce soit là. Ce ne pouvait être nulle part ailleurs. Voilà à quoi ressemble le monde quand on a gratté la chair jusqu'à l'os. Il ne reste plus aucune illusion.

Personne ne trompait plus personne dans ce monde. On ne se mentait plus à soi-même. Les espaces entre le squelette des maisons paraissaient plus vastes, emplis d'une lumière négative; l'air lumineux était trop léger pour porter un cri. Le champ de bataille était enfin dépouillé de son camouflage, le paysage nu dans lequel lui et la chose qu'était devenue celle qu'il avait épousée, la chose qui avait donné naissance à son enfant, allaient s'avancer l'un vers l'autre et s'accoupler pour la dernière fois.

Il eut froid soudain, comme si l'air de la nuit avait pénétré à travers la vitre et caressé son sang, chassant la hauteur de son cœur. Lorsqu'on voyait les choses de cette hauteur – il le savait au plus profond de lui-même – on s'exposait à un froid final, à une vision qui figeait le monde dans ses cendres.

Tout en faisant jouer ses épaules raides sous sa veste, il jeta un coup d'œil sur Carol. Les mains sur le volant, elle regardait droit devant elle, suivant des yeux les pinceaux des phares sur la route. Quoi qu'elle pensât, elle pensait en silence.

Il se retourna sur son siège, pour voir Dee, à l'arrière. La couverture avait glissé sur sa poitrine fragile. Il la ramassa et la remonta jusque sous son menton. Un instant, il sentit le souffle léger de sa fille sur le dos de sa main. Ses paupières étaient immobiles, la frange de ses cils si noire sur la peau pâle que seul le souffle léger de sa respiration sur le poignet de Braemer indiquait qu'elle vivait toujours.

Au moment où il lâchait la couverture et se retournait, la voiture ralentit. Elle s'engageait dans l'allée qui menait à la maison. Carol vira dans la courbe semée de graviers et descendit vers la masse noire avec son unique fenêtre éclairée au-dessus de la véranda.

La voiture s'arrêta à quelques mètres des escaliers de bois de l'entrée et Carol coupa le contact. Le moteur fit entendre quelques derniers sursauts.

– Eh bien, dit Braemer, regardant Carol. Nous y voilà.

– Oui, dit-elle, nous y voilà.

Elle lâcha le volant et se baissa d'un mouvement vif vers le plancher de la voiture. Avant qu'il ait pu réagir, elle s'était relevée, tenant le revolver à deux mains, le braquant sur la poitrine de Braemer.

– Qu'est-ce que tu fais, bon Dieu ? fit-il en avançant la main.

– Ne fais pas un geste.

À son ton calme, il recula lentement la main.

– Carol… pourquoi ?

Son cœur s'accéléra lorsqu'il vit que les mains de Carol ne tremblaient pas. Il n'avait pas remis le cran de sûreté en posant l'arme, et il distinguait maintenant le point rouge, comme une tache de sang sur le métal noir.

– Qu'est-ce que tu fais ? parvint-il à répéter.

– Il y a un changement, David, dit-elle, le visage impassible, le regardant s'adosser à la portière. Ce n'est pas toi qui entres dans la maison, c'est moi.

Il ne répondit pas.

– Tu ne fais pas partie de la famille, poursuivit Carol. C'est ma sœur. C'est moi qui aurais dû faire ça et je vais le faire.

– Tu n'y es pas obligée, Carol. Ce n'est pas ta sœur. Plus maintenant. C'est... autre chose. Donne-moi le revolver, je vais m'en occuper moi-même.

– Non. Tu lui en as assez fait quand vous étiez mariés. Si tu l'avais aimée, si elle avait été heureuse, jamais elle ne serait devenue ce qu'elle est devenue. Mais elle est revenue à la maison, avec moi. C'est moi qui me suis toujours occupée d'elle. Et je vais faire ça aussi.

– Inutile d'utiliser le revolver. S'il y a un autre moyen... un oreiller ou...

– Qu'est-ce que ça change ? C'est le moyen le plus rapide. Et elle a assez souffert. Je veux seulement en finir pour elle. Tu comprends, n'est-ce pas ? ajouta-t-elle en baissant l'arme.

Il évalua la distance entre ses mains et le revolver. Un instant, ses muscles se raidirent, puis il se laissa retomber contre la portière.

– C'est bon, vas-y.

Elle contempla l'arme quelques secondes, une de ses mains lâcha la crosse pour ouvrir la portière. À travers le pare-brise, il la regarda gravir les marches de la véranda, le revolver pendant le long de son corps comme un objet inutile. Elle pénétra dans la maison, laissant la porte ouverte derrière elle. Il la vit disparaître dans l'obscurité de la salle de séjour.

Il entendit quelque chose remuer derrière lui. Il se retourna : Dee s'agitait, sa tête roulait d'un côté et de l'autre, comme si elle luttait pour se réveiller. Un gémissement passa sur ses lèvres sèches.

Nous avons dû la réveiller, avec notre discussion, se dit Braemer.

– Chut, souffla-t-il en lui caressant le front. Tout va bien, chérie. Dors. Tout va bien.

Elle se renfrogna un instant et son visage se détendit de nouveau dans le sommeil. Braemer se retourna, reportant son attention sur la maison.

Les minutes s'écoulèrent. Aucune lumière ne s'alluma à l'intérieur. Son regard se fixa sur la fenêtre éclairée, à l'étage. D'où il était, il ne pouvait voir qu'un coin du mur et du plafond. Les minces rideaux, sur le côté, masquaient tout le reste.

Il quitta un instant la maison des yeux, fouillant l'obscurité autour de la voiture. Jess devait être là, quelque part, à observer. Peut-être avait-il été abusé par l'arrivée de la vieille Chevrolet de Carol. Braemer ne vit que les formes vagues des arbres et des buissons dans la cour. Jess était peut-être là; il avançait, invisible, vers la voiture. Ou peut-être était-il dans la maison ? Peut-être y avait-il toujours été ? C'est pour ça qu'il n'avait pas encore entendu le coup de feu.

Quelques minutes encore et il sut que trop de temps était passé. L'aiguille de sa montre avait trop avancé dans le silence. Carol était incapable de tirer, se dit-il; il va falloir que j'y aille, en fin de compte. Il se retourna pour s'assurer que Dee dormait toujours puis scruta les formes immobiles autour de la voiture avant d'ouvrir la portière et de courir, en quelques enjambées, jusqu'aux premières marches de la véranda.

La lumière qui tombait des escaliers était suffisante pour lui permettre de traverser la salle de séjour. Il passa entre les meubles à l'odeur de moisi, les mains tendues devant lui pour parer à toute surprise. Arrivé au bas des escaliers, il saisit la rampe et leva les yeux vers la lumière qui filtrait de la chambre, au-dessus de lui.

– Carol ? appela-t-il tout bas.

Pas de réponse. La maison demeura silencieuse autour de lui. Il prit conscience du lent murmure de l'air aspiré, retenu, exhalé, le cycle se répétait à l'infini. Le bruit de respiration, le bruit de la fausse vie de la maison battait.

Il gravit les deux premières marches, la rampe glissa sous sa paume moite. Il distinguait mieux le couloir et la chambre, au bout. Il s'arrêta et appela de nouveau.

– Carol ? Tu es là ?

Il n'attendait plus de réponse, hormis le souffle de Renee. Il avala le sel accumulé sur sa langue et posa sans bruit le pied sur la marche suivante.

La rampe, à l'étage, se terminait par une boule de bois poli. Il y posa la main et se hissa dans le couloir. La lumière passait par la porte entrebâillée de la chambre et révélait l'enfilade des portes fermées.

Le bruit de la respiration se fit plus fort. Il sentit qu'il synchronisait sa propre respiration sur le rythme lent de l'autre. Son cœur battait plus vite dans sa poitrine. L'odeur d'hôpital se plaqua sur sa bouche comme un coton humide.

Il s'avança vers la chambre. Quand il fut à deux mètres à peine de la porte, il put distinguer le lit et la silhouette étendue. À part ça, la chambre était vide. Puis il vit autre chose, un rectangle de papier glacé, noir bordé de blanc. C'était une photo. Posée en équilibre sur la poignée de la porte.

Un autre pas et il put la saisir. C'était un message pour lui. Perplexe, il prit la photo entre le pouce et l'index. Il dut la pencher vers la lumière sous la porte pour distinguer ce qu'elle représentait.

Un instant, ce qu'il vit ne lui dit rien, puis il réalisa qu'il avait déjà vu la photo. Ou du moins en partie; il pouvait voir qu'on avait collé avec du ruban adhésif deux moitiés de photo, l'une plus jaune que l'autre, comme si elle avait été beaucoup plus longtemps exposée à la lumière. En bas, se dit Braemer; c'est là que je l'ai vue. Cette moitié du moins. Elle était toujours dans un cadre sur la cheminée.

C'était une photo de Carol bébé, dans les bras de sa mère, la femme qui l'avait adoptée, le visage déjà empreint de cette sécheresse de cœur qu'elle témoignerait toute sa vie à Carol. Triste petit document, dont Braemer s'était toujours demandé pourquoi Carol l'avait laissé exposé pendant toutes ces années.

Quant à l'autre partie du cliché, il ne l'avait jamais vue. Et, à en juger par sa netteté, personne n'avait dû la voir pendant longtemps. Braemer, sous le charme de l'instant, examina la photo de plus près.

L'autre moitié montrait un homme en costume trois-pièces, le chapeau rejeté en arrière, arborant un demi-sourire sur son visage sombre. Il était tout contre la femme et la tenait par la taille. C'était un couple qui s'aimait : M. et Mme Feld. L'homme de la photo ne savait pas qu'il ne lui restait pas plus de trois ans à vivre, à peine assez de temps pour faire trois enfants, coup sur coup, à la femme à côté de lui. On pouvait lire, sur le visage de cette femme, la crise cardiaque qui allait emporter son mari – loué soit le Seigneur – et les coups de ciseaux vengeurs qui allaient le faire disparaître de l'histoire de la famille.

Cependant, ce visage... Si Braemer n'avait jamais vu ce morceau de photo, il avait vu le visage de l'homme. Non pas sur une mince tranche de passé en noir et blanc, mais en chair et en os. Cette mâchoire forte, cette saillie de l'os sous l'oreille, ce front haut, ces yeux tristes, même quand ils riaient... Un visage plutôt agréable pour un homme, non pas beau au sens où l'on emploie ce terme chez une femme. Mais il l'avait vu. C'est ce que comprit Braemer en penchant la photo à la lumière. Dans le visage d'une femme. Celui de Carol.

Tel père, telle fille. Si le bébé dans les bras de la femme était bien Carol, l'homme de la photo était son père : son véritable père. Il avait suffi que s'écoulent les années pour que grandisse le bébé et qu'il hérite du seul véritable don laissé par ce père disparu, avant qu'il soit assez âgé pour s'en souvenir. Un message codé, inscrit dans les traits du visage, legs silencieux qui racontait toute l'histoire.

Braemer commençait à associer de nouvelles pensées à l'autre partie de la photo, comme si un petit marteau frappait la paroi de son crâne.

La photo révélait un scandale familial : la faute qui devait faire disparaître le père de Carol de l'histoire de la famille sous les coups de ciseaux après sa mort. Il avait dû engrosser quelque pauvre fille puis la convaincre de se taire et de quitter le pays tandis qu'il adopterait le gosse. Si l'enfant ne lui avait pas ressemblé dès sa petite enfance, personne n'aurait jamais su. Rien d'étonnant, dans ce cas, que sa veuve l'eût fait disparaître des photos de famille. La preuve était là : sur son visage et sur celui de Carol.

Il retourna la photo. Quelqu'un – celui ou celle qui avait laissé le cliché sur la poignée de la porte ? – avait écrit quelque chose au dos : JOYEUX ANNIVERSAIRE, gribouillé en grosses lettres, à l'encre rouge épaisse qui laissa une traînée sous son doigt, une trace qui ressemblait à du sang.

Le dernier rideau tomba. Braemer fixait la tache rouge au bout de son doigt. Du sang, se dit-il. Si c'est le père de Carol, là sur la photo, elle a le même père que les autres. Que son frère et ses sœurs – ils sont tous du même sang. Et si c'est bien le cas…

Il entendit quelque chose derrière lui, une porte qui s'ouvrait. Il se retourna, la photo toujours dans la main. Carol était dans le couloir. Elle le regardait.

Sa ressemblance avec l'homme de la photo était hallucinante. Mais un autre visage apparaissait sous le sien, un visage qu'il avait vu sous la distorsion des traits de sa fille.

La main de Carol leva le revolver, le braquant sur la poitrine de Braemer.

– Surprise, dit la voix de Renee.

Un instant, il resta figé. Il regarda le sourire s'épanouir sur le visage de Carol et sentit son estomac se nouer. La chose à l'intérieur de Carol, la chose qui passait en elle depuis le corps recroquevillé dans la chambre derrière lui ouvrit la bouche, découvrant ses dents humides, retenant son rire.

– Renee, dit-il.

La photo lui tomba des doigts tandis qu'il reculait doucement contre la porte de la chambre.

– Pourquoi es-tu si stupide ? demanda la même voix que celle qui l'avait raillé dans la chambre du motel, par la voix de Dee, d'abord, et par celle de Carol à présent. Ce n'est pas drôle de jouer avec toi. Tu es trop facile à duper.

Elle s'avança vers lui, l'arme braquée suivant une ligne invisible allant de sa main au cœur de Braemer.

– Tu pensais parler à Carol, continua-t-elle, toujours avec le sourire. Là-bas, dans la voiture. Mais c'était moi. C'est toujours moi. Ça a toujours été moi, et ce sera toujours moi. Tu te croyais malin. (La chose chantonnait ses mots, la tête penchée.) C'est pour ça que je t'ai laissé rentrer dans la maison. Et découvrir cette photo. Maintenant tu connais les petits secrets de la famille, hein ?

Braemer trouva la poignée de la porte derrière

lui. S'il pouvait entrer dans la chambre, refermer la porte avant qu'elle tire : s'il pouvait agir plus vite que ne le suivaient ces yeux avides.

– Carol ne le savait pas, poursuivit la voix de Renee. Elle ne savait rien avant que je lui indique où regarder, où trouver l'autre moitié de la photo. Alors, c'était trop tard. Elle était stupide : comme toi. Mais j'aime me retrouver en elle. Je peux te tuer si je veux et on pensera que c'est *elle*. Et il n'y aura plus personne pour m'empêcher de faire ce que je veux. J'aurai cette douce petite fille, cette vilaine fille qui m'a fuie, pour moi toute seule. Ce sera merveilleux.

Le dos collé contre la porte de la chambre, il vit le sourire de la chose se tordre en une grimace de ravissement.

– Tu ne sais pas ce que c'est qu'être mort. Moi oui.

Elle leva le revolver. Ses yeux le fixaient par-dessus le métal noir.

– Maintenant, tu vas savoir.

Les doigts se crispèrent sur la crosse tandis que Braemer contractait les muscles de ses jambes : il voulait se laisser tomber contre la porte, rouler, faire n'importe quoi pour s'écarter de la gueule de ce canon noir en face de lui.

Il entendit l'arme tonner. La détonation emplit le couloir de son vacarme. À travers ses paupières serrées, il vit l'éclair orangé de la flamme tandis que ses jambes cédaient sous lui et que son épaule heurtait le cadre de la porte.

Dans le silence qui suivit, un autre poids tomba sur le plancher. Il ouvrit les yeux. Un cri étouffé, un cri de colère se changea en fureur.

Un enchevêtrement de corps se forma sur le sol. Il vit un bras mince passé autour du visage grimaçant, une petite main qui essayait de griffer la bouche qui répercutait la voix de Renee. La main qui tenait l'arme se retourna, essaya de frapper l'enfant. Dee tint bon, tentant d'assurer sa prise autour du cou de l'autre.

Braemer sortit de son hébétude et voulut saisir l'arme qui battait l'air. Il attrapa la main rivée sur la crosse et arracha les doigts crispés dessus. La main, sous un mouvement convulsif, rejeta le revolver qui frappa le mur du couloir, rebondit et tomba dans la salle de séjour, au-dessous.

La chose, à terre, se releva sur ses genoux en hurlant, projetant Dee contre le mur. Elle fonça sur Braemer; son cri se changea en un halètement bref. Braemer la repoussa, perdit l'équilibre et tomba dans les escaliers tandis que les mains de la chose se plantaient dans ses épaules.

Il sentit les dents de Renee s'enfoncer entre son pouce et son index. Il sentit son souffle tout contre le sien. Il entendit la chose grogner à son oreille. Elle se retrouva sur lui, dans la mêlée, tandis que sa nuque heurtait le bord de la dernière marche.

Les ongles de Renee lui labourèrent les omoplates. Il remonta les genoux et la repoussa. Le sang suintait sous sa chemise. Un instant, la chose demeura accrochée sur lui et retomba, tentant toujours de s'agripper à lui.

Haletant, il roula sur le ventre, attrapa des deux mains le montant de la rampe et se redressa sur ses coudes. Il regarda au bas des escaliers et vit la silhouette, le corps immobile de Carol qui gisait, privé de vie.

Braemer se releva en titubant, son pouls cognait dans ses oreilles. Il se baissa et prit Dee dans ses bras. Ses paupières battirent mais sans s'ouvrir quand il la serra contre sa poitrine.

Un bruit arriva de l'extérieur de la maison. Des pas sur le gravier se dirigeaient vers la véranda. C'était Jess. Braemer comprit soudain : Il est là dehors, et Renee est en lui maintenant.

Il serra Dee contre lui et dégringola les escaliers. À mi-chemin, il jeta un coup d'œil derrière lui sur la porte de la chambre. Elle est là, tue-la ici ! Il s'en souvint soudain mais il était trop tard. Le bruit, à l'extérieur, s'était changé en une série de pas sur le bois puis la porte qu'on ouvrait grinça.

Il faillit buter sur le corps de Carol au bas des dernières marches avec Dee. Il se retourna et vit la silhouette de Jess : il s'encadrait dans la porte d'entrée, s'avançant vers lui les mains frôlant les meubles.

D'un coup d'épaule, Braemer ouvrit la porte de la cuisine qu'il traversa jusqu'à la porte de derrière. Serrant Dee contre lui d'un bras, il tenta, de l'autre main, de défaire la chaîne de sécurité qui ne voulut pas céder.

– David, appela la voix, dans l'autre pièce, une voix plus basse mais qui était toujours celle de Renee.

Il parvint à libérer la chaîne qui tomba contre la porte avec un bruit métallique. L'air froid de la nuit lui cingla le visage. Il courut, avec Dee dans les bras.

Elle commençait à s'agiter, grimaçant douloureusement contre sa poitrine, gémissant. L'enfant lui pesait dans les bras. Il jeta un rapide coup d'œil derrière lui sur la porte et autour de lui puis il longea toujours au pas de course le côté de la maison, en direction de la voiture.

Jess était déjà là. Il sauta par-dessus la balustrade et se reçut comme un chat, coupant la retraite à Braemer.

– David... lui avait crié la voix de Renee, taquine, tandis qu'il traversait la cour en courant.

Il heurta du tibia une chaise longue invisible dans le noir, trébucha, reprit son équilibre et continua sa progression vers la haie qui marquait la limite de la cour. L'épaule en avant, il s'enfonça à travers les branches, plaquant le visage de Dee contre lui pour le protéger.

Le rire de Renee le poursuivit dans l'obscurité.

– Daa-vid, chantonna la voix, empreinte d'excitation, de cruauté. Je te *vois*.

La haie touffue s'écarta sous ses larges mains qui repoussaient les branches.

Braemer s'accroupit, regardant la silhouette qui scrutait les alentours, comme pour capter l'odeur de la peur. Il pouvait presque distinguer les dents sous le sourire.

– David. Sors de là. Viens jouer.

Un rideau d'herbes sèches le dissimula tandis qu'il avançait, courbé, vers la rue. Dee remua dans ses bras et il la serra davantage contre lui pour l'empêcher de crier. Si seulement il pouvait gagner la rue sans que l'autre le repère, il pourrait passer, d'une cachette à l'autre, entre les maisons inachevées. Au moins jusque-là, se dit-il, sondant l'obscurité devant lui. Un espace découvert le séparait du ciment gris du trottoir. S'il pouvait y arriver, il aurait une chance de se glisser jusqu'au premier squelette de maison, puis au suivant, de traverser toute la résidence jusqu'au bas de la colline, jusqu'aux lumières de la route, jusqu'à la ville.

Il serra les dents sur son souffle court. La chose à l'intérieur de Jess approchait, regardant d'un côté et de l'autre, à chaque pas. Braemer s'apprêtait à bondir de derrière les herbes et à courir jusqu'à la route quand le visage de la chose se tournerait de l'autre côté.

– Je sais où tu es, dit la voix dans un murmure.

Un instant, Braemer ne comprit pas. La voix lui semblait plus proche que la silhouette de Jess dans le champ étouffé par les herbes. Puis il baissa les yeux sur l'enfant dans ses bras et vit le regard rivé sur lui.

– David, dit Renee. (Elle jubilait; son sourire

déformait le visage de Dee.) Maintenant je te tiens.

Un petit bras se libéra, recula et le frappa au visage, dans l'œil, comme une pierre aux arêtes vives. La douleur et un éclair lui firent rejeter la tête en arrière tandis qu'il entendait le rire de la chose accrochée à sa poitrine et de l'autre silhouette, à quelques pas de lui, dans le noir.

Il saisit le bras de Dee, le coinça contre lui et se mit à courir vers la rue. Un coup d'œil par-dessus l'épaule lui révéla Jess qui avançait derrière lui, les herbes frôlant ses cuisses.

La chose qui se trouvait en Dee approcha sa bouche de l'oreille de Braemer au moment où il arrivait sur l'asphalte de la route.

– Je te tiens, murmura-t-elle farouchement. Parce que je suis ici et que je suis également en Jess. Tu ne t'en tireras pas.

Ses poumons étaient en feu lorsqu'il atteignit la première maison. Il s'égratigna le dos contre les madriers nus de la charpente en se glissant à l'intérieur avec Dee. Il se pencha, le corps de l'enfant serré contre le sien, et regarda sur la route. Jess se tenait au beau milieu du trottoir; il tournait la tête de tous côtés et son regard se planta droit sur la cachette de Braemer. Puis il se mit à courir, bondissant à la manière d'un chien, fonçant droit sur lui.

– J'arrive, dit la voix qui riait à l'intérieur de Dee.

Carol se réveilla, le corps douloureux, un goût de sel tiède dans la bouche. Les formes qu'elle distinguait, dans la salle de séjour, paraissaient doublées d'images fantomatiques. Elle dégagea ses mains de sous son corps, prit appui contre les marches où elle gisait puis retomba avec un cri qui chassa tout l'air de ses poumons quand un pieu d'acier vint fouailler dans sa hanche et sa colonne vertébrale.

Les bords de la fracture frottèrent l'un contre l'autre tandis qu'elle se calait dans un coin, entre les escaliers et le mur. Lentement, la rouge pulsation s'effaça devant ses yeux. Haletante, elle reprit son souffle.

Elle resta là, dans la lumière de la chambre; ses pensées devenaient moins confuses.

Elle n'est pas en moi. Cette constatation lui libéra la poitrine d'un énorme poids. *Renee n'est pas en moi.* C'était la première fois que ses pensées étaient uniquement les siennes propres depuis – elle le savait à présent – depuis la nuit où elle était descendue à la cave et avait découvert le vieil album de photos. Elle avait cru que cette nuit-là n'avait été que rêve et somnambulisme mais il apparaissait clairement, désormais, que ça avait été la première manifestation de l'âme de Renee s'introduisant en elle et la contrôlant peu à peu.

Tout ce qui était arrivé depuis lors s'était déroulé comme sur un écran, hors d'atteinte : la rencontre avec David dans la voiture, la façon dont elle l'avait attiré dans la maison pour lui faire découvrir la vieille photo qu'elle avait posée sur la poignée de la porte, la lutte en haut des escaliers avec Dee accrochée à son cou. Elle n'avait pu que regarder et écouter le rire de Renee en elle. Pendant que sa sœur mentait et jouait la comédie – sa vraie sœur, la seule réalité qui soit sortie de l'obscurité – elle aurait voulu crier un avertissement à David, lui crier de prendre Dee et de filer le plus loin possible. Mais c'étaient les mots de Renee qui étaient arrivés dans sa bouche, sous le couvert des siens, son visage n'était qu'un masque dissimulant la grimace et les dents de la chose qui s'était glissée en elle, jusque sous son crâne.

La respiration de Carol reprit son cours et elle put écouter le silence de la maison. Dans l'air immobile et muet l'autre bruit de respiration se fit entendre, le lent mouvement de l'air dans la chambre au-dessus d'elle.

Elle vit toujours. Carol pencha la tête pour lever les yeux vers la lumière. Elle est toujours là-haut. Vivante.

David et Dee étaient partis. Il ne restait dans la maison qu'elle et le bruit de la respiration dans la chambre. Deux sœurs, deux demi-sœurs, avec assez de sang empoisonné en commun. Elle pouvait voir le corps flétri par le coma se tordre sur le lit, la partie invisible s'échappant pour aller se glisser dans... *Jess*, songea soudain Carol. Elle doit être en lui maintenant. C'est pour ça que David n'est pas allé tuer Renee. Il n'avait plus le temps.

Ils étaient dehors, quelque part dans la nuit. Un homme fuyant avec un enfant, poursuivi par une chose qu'habitait l'âme d'une autre.

Il n'y avait plus le temps. Pas tant que vivait la chose là-haut. Elle avait été en elle et Carol savait ce qu'elle voulait. Son avidité était comme un gouffre hérissé de dents, assez profond et sombre pour avaler tout ce qui y tombait, jusqu'à ce que, rassasiée, la chose se libère du corps pourrissant auquel elle était rivée. Et elle pourrait continuer à dévorer, éternellement.

De nouveau, Carol tenta de pousser sur ses mains pour se soulever, mais la douleur qui jaillit de sa hanche brisée l'aveugla et la laissa pantelante, le visage appuyé contre les escaliers.

Elle déglutit, agrippa la marche suivante et se hissa, essayant de tirer derrière elle ses jambes inertes. Ses bras tremblèrent sous l'effort avant que ses mains cèdent. Elle glissa, sombra dans un autre remous rouge et palpitant.

La douleur s'estompa, elle rouvrit les yeux.

Au-dessus d'elle, elle voyait la lumière par la porte ouverte. Mais je ne peux l'atteindre, se dit-elle. Son étourdissement se dissipa. Elle est là-haut mais je ne peux arriver à elle.

Lentement, elle reprit son souffle, une image se forma dans son esprit. Une chose qui pourrait atteindre la chose et le corps recroquevillé dans son monstrueux sommeil. Une chose tout en chaleur et en lumière dans l'obscurité.

Elle gisait sur le sol, près du seuil de la cuisine. En se tordant le cou, les doigts plantés à la base du crâne, elle apercevait l'évier, les deux portes au-dessous, le bidon métallique carré à travers l'ouverture, en bas.

De nouveau elle leva les yeux sur les escaliers, sur la lumière qui tombait de la chambre. Mais c'était à Dee qu'elle pensait. Vas-y, se dit-elle, d'une voix brisée qui lui parut celle d'une vieille. Tu l'as déjà perdue. Ne laisse pas...

Elle laissa sa phrase en suspens, sans prononcer le nom de sa sœur. Pas le temps. Il ne reste que le temps de ramper jusque dans la cuisine, les doigts griffant le sol, avec ses jambes qui tiraient comme des crochets d'acier sur sa colonne vertébrale.

Quand elle se fut enfin assez rapprochée, elle avança la main, ouvrit les portes sous l'évier. Elle tira à elle le bidon d'alcool à brûler. Le remous rouge cognait toujours dans ses yeux; elle recommença sa reptation vers l'escalier, au-delà de la porte.

L'odeur âcre du combustible lui jaillit au visage quand elle arracha le bouchon de plastique. Elle jeta le bidon ouvert sur les escaliers. Il retomba à quelques pas d'elle; le liquide se répandit sur les marches, gargouillant, cascadant, jusqu'à former une petite mare autour d'elle. Le froid humide s'insinuait dans ses vêtements, les émanations lui piquaient les yeux.

Un torchon pendait à la poignée du réfrigérateur, juste au-delà du seuil de la cuisine. Elle l'arracha et rampa de nouveau sur quelques mètres en direction du fourneau. Le combustible laissa une traînée derrière elle.

Les dents serrées, luttant contre la poigne qui lui déchirait le bas de la colonne vertébrale, elle se souleva sur un coude. De son autre main, elle griffa les boutons de la cuisinière. Elle parvint à en ouvrir un. Un sifflement de gaz puis une flamme bleue s'élevèrent de l'un des brûleurs.

Elle attrapa le torchon par un bout et le jeta sur la flamme. Il fuma, puis le noir gagna sur le blanc du tissu, se changea en une flamme jaune.

Elle tira le torchon du brûleur et le lança, des flammèches retombant sur elle. Il tomba au pied des escaliers, enchevêtrement rouge rampant dans l'obscurité. Et tout l'escalier s'embrasa. Le souffle de l'air chaud lui caressa le visage tandis que les flammes gagnaient la flaque de combustible au pied des marches.

Elles suivirent également la piste humide jusqu'à elle; ses vêtements s'enflammèrent contre sa peau.

Depuis le seuil de la cuisine, elle vit le vieux bois de l'escalier se gondoler sous la chaleur, le feu sauter d'une marche à l'autre. Le canapé, à côté, au bas de la rampe, commença à brûler aussi. Une fumée noire festonnée de rouge fut vomie vers le haut. La tapisserie soudain noircit, les fleurs flétries par les ans reprirent une brève vie étincelante.

Après quoi elle ne put plus respirer l'air brûlant qui passait dans sa gorge et tout devint trop brillant pour qu'elle puisse voir.

À l'intérieur de la cage de la maison-squelette, un éclat de rire s'insinua à travers les chevrons de la charpente. La chose, en Dee, secouait la tête, son petit cou se tendant, ses dents se découvrant, les yeux rivés au visage de Braemer, tout proche.

– Pauvre connard, chantonna la voix sous celle de l'enfant, savourant sa victoire tandis que les mains, agrippées à la poitrine de Braemer, cherchaient la gorge. Tu ne peux pas me lâcher et t'enfuir parce que tu crois pouvoir sauver ta petite fille, mais ta petite fille est morte. Je dévore les méchantes petites filles et elle a été méchante, elle s'est échappée, et maintenant il n'y a que moi, toujours moi et moi pour toujours.

Le dernier mot fut un cri aigu qui vrilla les oreilles de Braemer.

Au milieu du sol de béton de la maison vide, il tournait et retournait sur lui-même tandis que la voix de Renee lui déchirait le cerveau et que la chose sur sa poitrine luttait pour atteindre son visage.

– Tais-toi ! hurla-t-il, pressant la main sur la bouche de l'enfant, les doigts blanchis sur la joue, sous l'étreinte.

Il sentit les dents de la chose se planter dans sa paume.

– David ! appela la voix à l'extérieur de la charpente de bois.

Il tourna vivement la tête et vit Jess, agrippé aux deux montants de bois entre lesquels il se pencha; sa bouche remuait comme s'il savourait le sang qui coulait le long du poignet de Braemer.

Les yeux de Renee, dans le visage de Jess, restèrent accrochés aux siens. À l'intérieur du corps de son frère, elle franchit l'espace entre les madriers, une épaule après l'autre. Le même cri s'échappa des deux gorges au moment où la chose qui se trouvait en Jess se dressait sur la pointe des pieds, fermait les poings et les abattait sur la tête de Braemer.

Il s'écroula sur le béton, tomba sur le coude, et reçut un choc électrique affaibli par le voile épais et blanc qui s'étendit sur son crâne. Il sentit vaguement les bras et les jambes de Dee qui se détachaient de lui tandis qu'il roulait, impuissant, sur le dos.

Un poids lui écrasa la poitrine. Dans l'obscurité, il put distinguer le visage de Renee sous celui de Jess, au-dessus de lui. La chose lui saisit la tête, comme pour l'écraser entre ses mains.

– Maintenant, maintenant tu vas savoir, souffla la voix de Renee.

Elle ramena le menton de Braemer en avant, contre sa poitrine, et lui projeta la tête contre le sol de béton.

Sous le rideau rouge qui lui tomba sur les yeux, Braemer voyait deux visages de Renee, un au-dessus de lui et l'autre dans le visage de Dee, hors d'atteinte de sa main étendue. À quatre pattes comme un animal, le sang lui dégoulinant sur le menton, elle fixait d'un regard avide les mains qui, de nouveau, soulevaient lentement la tête de Braemer...

La chaleur et l'épaisse fumée s'infiltrèrent dans la chambre avant que les flammes traversent le couloir. La chose, sur le lit, ne bougea pas mais sentit descendre dans ses poumons un air devenu plus épais. On ne distinguait plus le visage sans regard tourné vers le plafond.

La ligne de combustion noire avançait sur le tapis de la chambre; la chaleur enflamma les lourds rideaux qui se tordirent, flamboyants, sous la ruée de l'air de la fenêtre; la lourde tringle se libéra du cadre qui brûlait, brisant la vitre.

Les flammes léchèrent le bord du couvre-lit qui pendait sur le sol en feu. La chose, sur le lit, ne bougea pas, fossilisée dans son immobilité.

De nouveau, son crâne heurta le béton et Braemer sentit l'espace qui l'entourait se dilater, se franger de noir avant de se réduire au visage grimaçant au-dessus de lui. La chose ne parlait plus, émettant seulement un miaulement excité.

Soudain, ce bruit se transforma en un halètement rapide. Les yeux s'ouvrirent tout grands, la bouche béa comme pour capter l'air. Tremblantes, les mains lâchèrent la tête de Braemer. Le regard de Renee fit frénétiquement le tour de la pièce squelettique, cherchant quelque chose. Puis les mains se mirent à griffer le visage de Jess, comme pour le déchirer et libérer la chose qui se trouvait dessous.

– Papa !

Il entendit le cri de Dee et, à travers la vague noire qui battait dans son sang, il vit son visage blême fixer, horrifié, la scène qui se déroulait devant ses yeux. Elle tomba en avant, roulant sur son épaule, cherchant à saisir la main de son père.

La chose à l'intérieur de Jess s'écarta de la poitrine de Braemer, du sang noir coulait entre ses doigts plantés dans son visage.

Un cri lui déchira la gorge...

Le lit prit feu. Sous la combustion de la couverture, les muscles du corps se contractèrent, la chaleur lui retira son reste de vie.

Les cheveux courts, sur le crâne décharné, roussirent et grésillèrent. Le tube de plastique sortant des narines fondit en une ligne rouge sur la joue creuse, une ligne qui disparut sous le sang qui irriguait la peau.

Les lèvres exsangues se retroussèrent sur les dents jaunes. Le visage qui parut au-dessous était une tête de mort dont les os blancs perçaient sous la chair qui brûlait.

... éclata, se figea, la poitrine luttant pour retrouver son souffle. Plus de visage. Seules les mains rouges, humides, brillantes.

Braemer roula sur le côté et se rapprocha de Dee, pâle, inconsciente, sur la dalle de béton.

La chose qui se tordait banda comme un arc sa colonne vertébrale. Puis le halètement cessa. Les mains quittèrent le visage déchiré de Jess et il s'effondra, s'affaissant comme un linge trempé de sang.

Braemer rampa vers la chose. Il tourna vers lui le visage de Jess. Un sang rouge sombre coulait de la bouche et des narines, sans aucun souffle de vie.

Et puis il vit la lumière orangée qui tombait sur le visage mort et sur sa main. Il se retourna et aperçut, à travers la silhouette noire de la charpente, le feu au loin, les flammes qui bondissaient vers le ciel, tourbillonnant autour d'une colonne de fumée grise.

Il pouvait entendre le grondement de l'incendie. Seuls son souffle et celui de la petite fille, à côté de lui, chuchotaient.

APRÈS

Dans la lumière du matin, l'enfant descendait la route qui serpentait jusqu'au pied des collines : une fillette de dix ans dans un jean élimé et déchiré aux genoux, ses cheveux bruns emmêlés lui tombant dans le cou. Elle avançait, l'air décidé.

Elle atteignit le carrefour au bas de la colline et tourna vers le pont de l'autoroute. La station-service était de l'autre côté du flot de circulation du week-end.

– Vous pouvez me faire de la monnaie ?

Il n'y avait pas encore de voitures arrêtées aux pompes : elle avait trouvé le gérant dans son bureau, derrière la pyramide de bidons d'huile dans la vitrine. Elle lui tendit le billet de vingt dollars froissé qu'elle avait pris dans le portefeuille de son père, un billet humide de la sueur de sa main dans la poche.

Le gérant était un jeune homme aux cheveux de paille, en chemise rayée avec l'emblème de sa société sur la poche.

– Oui, bien sûr, dit-il, après un coup d'œil au billet puis à la fillette.

Il se rendit avec elle jusqu'à la caisse à côté des pompes, l'ouvrit et en tira de plus petites coupures.

– Je voudrais des pièces de vingt-cinq cents, dit la fillette. Il faut que je téléphone.

– Voilà.

Il plia les billets et les déposa dans la paume de l'enfant avec un tas de petites pièces.

Elle se dirigea vers la cabine téléphonique, à l'entrée de la station-service. La Datsun vide était toujours garée à côté. Elle entra dans la cabine, referma la porte, glissa une première pièce dans l'appareil, puis d'autres encore à la demande de l'opératrice.

Au bout de la ligne, on décrocha à la deuxième sonnerie.

– Allô ! dit une voix de femme.

– Sarah ?

– Dee... Dee, où es-tu ?

– À une station-service. À côté d'où on habitait.

Les questions se bousculaient sur les lèvres de Sarah.

– Est-ce que Dave... est-ce que ton père est avec toi ?

– Il est blessé. Il faut que tu viennes nous chercher.

– Mon Dieu ! D'accord. D'accord, dis-moi seulement où tu es.

Soigneusement, Dee expliqua comment s'orienter dans le labyrinthe de la résidence.

– Celle qui fait le coin, dit-elle finalement. On y sera.

– Très bien, dit Sarah d'une voix qu'elle avait contrainte au calme. Ne bouge pas. Je prends d'abord un taxi et je loue une voiture. J'arrive dès que possible. D'accord ?

– D'accord. À tout à l'heure, dit la petite fille avant de raccrocher.

Il lui restait encore pas mal de pièces. Elle se rendit au distributeur devant la station-service et prit deux boîtes de Coca-Cola, une pour elle, une pour son père.

Le gérant la regardait toujours sur le seuil de

son bureau. Serrant contre elle les deux boîtes humides, elle entra dans les toilettes. À l'intérieur, elle grimpa sur le lavabo, passa les boîtes par la fenêtre, au-dessus, et s'y glissa elle-même. Elle fit un grand détour aux abords de la station-service avant de revenir sur la rampe qui passait sous l'autoroute. Alors, elle se mit à courir.

L'ombre des madriers tombait sur le visage de son père. Il était étendu, ramassé sur lui-même, sur le ciment poussiéreux. Sa tête, noire et poisseuse derrière, reposait sur son bras.

Elle se laissa tomber à côté de lui, fatiguée par sa longue course matinale, son tee-shirt était mouillé de la buée des boîtes serrées contre elle. Elle en ouvrit une et l'approcha des lèvres de son père. La plus grande partie du liquide coula par terre puis les paupières battirent. Il eut un haut-le-cœur, toussa, et tourna le visage vers le sol de ciment.

Un instant plus tard, il releva la tête et la regarda.

– Salut, dit-il avec un petit sourire.

– Salut, répondit-elle, le regardant, tenant la boîte contre elle.

Il souleva la tête, faisant du regard le tour de la maison. Ce n'était pas celle où gisait le corps de Jess. C'est là que Dee avait repris connaissance, blottie contre la poitrine de son père qui l'avait à moitié traînée, à moitié portée loin de la maison en flammes. Les sirènes des pompiers déchiraient la nuit dans les rues de la résidence. Il ne s'était effondré qu'une fois bien à l'abri et dissimulé dans le squelette de la maison abandonnée. Ses yeux se fermèrent, comme s'il reconnaissait enfin le lieu où ils se trouvaient. Il les rouvrit sur Dee.

– Elle est vraiment morte, n'est-ce pas ? demanda-t-il doucement.

– Oui, fit Dee avec un hochement de tête.

Elle le sentait en elle. L'autre était partie.

Le soleil, tiède et brillant, se glissa à travers la charpente. Son père vit combien elle était fatiguée.

Il grimaça, s'aida de ses mains pour s'adosser à un madrier.

– Viens, dit-il.

Elle vint se blottir contre lui et se couvrit de son blouson pour se protéger du soleil. Sarah allait venir les chercher et les ramener à la maison.

Épouvante

extrait du catalogue

Depuis Edgar Poe, il a toujours existé un genre littéraire qui cherche à susciter la peur, sinon la terreur, chez le lecteur. Il a été illustré au cinéma par des films tels que Shining, L'exorciste, Carrie, La malédiction. *Ce sont les livres qui ont inspiré ces films, et d'autres ouvrages du même genre, que vous présente cette collection.*

ANDREWS Virginia C.	*Fleurs captives :*
	- Fleurs captives 1165 ****
	- Pétales au vent 1237 ****
	- Bouquet d'épines 1350 ****
	- Les racines du passé 1818 ****
	Ma douce Audrina 1578 ****
BLATTY William Peter	**L'exorciste** 630 ****
CAMPBELL Ramsey	**La poupée qui dévora sa mère** 1998 ***
	Le Parasite 2058 ****
COYNE John	**L'enfant qui grognait** 2121 ***
FARADAY M.M.	**La possédée** 2059 ****
FARRIS John	**Écailles** 2225 ****
GRANT Charles L.	**La force hideuse** 2290 ****
HERBERT James	**Le Sombre** 2056 ****
JETER K.W.	**Les âmes dévorées** 2136 ****
	Le ténébreux 2356 ****
KAHN James	**Poltergeist I** 1394 ***
	Poltergeist II 2091 **
KAYE M. & GODWIN P.	**Lumière froide** 1964 ***
KING Stephen	**Carrie** 835 ***
	Shining 1197 ****
	Danse macabre 1355 ****
	Cujo 1590 ****
	Christine 1866 ****
	Charlie 2089 *****
	Simetierre 2266 ******
	Le Fléau 2326 ******
KOENIG Laird	**Le disciple** 1965 ***
KOONTZ Dean R.	**Spectres** 1963 ****
	Le rideau de ténèbres 2057 ***
	Le visage de la peur 2166 ***
LEVIN Ira	**Un bébé pour Rosemary** 342 ***
MATHESON Richard	**La maison des damnés** 612 ****

2136

Composition Communication à Champforgeuil
Impression Brodard et Taupin
à La Flèche (Sarthe) le 13 janvier 1989
6051A-5 Dépôt légal janvier 1989
1er dépôt légal dans la collection : janv. 1987
Imprimé en France
Editions J'ai lu
27, rue Cassette, 75006 Paris
diffusion France et étranger : Flammarion

Janosch

Von dem Glück, Hrdlak gekannt zu haben

BUCH Chlodnitze, Oberschlesien, irgendwann in den dreißiger Jahren. Eine Hochzeit, und was für eine: Die siebzehnjährige Else Dziuba soll den vier Jahre älteren Rudolf Mainka, genannt Hannek, heiraten. Für Elses Mutter die Gelegenheit, allen Gästen einmal zu zeigen, was die Familie Dziuba sich leisten kann: Hühnersuppe und Rindfleisch, dazu Frühkartoffeln und Erdbeerbowle.

Während das Paar in der Kirche die Ringe wechselt, trägt Hrdlak, ein humpelnder, armer Taglöhner, die letzten Speiseschüsseln in den Schrebergarten, wo das Hochzeitsfest stattfinden soll. Hrdlak, den alle für einen »Dummen« halten und der doch mehr weiß, als alle in Chlodnitze zusammen. Und der fröhlich schweigt. Seine Arbeit tut, von den anderen verlacht und verachtet. Nur wenige in Chlodnitze spüren etwas von dem Geheimnis Hrdlaks, nur wenige erkennen seine tiefe Weisheit.

Dann eines Tages verschwindet Hrdlak genauso unbemerkt, wie er gekommen war. Niemand vermißt ihn wirklich. Nur der alte Dziuba, der Halbjude und Lebemann Zwi Bogainski und Norbert Fürchtegott, der Sohn von Else und Hannek, wissen, was für ein Glück es bedeutet hat, Hrdlak gekannt zu haben.

AUTOR Janosch wurde 1931 in oberschlesischen Hindenburg, dem heutigen Zabrze, geboren, lernte das Schmiedehandwerk, verbrachte die fünfziger Jahre in Paris und München und lebt jetzt auf einer Insel im Meer. Seine über zweihundert Bücher wurden in viele Sprachen übersetzt, seine Trickfilme mit zahllosen Preisen gekrönt. 1992 wurde er für sein Romanwerk mit dem Andreas-Gryphius-Preis ausgezeichnet.

Außer dem vorliegenden Band sind von Janosch als Goldmann-Taschenbücher erschienen:

Die Kunst der bäuerlichen Liebe (42052) · Polski Blues. Roman (42170; in Großschrift: 7298) · Sacharin im Salat. Roman (9385) · Sandstrand. Roman (8882) · Schäbels Frau. Roman (42593) · Schäbels Frau/Sacharin im Salat. Zwei Romane in einem Band (13159) · Zurück nach Uskow. Ein Theaterstück (42579)

In gebundener Ausgabe liegt vor:

Gastmahl auf Gomera (30662)